海上学人

吴中杰 著

复旦大学出版社

目 录

代序：两种传统　　1

复旦园里长镜头
　　——记陈望道先生　　1
与古人交友的人
　　——记郭绍虞先生　　8
刘翁得马，焉知非祸
　　——记刘大杰先生　　14
终于讲席的教师
　　——记朱东润先生　　20
岂好辩哉，予不得已也
　　——记陈子展先生　　25
不肯跟风的独行者
　　——记蒋天枢先生　　31
复旦奇人
　　——记赵宋庆先生　　35
应世尚需演戏才
　　——记赵景深先生　　40

藏书家的悲哀
　　——记王欣夫先生　　47
学府悬壶
　　——记吴剑岚先生　　51
踏着革命的节拍
　　——记吴文祺先生　　57
莲花落里探真情
　　——记张世禄先生　　64
信徒的天路历程
　　——记乐嗣炳先生　　71
把"人"字写得端正些
　　——记贾植芳先生　　92
复旦的新月
　　——记余上沅和方令孺先生　　99
月亮上的顽石
　　——记孙大雨先生　　106
早起的虫儿
　　——记王中先生　　112
一代名记的辉煌与惨淡
　　——记赵敏恒先生　　119
他走得不是时候
　　——记吴斐丹先生　　129
纵横放谈启人思
　　——记鲍正鹄先生　　136

不胜负荷双肩挑
　　——记胡裕树先生　　144
美的探寻者
　　——记蒋孔阳先生　　153
自由翻译家的不自由
　　——记毕修勺先生　　161
洋博士的草根情结
　　——记朱洗先生　　169
为学不作媚时语
　　——记王元化先生　　179
拍案一怒为胜迹
　　——记陈从周先生　　192
散淡襟怀荆棘路
　　——记钱谷融先生　　198
自我的疏离与回归
　　——记王道乾先生　　204
市嚣声中听雅乐
　　——记辛丰年先生　　210
焦桐琴传清越声
　　——记刘衍文先生　　216
失之东隅，收之桑榆
　　——记章培恒兄　　223
北邙山上一片叶
　　——记叶鹏兄　　245

集体项目磨半生
　　——记顾易生兄　　　　　　　　254
命运的纤夫
　　——记施昌东兄　　　　　　　　262
坎坷的人生道路
　　——记戴厚英女士　　　　　　　268

附录一

办学理念与学术精神
　　——从鲁迅在北大当讲师说起　　287
顾影看身不自惭
　　——周作人的晚年心态　　　　　293
从表现论到喇叭论
　　——郭沫若文艺观的变迁　　　　303
一个美学家的文学谈
　　——朱光潜的美学历程　　　　　312
文人的误区
　　——吴晗的悲剧　　　　　　　　323

附录二

偶与风云值,独存豪气多(骆玉明)
　　——记吴中杰先生　　　　　　　328

后记　　　　　　　　　　　　　　　333
增订本跋　　　　　　　　　　　　　336
三版后记　　　　　　　　　　　　　338

代序：两种传统

北京大学定于1998年5月4日来举行"百年北大"的庆典，是很耐人寻味的事。因为这个数字包含着一种二重组合：一百年前的1898年，是前清京师大学堂开办的年份；而"五四"则是作为其后二十年左右所发生的新文化运动和爱国学生运动的标志，北大是这个运动的中坚力量。京师大学堂和北京大学在机构上虽然有承续的关系，而在精神上，却是完全相反的。如果没有蔡元培校长大力改革京师大学堂留下来的陋习，开创北大新学风，那么，它就绝不可能成为新文化运动的大本营和爱国学生运动的先锋。这样，就出现了一个问题：我们今天所要继承和发扬的，是京师大学堂的廊庙传统呢，还是蔡元培改革后的民主传统？——因为实际上北大是存在着两种传统的。

看"百年北大"的有些纪念文章，觉得对这两种传统区别性的认识很模糊，甚至还有意回避蔡元培的办学思想。其实，在过去，革命者对此的认识是很清楚的。1940年蔡元培逝世时，毛泽东在唁电中称他为"学界泰斗，人世楷模"，可见对蔡元培评价之高；1943年3月5日，重庆《新华日报》发表社论《怀念蔡元培先生》，一开头就说："北大，是中国革命运动史上、中国新文化运动史上，无法抹去的一个名词。然而，北大之使人怀念，是和蔡孑民先生的使人怀念分不开的。"也可见当时革命者对北大精神的明确理解。不知后来何以逐渐地变得含混了起来。

诚然，京师大学堂的开办也是值得纪念的，因为它毕竟是晚清维新变革的产物，是我国新式大学的开始。但是，这所学堂并没有学得西方大学以学术为本位的办学精神，却承袭了我国科举制度的余绪，成为学子步入官场的阶梯。京师大学堂之官气重于学气是必然的，因为在封建社会的中国，根本就没有独立的知识阶层，除了少数的隐逸文人之外，绝大多数学子的目标都在于廊庙——有些人甚至把归隐也当作终南捷径。既然志在做官发财，学问自然是不必讲究的了，只要混个资格，找个好后台即可。京师大学堂的腐败，其源盖出于此。到了1916年底，蔡元培出任北大校长之时，情况就大不一样了。这时，不但满清王朝已被推翻，企图恢复帝制的袁世凯也已垮台，民主的力量大大地加强了。同时，由于多年来商品经济的发展，中国的资本势力虽然还不够强大，但也可以为知识阶层提供一定的物质基础，使他们可以摆脱对于廊庙的依附，进行独立的活动。蔡元培本来就是民主革命斗士，又在德国留过学，并到法国考察过教育，对西方教育体制深有了解，所以他可以凭借北大这个舞台，来导演一出有声有色的教育改革活剧。

蔡元培在就职演说里，就要学生打破做官发财念头，而明确入学宗旨:"大学者,研究高深学问者也。"为了活跃学术空气,发展教育事业,他十分强调学术独立,思想自由,甚至对教师在校外发表的各种政见也不过问,对他们的私德也不苛求。面对社会指责,他理直气壮地公布了自己办学的两项主张:一是"对于学说,仿世界各大学通例,循'思想自由'原则,取兼容并包主义","无论为何种学派,苟其言之成理,持之有故,尚不达自然淘汰之运命者,虽彼此相反,而悉听其自由发展"。二是"对于教员,以学诣为主。在校讲授,以无背于第一种之主张为界限。其在校外之言动,悉听自由,本校从不过问,亦不代负责任"(《致〈公言报〉函并附答林琴南君函》)。蔡元培所说,绝非虚言,接着他就举出许多实例来:"例如复辟主义,民国所排斥也,本校教员中,有拖长辫而持复辟论者,以其所授为英国文学,与政治无涉,则听之。筹安会之发起人,清议所指为罪人者也,本校教员中有其人,以其所授为古代文学,与政治无涉,则听之。嫖、财、娶妾等事,本校进德会所戒也,教员中间有喜作侧艳之诗词,以纳妾、狎妓为韵事,以赌为消遣者,苟其功课不荒,并不诱学生而与之堕落,则姑听之。夫人才至为难得,若求全责备,则学校殆难成立。"这里,"拖长辫而持复辟论者"指的是辜鸿铭,"筹安会之发起人"是刘师培,纳妾、狎妓者虽很难确证有多少人,但陈独秀逛八大胡同是公开的秘密,辜鸿铭不但纳妾,而且还有一套宣传应该纳妾的理论,他说:男子纳妾是天经地义,只有一个茶壶配四只茶杯,没有见过一只茶杯配四个茶壶的。而且蔡元培也的确鼓励师生在学术上发表不同的意见,甚至反对到自己头上来也并不介意。比如,胡适提倡"新红学",提出自叙传说,为了证明自己的正确,同时必须否定旧红学的种种理论和方法,其中之一就是蔡元培的"政治小说"论和索引派方法。蔡元培未必同意胡适的新说,但却欢迎他的标新立异。正因为蔡元培实行了上述两项主张,所以当时北大人才济济,极一时之盛,学术空气空前活跃,并产生了巨大的社会影响。

其实,学术独立、思想自由的原则,在中国,并非蔡元培一个人的主张,我们只要看看自称"思想囿于咸丰同治之世,议论近乎曾湘乡张南皮之间"的陈寅恪,在为王国维所写的纪念碑铭中,称颂他"独立之精神,自由之思想",是"历千万祀,与天壤而同久,共三光而永光",就可以想见这种思想原则,实际上已成为具有现代思想的学人们的共识。

既然高等学府能够以学术为主体,知识分子自然就可以摆脱对于廊庙的依附,靠自己的知识谋生。而只有摆脱依附状态,发扬独立精神、自由思想,才能改变以往在儒家学说里打转,专做注经家的生存状况,而进行对于真理的探求。正是由于蔡元培教育思想的影响,又有北京大学教授们的带头,在中国,造就了一代自由知识分子,他们对于中国社会的现代化,起了很大的推动作用。

现代知识分子并非三家村的冬烘先生,他们具有宽阔的视野和强烈的使命感。北大的教授们对于社会问题大抵都很关心,而且总有自己的看法,虽然他们的思想观点和政治倾向大不相同。且不说在文化问题上,新旧两派形同水火,就是新文化阵营内部也很快地分化,但是,无论哪一派,都想保持独立精神,对社会问题和文化问题作出自己的评论。鲁迅、周作人、钱玄同、刘半农等人组成的《语丝》周刊,是他们自己凑钱出版的刊物,目的在于自由地发表一点"独立判断",这个刊物在女师大学潮中和三一八惨案后,起了很大的主持正义的作用;而以胡适为代表的另一派,虽然与权力者比较接近,但也不想走入廊庙,处于依附地位,他们把自己的一个刊物取名为《独立评论》,大概就是这个意思。

正是这些自由知识分子的独立评论,大大地活跃了中国人的思想,使之走出了万马齐喑的局面。但是,政治力量想通过权力来控制学校、控制知识分子的做法,却也从来没有停止过。从段祺瑞的"整顿学风"、张作霖的捕杀学人,到国民党CC系对于大学的渗透与控制,走的都是这一条路子。但这种种措施,只有使大学遭殃,文人受难,对中国文化教育事业起破坏作用。正如蔡元培所说:"大学以思想自由为原则。在中古时代,大学教科受教会干涉,教员不得以违禁书籍授学生。近代思想自由之公例,既被公认,能完全实现之者,厥惟大学。大学教员所发表之思想,不但不受任何宗教或政党之拘束,亦不受任何著名学者之牵掣。苟其确有所见,而言之成理,则虽在一校中,两相反对之学说,不妨同时并行,而一任学生之比较而选择,此大学之所以为大也。"(《大学教育》)据蔡元培在欧洲考察所见,即使在政治上实行专制主义的德国,其大学在学术上也是独立的,这就是欧洲文化教育事业能够快步发展的原因。所以他大力提倡学术独立、思想自由,实在是为了促使中国教育的现代化,从而推动中国社会的发展。

复旦园里长镜头
——记陈望道先生

陈望道先生年轻时,是一个敢说敢干,很有个性的人物。他的外号叫"红头火柴",是谓一擦即燃之意。这只要看他当年在浙江第一师范教书时,积极支持学生运动,敢于与封建教育当局斗争,因而被列为"四大金刚"之一;后来,在中国共产党上海发起组中,因不愿受陈独秀的家长式统治和背后的造谣污蔑,终于与他闹翻,拂袖而去,即可见出他刚烈的性格来。但当建国后出任复旦大学校长时,他已是一个老成持重、表情严肃的长者了,人们尊称他为"望老"。再加上传媒着意宣扬他的原则性、组织性,而抹杀他的个性表现,把他塑造成一个听话的好老头形象,就有点令人望而生畏了。

其实，即使到了晚年，望道先生仍旧保持着他的个性，仍旧具有独立精神，不肯随波逐流，不肯屈从于强势话语，更不肯迎合上意来误导群众，始终保持着一个学人的良知。只是，年岁已经消去了他"红头火柴"的烈性，环境也不允许他再作金刚怒目状了。但在某些场合，还能听到他的异调奏鸣，在很多时候，还能感受到他的人情温暖。只是，传媒不肯如实报道而已。

20世纪50年代初期，上面提倡一边倒，全面学习苏联，文教领域也是唯苏联专家的意见是从。在一次科学院学部委员会议上，王力大谈苏联专家如何说，如何说，望老实在听得不耐烦了，就顶了一句，说："王力先生，这里是我们中国！"顶得王力无话可说。在制订汉语拉丁化字母时，苏联专家提出要加进一些斯拉夫语的字母，中国专家心里不同意，但慑于政治压力，没有人敢顶苏联专家，只有陈望道出来反对，说斯拉夫语字母与拉丁字母体系不同，加进来不伦不类。他与苏联专家辩论了一个上午，连中饭也没有吃，终于将这种大国沙文主义的意见顶住了。

望老不但敢于顶住苏联专家的意见，就是对于中央领导的某些不恰当的决定，也要据理力争。我在一篇老校友的文章中看到，说当初在院系调整时，上面原是要将复旦新闻系撤销的——北大也只在中文系内保留一个新闻专业，但望道先生不同意这个决定，提出要保留复旦新闻系。意见反映到政务院总理周恩来那里，周恩来也决定不了此事，只好向毛泽东主席汇报。毛泽东说，既然陈望道先生要保留复旦新闻系，那就保留吧！这样，才把复旦新闻系保了下来。所以，院系调整之后的第一年(即1953年)高考，复旦新闻系就没有列入招生规划中去，而是在录取之后从中文系的新生中分了一半过去，原因盖缘于此。

在复旦，他这种异见就表现得更多了。有一次，学校召开批判知识分子的资产阶级学术思想大会，要望老出席，在批判会行将结束时，照例要望老讲几句话，以示尊重。一般说来，在这种场合下发言，总要顺着大会的主导方向，说几句凑趣的话，至少，总要对大会加以肯定，对发言者加以鼓励。但望老却不然，他唱的几乎是反调。他说："学术著作应是材料与观点的结合，观点经过讨论可以提高，但如果有大量可靠的材料作基础，那么这部著作是批不倒的。只有那种空头理论，一批就倒。"接着，他却批评起那些发言者来了："你们今天的发言，为什么都是念讲稿？讲话应发挥自己的意见才是。"弄得主持者很是尴尬。但校报发表会议消息时，只报道陈望道校长出席了批判会并讲了话，对他的讲话内容，却一字不提。这就是所谓新闻导向吧！

望道先生自己也知道，他的话在当时是不起作用的，他也无力抗衡时代潮流，但实在看不过去的时候，他还是要讲。直言无效，则以幽默之语出之。在某一场合，大家谈到全国普遍存在的重理轻文倾向，都很有意见，而作为语文专家的望老，却突发奇论道："别人都说现在是重理轻文，我看倒是重文轻理。你们看，现在报刊上文章很多，但是说理很少，这不是重文轻理吗？"望老说得一本正经，听者为之绝倒。闻此言说，我乃悟到，望老为什么要把他主持的专门研究语法、修辞的研究室,再加上逻辑二字,定名为"语法修辞逻辑研究室",盖因逻辑观念、理性思维实在是非常重要的,非要着重研究、加以推广不可。

"大跃进"时期,复旦掀起了集体编写教材的热潮。此热潮席卷文科,无人敢于抗拒。因为在当时,对此事的态度,就是衡量你对"三面红旗"(指总路线、大跃进、人民公社)的态度,乃一重大政治问题,弄不好,是可以被打倒的。但望老并不紧跟,仍旧保持自己的见解。他对身边的人说:"这种东西,剪刀加浆糊,一个星期就可以编出一本来,没有什么意思。"所以,那时他不参加什么集体项目,后来也不肯主编这类东西。他一向认为,做学问应该踏踏实实,不能贪多求速。他不喜欢"著作等身"之类的话,认为这样毫无意思。据他的老学生倪海曙说,他常常用"驼子下棺材"这句歇后语来形容认识的发展过程,意谓一头着实了,一头又翘起来。因此,研究学问要"若存若忘",长期坚持,不断探索,不断验证,才能有所成就。

"文化大革命"之前,学生会曾请望老题字,当时有许多政治口号,极为红火,学生会干部希望他能写上一句,但他不肯,只题了"又红又专"四个字,因为对这个口号,他是赞成的。但这幅字,大概不被重视的缘故,早被人丢到不知何处去了,他儿子想去找回,也找不到了。

"文化大革命"后期,全国大搞"批儒评法"运动,简直把法家捧到天上去了。这当然是一种政治手段。而有些学者,为了紧跟形势,为了救出自己,或者还想附势而上,也就迎合上意,或则以儒法斗争为纲来修改自己的旧作,或则改变自己一向尊儒的观点,为法家大唱赞歌。但望道先生则保持沉默,不肯附和。而且私下里还对他的研究生说:"法家杀气太重……"虽然欲说还休,但忧虑之情可见。那时,上海一家出版社奉命要重印望老的《修辞学发凡》,但认为书中所用儒家的例句太多,要他修改。望老不肯改,经一再动员,也只改换了几个例句。出版社领导说:"这个样子出版出去,不符合批儒评法的精神,怕外国人看了要挑剔。"望老对他的助手说:"我倒不怕外国人挑剔,而是怕有些中国人挑剔。"

望道先生不但在平和中保持了个性,而且在严肃中充满着感情。贾植芳先生就常常念叨望道先生当年对他的关心。那当然是在1955年他因胡风案被捕之前的事了。有一天,望老夫人蔡葵先生对贾先生说:"我们陈先生说,你贾先生手面大,这点工资怕不够开销,我们两人的工资花不完,请你帮我们花一些。"他们每月送给贾先生四十元,这在当时是一笔不小的数目。贾先生说:"他如果说是资助,我是不会接受的。他叫我帮着他花钱,我当然只好收下了。"这可见望道先生如何善于体贴人心,而且也很富于幽默感。其实,这种请人"帮助花钱"的事,是望道先生的老习惯了。三四十年代,他就经常拿自己的工资来支援穷学生,也并不声张,有时蔡先生发现他拿回来的工资太少了,问起来才知道是这么回事。

望道先生对朋友的情义,在乐嗣炳先生身上表现得更加充分。他们二人是30年代提倡大众语运动的老战友,当年为了反对复古思潮,为了中国语文的新生,做了不少有益的工作,甚至被人扣上红帽子。可是,乐先生命途多舛,一生颠沛流离,50年代初在广西柳州军分区当联络员,做争取土匪的工作,但不知怎样一来,却被当做通匪的嫌疑分子关了起来。

审查了三年,却一直没有结果,后来在老朋友司法部长史良的关心下放了出来,也没有一个正式结论。其时,望道先生身兼华东文教委员会副主任、华东文化局局长等许多职务,处于高位,但他并没有"一阔脸就变",当乐先生于1953年8月份一回到上海,望道先生就介绍这位落魄的老朋友进复旦大学中文系做语言学教授。不料到得1957年,乐先生又被打成"右派"分子。望道先生还是非常关心他,给他工作上的方便,在乐先生摘去"右派"帽子的当晚,望老偕同夫人,登门拜访。此后,二人仍经常来往。这在当时,是非常难得的。

望道先生当校长时,正是校长缺乏权力之时。但是,他还是要利用手中不多的权力,来为师生员工做点好事。他常说学生能来复旦读书不容易,轻易不要处分。每当有学生犯事——多半是思想上的事,公安局来抓人时,望老总说慢点批,我要了解一下情况再说。因为公安局一抓,这个学生就要除名,他这一辈子也就完了。所以凡是能保的,望老总要保一下。

望道先生自己掏钱买树,绿化校园,以及尊重工友,帮助工友等事,在复旦时有所闻。而最令人感动的是,他在临终时,还在关心复旦师生员工的生活,为复旦划归市区之事而操心。盖因复旦地处城乡结合部,划归市区或者划归郊区,处于两可之间,50年代复旦原属杨浦区,是为市区,恰恰到了三年困难时期,却被划到宝山县去了,属于郊区。当时物资供应市区与郊区是大不一样的——肉票、油票等,郊区都少于市区,点心票也没有,这在每一两粮票都算着用的时候,就使复旦师生员工吃亏不少。从那时起,望道先生就不断地向市领导提出请求,要把复旦划为市区,但一直没有解决。在他病重时,他告诉家人,凡是市领导人来看望,都要提醒他再提此事。市领导问他最后有什么要求,他说,我个人别无所求,但希望一定要为复旦解决划市区的问题。在他一再要求之下,总算将此事解决了。

在这里,我们看到的不只是争取一项具体待遇的问题,而是一个校长的责任心——他想到的不是自己的私利,而是全校师生员工的利益。

这就是为什么有些人还没有下台就骂声不绝,有些人一下台就无人理睬,而望道先生逝世几十年了,老复旦们还深深地怀念着他的原因了。

与古人交友的人
——记郭绍虞先生

郭绍虞先生是复旦中文系唯一的一级教授——当然,陈望道先生也是一级教授,他的语法、修辞、逻辑研究室属中文系代管,但是,他本人的编制却不在中文系,而且因为做校长事忙,也不再教书了,所以,实际上在中文系教书的一级教授,就只有郭绍虞先生。

但是,这位一级教授却不是科班出身。他不但没有上过大学,就连中等学校也没有毕业,只在土木工程学校读过一年书,相当于初中一年级水平,就去做小学教师了。但他十分努力,自修文史,以扎实的论文引起学术界的注意,终于走上了大学讲台,可以算是自学成才的典型。当时胡适就很赏识他,推荐他到协和大学教书,协和大学校长一看他的学历，很不放心，特地派了一位教授去对他进行考核。倾谈之下，那位教授认为他很有学问，复命之后，校长就聘郭先生为文学院院长。从此郭先生就成为有名望的教授，后来还做过燕京大学文学院院长、同济大学文学院院长，1949年9月，他从同济调到复旦，做了复旦中文系系主任。

郭先生年轻时大概颇为活跃，他写过体育史著作，从事过新文学运动，是文学研究会发起人之一。据说，文学研究会在北京酝酿时，本没有沈雁冰和叶圣陶，还是郭绍虞先生提名介绍的。郭先生与叶圣陶是小学同学，关系一直很好，与沈雁冰也是老朋友。

但是，在我见到郭先生时，他已经是一位六十多岁的长者了，动作迟缓，讲话慢条斯理，带着一口浓重的苏州腔。大家都尊称他为郭老——高班同学有时叫他"郭老板"，那是为了要他多拿些钱出来开迎新会、联欢会之类。当时高校教师收入较高，而且师生关系也较为融洽，每有迎新会联欢会之类，学生会干部就到各位老师那里募钱，教师们都会认捐一些，郭老是系主任，工资又最高，每次出的钱也最多。但1957年之后，师生渐渐隔阂，再也没有这类事情了。

郭老住在复旦庐山村时，客厅里挂着一幅水墨立轴，画着郭老的全身像，长袍布鞋，手持书卷，面带笑意，一副敦厚的样子，非常传神。

我们读书时，郭老身体很不好。血压高，有时还到了危险的境地。但他仍很用功，努力接受新理论，修改他的旧著：《中国文学批评史》，1955年就出版了修改本。复旦地处郊区，夏夜多蚊,那时设备又不好,听说郭老是穿着高筒胶鞋来工作的,这种精神,着实令我辈后生小子感动。后来搬到南京西路住,条件好些了,郭老年事虽高,但始终笔耕不辍。据他的助手蒋凡老弟说,郭老每天起得很早,梳洗后即进书房工作,午饭后,略事小憩,再工作到傍晚。因为年老,晚上就不工作了。但也不大有什么娱乐活动,只偶尔听听评弹,这是苏州人的普遍爱好。因为郭师母张方行女士非常能干,而且对郭老体贴入微,衣食住行什么都安排得好好的,连郭老所吃之药也都送到手边,不用他分心,所以郭老从来不理家务事,一心只读圣贤书。有时,郭师母为了要郭老休息一下脑子,安排他干点摘豆芽之类的轻活,郭老干了一会也就不愿干了。仍旧去读他的书,写他的文章,晚年犹如此用功,年轻时更可想而知了。我想,一个中等学校都没有毕业的人,能成为权威学者,做到一级教授,就是这样努力出来的吧!

有人问郭老:"你这样一年到头,一天到晚地钻在书本里,不感到枯燥吗?"他答道:"与古人交友,其乐无穷。"的确,他对自己家里的事很少过问,大都是一问三不知,但对古人的油盐酱醋,却搞得极其清楚。郭老以《中国文学批评史》名世,搞的是宏观研究,但与时下超越微观的宏观研究不同,他的宏观研究是建筑在微观研究的基础之上,所以功夫非常扎实,书中没有空言套话。我们只要看看他后来收入《照隅室古典文学论集》中的文章,就知道他对于中国古代文学和古代文论各个细部所下工夫之深,可见《中国文学批评史》写作的成功不是偶然的。20世纪60年代初,他受命主编《中国历代文论选》,能够胸有成竹,指挥若定,也就不奇怪了。

郭老学识渊博,治学范围很广。除了文学批评史之外,他还对语言学下过很深的功夫。早年出过《语文通论》和《语文通论续编》二书,很受学术界的重视,还有其他一些文章,后来都收入《照隅室语言文字论集》中;晚年又写《语法修辞新探》,与吕叔湘、陈望道持异议,独创新说。所以他不但是文学批评史权威,同时还是重要的语言学家。而这两门学问,对他来说,又是相辅相成的。

郭老学问虽好,但口才却实在并不怎么样。他给我们上《中国文学批评史》课程时,慕名来听者很多,一间不小的教室都挤满了,那时蒋孔阳先生还是青年教师,自愿参加辅导,阵势很为壮观。但是郭老讲课时,满口苏州的口头语:"这个,这个;在咕,在咕",总是讲不清楚,再加上他自己所说的"中气不足",声音轻微,教学效果并不好。听他的课,远不如看他的书来得带劲。郭老虽然是语言学家,文章也写得极其规范,但讲话却常常既不合语法,也不讲修辞。同学调皮,经常学他在迎新会上所讲的一句话:"我们今天欢迎新伙伴,我们大家一起来伙伴。"可见他并无即席讲话之才。郭老虽然有此短处,但因为他学问大,对人好,所以无损于他的威信,同学们学起他的话语来,反而有一种亲切感。

郭老乐于助人是有名的。听说他在燕京大学教书时,有一个学生在旅馆里生了重病,又无钱付费,店主人要赶他出去,在百般无奈时,他说:我是燕京大学学生,你可以打电话找我的老师郭绍虞先生,他会给我想办法的。郭老接到电话之后,果真为他付了钱,并把他接到家里来治病。抗日战争初期,因为燕大是美国人管的教会学校,日本占领军不能插手,郭老在文学院院长的位置上帮人做了不少好事。比如，他为周作人安排了课程，使他有些收入，能够渡过难关。只可惜周作人辜负了他的好意，还是下水了。调到复旦之后，郭老的工资收入虽然远不如在燕大和同济时多，但仍旧乐于助人，给有困难的教师送药送钱。解放初期，吴文祺先生生活困难，而且有病，就经常得到郭老的帮助；"文革"后期，施昌东患了癌症，开刀后需人照料，但妻子远在四川，照顾不到，施昌东是"右派分子"，虽已摘帽，而仍被视为异类，要想通过正常手续调来妻子是不可能的，他曾写信给当时很走红的某教授，要求帮助，却如石沉大海，一直得不到回信，他又求助于郭老，还是郭老设法疏通，才把他的妻子调来，郭师母还叫郭老的助手送蛋、送钱给施昌东。

郭老虽然在40年代社会地位就很高，工资也很高，但他深恶当时的腐败现象，对新中国是热忱欢迎的。他是50年代较早一批加入共产党的高级知识分子，入党时，还把他在苏州的九十九间房子上交给国家，可见其虔诚。但因为他老先生是与古人交友的人，终日沉浸在古人的世界里，对于现实政治的各种微妙关系却并不了解，他曾努力辨析，但是愈辨愈糊涂。记得"文化大革命"期间，工宣队（工人毛泽东思想宣传队）进驻之后，搞什么"抗大学习班"，要"清理阶级队伍"，在清理过程中，把郭老也批判了一通。郭老作了一个发言，竭力想辨清"错误"与"罪行"的区别，意谓他有错误，而没有罪行。但那是"口含天宪，朕即王法"的年代，怎能容你进行理论辨析呢？我们只觉得他书呆子气十足。1949年以后，他总想努力跟上形势，但却总是跟得很吃力，而又做了很多无效劳动。大跃进年代，他根据当时流行的"现实主义与反现实主义斗争"的理论来修改他的批评史，出了《中国古典文学理论批评史》上册，这个修改本不能令人满意，宋以后的部分就没有再修改下去；"文化大革命"后期，他又根据儒法斗争的理论来修改他的《中国文学批评史》，当然更加困难重重，终于没有能够出版，"四人帮"就被打倒了。这与跟风不同，郭老实在是想跟上形势，虔诚地接受新理论，而对这种"新理论"的政治背景却缺乏了解和认识。

但是，郭老在民族大节上，却是分辨得非常清楚的——这也是中国历代知识分子的优秀传统。1941年太平洋战争发生之后，美国成了日本的敌方，燕京大学也就被日军所占领。有人来引诱郭老下水，为郭老所坚拒。郭老最后一课为学生讲解《诗经》中的《黍离》，当读到"知我者谓我心忧，不知我者谓我何求。悠悠苍天，此何人哉?"时，台上台下，一片唏嘘。此情此景，有如都德在《最后一课》中所描写的样子，多年之后，闻之犹令人感动。

从郭老身上，我们可以看出中国知识分子的崇高精神。

刘翁得马,焉知非祸
——记刘大杰先生

刘大杰先生以"断肠人"自称,是在1957年开刀割肠之后。这之前,他风流倜傥,活跃非常。大杰先生是有名的才子,文章写得漂亮,课也讲得极其生动活泼。他教我们魏晋至隋唐这段文学史,每周五节课,课时虽多,却始终引人入胜,使听者心无旁骛。

读大杰先生《中国文学发展史》,能使你感到一种审美的愉悦,听大杰先生讲课,更是一种艺术的享受。那时,还没有统编的高校文科教材,各校自行编写和指定。大杰先生所用的教材,就是他自己这本《中国文学发展史》——那时,该书尚未出版修订本,我们读的是40年代中华书局出的本子。但在开列这本书时,先生特地声明道:

"教师本不该将自己的著作介绍给学生看的,但现在文学史还没有相应的参考书,只好把自己的著作开给你们,实在不好意思。"不过,他并不照本宣科,而是另外编写了简洁的讲义。每次上课,先在黑板上抄一段讲义,然后加以发挥。有一次,他说出门时太匆忙,忘记带那本写着讲义的笔记簿了,但他的记忆力真好,拍拍脑袋,居然能在黑板上默写出来。因为同学们已经抄下了黑板上写的讲义,课后又有他的书本可看,所以听讲时也就不必再记什么,而可全神贯注听他发挥。大杰先生也真能讲,比如讲建安文学,他从世积乱离的时代背景,讲到慷慨多气的文风,一直讲到甄后如何漂亮,曹植如何倾倒,徐干又如何以平视而获罪;讲竹林七贤,就从魏晋玄学,讲到清谈之风,一直讲到山涛妻子如何隔壁偷听,极其有趣。大杰先生讲课,随口能背出很多诗句,引用又恰到好处,令人折服。但当我们表示敬佩之意时,他却坦然地说:"我其实也只能背出这些诗句,这是事先准备好的,你若要我背全诗,或背更多的诗句,我就不行了。"不过这话也当真不得,因为他又曾对我说过,他上学时,白天跟同学玩,晚上躲在被窝里打着手电筒背古诗,要把同学比下去的趣事。大杰先生讲古典文学,还时常杂以今事,我记得他讲唐代文学,不知怎样一来,忽然讲到他在静安寺上电车如何抢座位,从而分析某种人情世态;有时他还会把古人的服饰、用语现代化,而且随机性很大,记得50年代他做《红楼梦》报告时,说林黛玉背着一个小皮包,漂亮极了,到60年代又听过他一次《红楼梦》报告,却说是林黛玉穿着一件的确良衣裳,非常漂亮。盖因50年代的小皮包和60年代的的确良衣服,都是当时妇女的时髦用品和服装也。这种古今杂糅的发挥,如果是别人所讲,那是要闹笑话的,但出自大杰先生口中,却就风趣得很了。他讲《红楼梦》,也能随口背诵很多东西,就连黑山村庄头乌进孝上缴贾府的货物清单,他都能背诵如流。所以他做学术报告,场场爆满。听说他在50年代中期到北京大学讲过一次《红楼梦》,引得北大学子倾倒,说从来没有听过这样生动的学术报告。

1955年前后的几年,系主任郭绍虞先生因病疗养,刘大杰先生做代理系主任,做得相当的潇洒。因为他住在市区,离校较远,自然并不每天上班。大抵每次到校上过课之后,再到系办公室去坐坐,但也并不急于马上处理公务,而是先喝茶、抽烟、聊天,如见到我们班的运动员王克起同学,就与他大谈杜甫小时候如何会爬树,拜伦游泳如何好等等,再表扬他在市级运动会上创纪录,是为中文系争光,并说要将自己的著作送给他,以资鼓励云云。但据克起说,大杰先生虽然多次表示要送书,但始终没有兑现,因为他老先生说过之后也就忘掉了,下次再说再忘。而如此这般聊天聊够了之后,他才开始办正事,却很快就把公务处理好了。那时,还没有设副系主任,只有一个不脱产的系秘书外加一名系务员,我们不能不佩服大杰先生办事的神速。当然,那时系里的公务也没有现在这么多,以致三四个正副系主任外加四五个系务员也处理不完,现在做系主任的自然也就潇洒不起来了。

1957年,大杰先生发现有肠癌,开刀之后,元气大伤。有很长一段时间,他都直不起身来。偶尔到学校开会,也是拄根手杖,弯着腰,不复像当年那样神采飞扬了。但他一坐下来,却仍然谈笑风生。他说他之所以得病,皆因年轻时候喝酒啊、闹啊,闹得太厉害了。大杰先生与郁达夫友谊很深,颇感染了些郁氏的浪漫气息,当年两人在四马路喝酒,一个晚上连喝数家酒馆,喝得酩酊大醉。大杰先生也写情诗,为小报所披露,题曰:《刘大杰寄情春波楼》,他还写过考证林黛玉是否处女的文章,都被我们同学发掘出来,传为美谈。大杰先生多才多艺,年轻时搞过文艺批评,发表了许多评论文章;研究过外国文学,写有《表现主义的文学》、《德国文学史大纲》等著作;教过中国哲学史,写有《魏晋思想论》;翻译过托尔斯泰、屠格涅夫等人的作品;并创作过小说,有《三儿苦学记》,写的就是他自己的童年生活。后来由博返约,这才集中力量写出他的代表作——《中国文学发展史》。

《中国文学发展史》上册于1941年1月出版,下册在1943年就写好了,但却拖到1949年1月才出版。这部书出版后,很受读者欢迎,后为适应时势,不断加以修订。1957年底至1958年初,陆续出版了第一次修订的三卷本。但不久,却受到了批判。盖因当时适逢大跃进年代,各条战线都在"兴无灭资",几乎所有老教授都被当作白旗拔掉,他们的著作也一概在批判之列。大杰先生的《中国文学发展史》因影响较大,自然就成为重点批判对象,复旦中文系还出版了一本《"中国文学发展史"批判》论文集。不过大杰先生对此倒并不在意,后来中文系总支召开甄别会,向被批判者表示道歉时,大杰先生当场发表声明,说那些写批判文章的都是他的学生,对于自己的学生,他是决不会加以计较的。

经过批判之后,这本书的影响倒反而更大了。连毛泽东也看到了此书,并对它大为赞赏。60年代初,有一次毛泽东到上海,派人找大杰先生,因为事先没有通知,找了好久,才从花鸟商店找到他。据大杰先生说,那一次,毛泽东与他谈了四个钟头,主要就讨论文学史问题。毛泽东对他的《中国文学发展史》里引述分析许多作家作品这一点,大加肯定。大概因为有此接触,大杰先生给毛泽东的印象很深,所以到"文化大革命"时期,毛泽东提出要保的教授名单中,就有大杰先生在内。

"文革"初期,大杰先生虽然也进过牛棚,但其实倒没有受到很大的冲击。工宣队进驻之后,要清理阶级队伍,才开始对他进行批判。批判过之后,就下放到班级中与学生一起学习,日子倒也还过得去。大杰先生仍很健谈,有一次会间休息时,还跟我大谈他的老师"季刚先生"(黄侃)的趣事,其中情节,真是妙不可言。后来传达了毛泽东要保一批教授的"最高指示",复旦点到名的就有四位:周谷城、苏步青、谈家桢、刘大杰。因为当时的调子是"一批二保",所以工宣队又重新在全校组织批判大会,让他们"接受教育"。但是,钦点的翰林,待遇毕竟是不同的了。当大多数教师都下放干校,准备斗、批、散时,大杰先生却进了"小班子",去教工农兵学员。而且,因为毛泽东欣赏,江青也来拉拢,要他给"样板戏"提意见云云。而到"儒法斗争"学习运动起来时,又要他以儒法斗争这条线为纲,来重新修改《中国文学发展史》。

将中国几千年的历史归结为儒法两家的斗争史,这本是江青的政治阴谋,并不符合实际情况。要根据这个伪造的"规律"来编写中国文学史,也实在是够为难的了。但这毕竟是"光荣的任务",大杰先生还是去做了——而且,不做也不行。他花了很大的力气来做这项工作,但当新的修订本出到第二卷的时候,"四人帮"被打倒了,于是他又成了被批判的对象。这回,批判者已不是无知的学生辈,而是他同辈的学者教授;他的罪名也不再是资产阶级学术观点,而是向政治上上纲上线了。这样一来,大杰先生也就潇洒不起来了。他以患过癌症之身,经过大修改大翻造工作的过分劳累之后,再受到这样的刺激,整个精神都萎了下来,于是旧病复发,而又不能得到及时的医疗,病情发展很快,终于很快就去世了,享年只有七十五岁,比系里他的许多同辈教师都活得短。

如果大杰先生不被重视,不去做这样的工作,也许他还能活得更长一些,在"文革"结束之后,还能写出更多更好的著作来。

这真是:刘翁得马,焉知非祸!

终于讲席的教师
——记朱东润先生

在"文化大革命"期间被批斗的教授中,我最佩服的是周谷城和朱东润两位先生。他们都是运动初期被复旦党委抛出来挡头阵的"反动学术权威",所受磨难最多,但从来不肯屈服。周谷城先生自称眼睛有疾,被批斗时眯着眼睛,似睡非睡,别人批了半天,问他是不是这样,他说,我没有听见。一阵"周谷城不老实,就打倒他"的口号声之后,批判者只好再说一遍。会议主持人问周谷城,承认不承认错误?他却坚持说自己的意见是对的。朱东润先生则硬是不肯低头,别人把他的头按下去,他又挺起来。批斗者质问他是什么人,意在要他自己承认是反动分子,他却昂然说:"我是中文系系主任!"甚至有个党委副书记的儿子冲到他家,将一把日本军刀架在他脖子上,他也毫不畏惧。

不过周谷城先生情况有点特殊。他是毛泽东的老朋友,毛泽东曾请他到中南海家中住过几时,南巡时则常约他面谈,"文革"中又点名要保护他,所以他老先生实在是有恃无恐,开一点小玩笑,主持者倒也无可奈何。而朱东润先生却是一无凭借,全靠自己的骨气支撑着,这就更加难能可贵了。朱先生常说:"人不可以有傲气,但不可以没有傲骨。"他自己的确是身体力行的。愈是困难时刻,愈是受到压力,他愈是傲骨挺然;而在他主持系政,地位较高时,对系里的教师、学生,则和蔼可亲,而且也很宽容。所以,大家都尊称他为朱老。

朱老不是随波逐流之辈,做事有他自己的准则。他所崇奉的,大概是早期儒家思想,有强烈的社会责任感,有积极进取精神,有时还知其不可为而为之。他青年时代在英国留学时,得知袁世凯欲与日本签订二十一条卖国条约,要做皇帝,即弃学束装,万里归来,拟参加讨袁斗争,表示"不愿以区区之身,与儿皇帝共存于天下"。后来,他虽长期从事教育工作,但并不以学校为世外桃源,作避世之想,也不是仅以此作为谋生手段,而仍是积极用世,总想对社会国家有所贡献。他写了很多传记,传主大都是政治家或关心世道的爱国诗人,如张居正、陆游、梅尧臣、杜甫、陈子龙,这就可以想见其用意。朱老一向很珍惜时间,但对社会工作却从来不推辞。他没有时间回老家,但"文革"前每年高考阅卷,他都去参加,而且主持语文中心组,工作很繁重;1957年以后,系主任实际已处于无权状态,但朱老仍在可能范围内多做工作,决不超然。并不是他对这些小小的权力感到兴趣，而是总想要为社会做些有益之事。后来又有"拔白旗"运动，很多老教师干脆不再上课，或很少上课，风气形成之后，有些并不很老，而且没有被拔的教师，只要有些地位之后，也就不肯上课了，出现了"教授不教"的现象。但是朱老总是坚持上课，而且还上很多课时、很多课种，即使带研究生，也是认认真真给他们讲课，直到九十高龄。他是在最后一名研究生李祥年的博士论文答辩完毕之后，才进了医院的。正应了他所信奉的那句话："战士死于疆场，教师终于讲席。"他在做了十年"牛鬼蛇神"之后，以八十四岁高龄加入中国共产党，并非个人有所求，也非迎合上面的需要，应该说，仍是积极用世思想的表现。

　　朱老早年家贫，靠族人和师长帮助上的学，从小养成坚忍不拔的精神。他从来不肯走捷径，认为捷径便是死径，他做事做学问总是认认真真，踏踏实实，刻苦用功。他曾说过，他初学英语时，将生词写在纸片上，挂满房间，朝夕读之，这样，很快就掌握了。他又说过，写字总要写它六十年以上，这才能够写得像个样子——他补充道：十五年练篆字，十五年练隶书，另外三十年再练楷书、行书、草书。而他自己就是这样每天练字一直练到九十多岁。他曾送我一些他日常写篆字的本子，从中可以看到他认真练字的情况。朱老之成为书法家，就是这样苦练出来的。他每做一门学问，都要做许多基础工夫，从头至尾，决不假手他人。因为他自己认真苦学，讲究打基础，所以对学生的要求也比较严格。我毕业留校时，朱老是系主任，他要我订进修计划。当时我的进修方向是中国现代文学，计划里准备从《中国新文学大系》和五四时期的文学期刊读起,自以为如此进修,基础也就相当扎实了。但朱老一看我的进修计划,就大摇其头。他说:"你必须从《史记》读起。"而且派我去辅导新闻系的中国古代文学史课程。我不理解他何以要这样安排,就提醒他说:"朱老,我留下来是准备教现代文学的,不是搞古典文学的。"朱老笑了笑,说:"你是我留下来的,我还不知道你的工作任务吗?但是,现代文学是从古典文学发展下来的,你不从古典文学先下工夫,能够搞好现代文学吗?你一个中文系的毕业生,去辅导外系的古代文学史,有足够的能力,我给你打包票,你大胆地去干!"我照朱老的安排去进修和工作,的确提高很快。可惜不久就下放劳动,接着又来了"大跃进"运动,形势大变,我自己也没有再坚持按朱老的要求去进修,以致一直没有把基础打好,很是愧对师长。

朱老身体很好,走路做事总是精神抖擞。有些老先生是病病歪歪活到老,朱老则是健健康康活到老。七十多岁时还能与孙子赛跑,而且跑赢了;九十岁还在写大部头的著作《元好问传》。他是九十二高龄患癌症去世的。倘非患上此种绝症,还可活得更长些。但是,平时却并不见他锻炼身体。我问朱老有什么养生之道,他说,他严格遵守作息时间,再就是每天练字,也是一种运动。朱老的遵守作息时间,严格到机械的程度。他说,晚上休息的时间一到,只要时钟的指针指到此时,他就停止工作,决不拖延,如果在写文章,哪怕只写了半个字,也一定搁笔,另半个字到明天再写。但是,他并非一开始就养成这种生活习惯的,年轻时倒是另一种做法,即规定好每天的工作量,做完了才睡觉。他说,他在武汉大学教书时,编写中国文学批评史讲义,每天是要写一定的字数的,但有位高邻喜欢聊天，常常过来闲聊，他只好奉陪，有时电灯熄了，那位高邻还不肯走——那时学校的电灯到12时就熄灭，不能亮通宵，于是他只好点起蜡烛来陪着聊。等这位高邻聊得够了起身之后，他再坐下来编讲义，一定要把当天的任务完成，这才睡觉。但不久，有一位年富力强的同事突然死亡，这对朱先生刺激很大，于是就改为准时睡觉的生活方式，并且坚持到老。

朱老虽然很严格，但是并不严厉，有时还很幽默。他老人家是一切都讲准时的，开会从不迟到早退，我则自由散漫惯了，除了上课决不迟到外，开会是老迟到。有一次，因为头天晚上开了夜车，午觉睡过了头，下午开会照例又迟到。正好是朱老主持会议，见我进来，就说："吴中杰，你家有闹钟没有？"我照实说："朱老，我睡得太沉了，闹钟没闹醒我。"朱老说："好，我明天再送你一只闹钟，下次一定把你闹醒。"这样就算批评过了。70年代末，我请朱老写字，他给我和内子各写了一幅行书，我挂在书房里，很是得意。后来一位行家看了，说："朱老的行书虽好，但他写得最好的是篆字，你为什么不请他写篆字？"我就跑到朱老那里说："朱老，人家说你的篆字写得最好，我要你的篆字。"朱老笑着说："写篆字吃力，我年纪大了，一般是不给人家写篆字了，现在你老兄把机关枪架在我面前，我只好给你写喽！"不久就给我写了一幅篆书，这就是后来收入《朱东润先生书法作品选》的那幅"燕赵悲歌士"。落款还特别署上："东润时年八十有三"。

朱东润先生逝世多年了，但他给复旦中文系打下的坚实基础，至今还起着作用，大家在遇到什么事时，也还经常提起他。他的精神一直在鼓舞着我们。

岂好辩哉,予不得已也
——记陈子展先生

陈子展先生一生都过得不顺遂,建国前一直受到国民党的迫害,建国后又受到共产党的错误处理。但是,他从来没有屈服过,也不肯放弃真理违心认错,而是挺直脊梁,一争到底,在斗争中表现出他的人格力量。若借用孟子的一句话,可以说:岂好辩哉,予不得已也!

若排起履历来,子展先生可以算是中国共产党的老革命战士了。他在1922年就住进了湖南自修大学,这家自修大学是毛泽东别出心裁的创造。在这里,子展先生先后与李维汉、李达、夏曦、何叔衡、谢觉哉等早期共产党人同事或同住过,并与毛泽东相识。马日事变后,被悬赏通缉,一直到中国人民解放军占领上海前一个月，他的名字还列在黑名单中，国民党军警还到复旦大学搜捕过他。他是在1927年秋天，共产党处境最困难、许多党员纷纷退党时，加入共产党的，谢觉哉是他的入党介绍人——据说，因为来不及宣誓，还不能算是共产党的正式成员，但国民党却已将他作为共产党要犯加以通缉了；而因为躲避通缉，他与党组织失去联系。但这无损于子展先生的革命积极性和坚定性，他一直在做革命的文化工作。他在白色恐怖的形势下，发表了很多揭露性的杂文，是20世纪30年代重要的杂文家。如《正面文章反看法》、《读书作文安全法》、《不要再上知堂老人的当》、《湖南精神与广东精神》等文章，写得相当泼辣。他那时通读了二十四史，又深入于现实斗争，所以能写得一手好杂文。

子展先生是1934年到复旦大学任教的，后来并担任了中文系主任。讲堂是传道、授业、解惑之所，除了传授文化知识之外，教师们常常要发表对于现实的见解，表明自己的人生态度，子展先生的见解和态度，必然要触犯时忌，而当时的教育界则是在陈果夫、陈立夫的CC系控制之下，双方的冲突是不可避免的。听说，抗日战争中复旦内迁重庆北碚时期，子展先生与CC系就斗得很厉害，以致听命于CC系的学校领导要解聘子展先生。正在危难之际，冯玉祥将军得知此事，专门制造了一张特大的大红拜帖送到复旦，上书"太老师陈子展先生启"，下面署上冯玉祥的名字，还特意要摆在门房里给大家观看，这才吓退了CC系的喽啰，没有敢下解聘书。盖因子展先生的一位学生曾教过冯玉祥读书，故有"太老师"之称，而冯玉祥此时虽然已被架空，手中没有了兵权，但名义上还是军事委员会的"副委员长",与蒋介石也还没有彻底闹翻,而且又算是拜把兄弟,这一点威慑力量还是有的。

子展先生就这么一直斗到新中国成立。应该说,他在文化教育战线上的斗争是不屈不挠的。但学校的情况也极为复杂,这么一路斗下来,总难免有些恩恩怨怨,而这些恩恩怨怨,也难免会延续下来。再加上子展先生虽有湖南人"扎硬寨,打死仗"的精神,但缺乏讲机变善妥协的灵活性,这就难免要吃亏了。

建国之初,军代表和党组织还是重视子展先生的。当初的军代表,即后来的党委书记,曾经登门拜访,请子展先生出山,但是,他不肯出山。理由是:共产党困难时,我应该帮忙,现在共产党胜利了,我就不必再凑这个热闹了。但是,真空总是需要有东西来填补的,既然你不肯出来,总有人会出来占据这个位置的,而做领导的,也少不得有帮场的人。所以,新的积极分子受到领导人的赏识,也是必然之事。这个道理,子展先生未必不晓得。但最使他恼火的是,出来跟着新的领导走,成为新的积极分子的,竟是他一直与之斗争的"公馆派"。所谓"公馆派",就是子展先生所指当年经常出入于章益校长公馆的人。

其实,这也并不奇怪。一个权力者倒了之后,追随者改为去追随新的有权者,这在中国历史上本是常见的现象。所以中国有五朝元老,多三代红人。何况,现在是天翻地覆的大变革时代,有人能悟今是而觉昨非,追求进步,靠拢领导,这当然是值得欢迎的。而政治家们则总是较为看重现实的需要,远甚于已成陈迹的历史。而且,即使子展先生能够慨然出山,凭他的性格，也决不会去迎合领导，而难免要自行其是，冲突是迟早间事。

然而，形势逆转之快，却使当事人难以接受。子展先生感到愤怒，他写了一封信给党委书记，说你当初虽曾支持过我，但现在却跟一些人一起迫害我了，因而严加指摘。当时，有人要调他到北京工作，他也回绝了，而提出要回湖南老家去。后经陈望道校长劝说，虽然仍留在复旦，但心情总是不舒畅的了。而在思想改造运动中，他又受到挫伤，特别是有人借故指责他的讲稿陈旧，很使他愤然。于是他干脆待在家里，不再上课。

子展先生虽然离群索居，但是仍旧难逃1957年的劫难。本来，子展先生不出席会议，不参加鸣放，不为"阳谋"所动，该是可以平安无事的了。但不料却有人打上门来。来者是一位老相识，建国后做了民主党派的头面人物，很是走红，却为子展先生所看不起。这回他声称是代表党来通知陈子展必须参加会议，子展先生一下子火气就冒上来了，立刻顶上一句："你是什么狐群狗党?!"这原是骂那位盛气凌人的来者的话，但汇报上去，却成了是骂共产党的话了。于是罪莫大焉，子展先生被打成了"极右"分子，教授级别从二级降到四级。但他硬是不买这个账，不承认自己有什么错误，不承认自己是"右派分子"，而且留起长胡子，仍旧关在家里研究《诗经》、《楚辞》。子展先生虽然处于困难的境地，但从不去通路子，而是自己硬顶着，这很令人肃然起敬，连复旦党委中有些人在私下里也称赞他"耿介"，说他认识那么多中央大佬，也从来不去找他们。但后来，上面还是知道了此事，中央统战部出面过问，复旦才于

1959年10月间摘掉他的"右派"帽子。原来是要他先承认错误,做个检讨,再摘帽子的,这样,领导人的面子上也好看些,但子展先生硬是不肯,为了要向上峰复命,也只好随他去了。

"文化大革命"开始后不久,子展先生被迫到校,进了牛棚,后来又下到班级,接受监督,有时还要跟班下乡劳动。有一段时期,我和他分在一个小组,又同为改造对象,常在一起劳动,休息,得有机会经常聊天。子展先生很健谈,你只要提个头,他就会滔滔不绝地谈下去。谈文学,谈历史,但从来不谈他与那些大佬的交往,大概有些避嫌吧。工宣队主持清理阶级队伍时,他当然在被清理之列,清队组还专门组织过一次对他的批判会。工宣队从档案材料里找出了一枚重磅炸弹,对陈子展冠以"恶毒攻击伟大领袖毛主席"罪——因为他以前曾经对什么人说起过,他在湖南自修大学里与毛主席一起踢过足球,而毛主席足球踢得不如他好。工宣队认为这是对伟大领袖的"恶攻",而与会的师生虽然不敢表示不同意见,但都感到非常好笑——毛主席是政治领袖,而非足球运动员,足球踢得不好,何损于他的威望!在批判会之后,同学们对子展先生不是痛恨,倒反而尊敬起来,有些另眼相看了。因为这个老右派却原来是个老革命,而且是根硬骨头。

人们在运动中虽然常把那些硬骨头叫作"顽固派"、"死硬分子",但内心里还是给予很大的敬意的;倒是对那些随风转舵的风派人物和一压即屈服的软骨头,很有点看不起。所以,在"文革"期间,学生们对于子展先生倒也并不特别为难。只是,他一直搞不明白,为什么以前是国民党找他麻烦,后来共产党又找他麻烦?就像哈姆雷特思索"生存还是毁灭"的问题一样，老是解不开这个结。

"文革"结束后，子展先生搬到复旦渝庄来住，生活也较为安定一些，那时，他虽已八十多岁高龄，但仍奋力继续他的研究工作，终于完成了《诗经直解》和《楚辞直解》两本大部头著作，出版后，很得学术界的好评。《诗经直解》出版后不久，王蘧常先生曾送我一副章草对联，附带提了一个条件，要我向子展先生要一本《诗经直解》签名本给他。他们原是朋友，但子展先生却忘记送书了。

子展先生解放前曾出版过《中国近代文学之变迁》、《最近三十年中国文学史》和《中国文学史讲话》、《唐宋文学史》等书，前两本书还是中国近代文学研究的开创性著作，产生过很大的影响。但就学术水平而言，《诗经直解》和《楚辞直解》毕竟是后来居上，它们是作者沉潜多年的发愤之作。子展先生自己说："愚治《诗》旨在与古人商榷，治《骚》旨在与今人辩难。"即使在艰难困顿之中，即使从事纯学术的研究，他仍不忘与人论辩争斗也。

此之谓陈子展先生！

不肯跟风的独行者
——记蒋天枢先生

时下,陈寅恪的学术思想重新引起人们的重视,蒋天枢先生也因整理《陈寅恪文集》并撰写《陈寅恪先生编年事辑》而出名。其实,蒋先生是一个不求闻达,不计利益,一生埋首书斋,扎扎实实做学问的人。他花了那么多的时间和心血来做这些事,完全是出于对老师的尊敬和对学术的痴心,别无他求。所以,当上海古籍出版社将两千元整理编辑费开给蒋先生时,却被他退了回去。他说:为老师整理遗著,是决不能收取报酬的。真是古道可风。

蒋先生不但自己扎扎实实做学问,而且以此诲人,对学生的要求也相当严格。他给我们上先秦两汉文学史,是我们刚入学那一年。那时,我们有很多同学是做着作家梦进入中文系的,因为能写几句文章,或者曾诌过几首小诗,个个以才子才女自居,很自以为了不起。入学之后,方知大学中文系不培养作家,而是培养教学、研究人才的,失望之余,难免觉得有点闷气,再加以一上来就读诘屈聱牙的《盘庚篇》,读解释得很牵强的"关关雎鸠,在河之洲",实在提不起兴趣来。蒋先生知道这情况,就花了两节课时间来务虚,给我们做思想工作。蒋先生在两节课内讲了很多话,我大都已经忘却,但有两点,因为课后同学们时常议论,所以至今还记得很清楚:一是要我们扎扎实实做学问,首先要把基础打好,以后才能搞研究,不能凭着兴趣读书;二是不要急于写文章,特别是不要去写"报屁股"文章。蒋先生调侃道:"你们急于在报屁股上发一些豆腐干块文章,无非是想买花生米吃,把时间都浪费掉了。"此后同学们谈起蒋先生来,总喜欢学他的话,说:"要扎扎实实做学问";"不要写报屁股文章"。可见他的务虚课给我们印象之深。——当然,蒋先生叫我们不要急于写文章,与日后复旦某些领导人反对个人写文章是不同的。蒋先生是要同学们先打好基础,再写文章,而复旦某些领导人则是把个人发表文章当作名利思想、白专道路来批判,完全是两种思路。

蒋先生还要我们每人写一篇自述,谈谈自己以前的文化基础,特别是古典文学的基础,以及今后的学习打算和志趣,目的是在因材施教。那时候,我的兴趣全在外国文学和中国现代文学上,所读古书不多,基础很差,不足以应付中文系的功课,更谈不上什么研究了。在蒋先生的引导和督促之下,这才硬着头皮读古书,水平渐渐有所提高。记得在一两年之后,蒋先生已不教我们班级的课了,他在路上碰到我时,还叫住我,了解我的读书情况,询问我古书阅读能力和古文表达能力是否有所提高,老师这种认真的精神,使我不敢过分偷懒。

至于如何打基础,蒋先生对我们倒没有提出太高的要求。大概因为我们当时还是本科生的缘故,所以他只要求我们读一些基本文学典籍,如《诗经》、楚辞、汉赋、乐府等。但他对青年教师和研究生就不同了,后来他指导章培恒兄研究先秦文学,就要求他从《说文》、《尔雅》读起,并标点《史记》、《汉书》。这大概是本着陈寅恪的学文需先识字的主张,也是继承了乾嘉学派的传统。蒋先生是清华国学院出身,曾师从国学大师王国维、陈寅恪,走的就是他们这条路子。他自己做学问认真,基础扎实,不轻易动笔,更不肯跟风赶时髦。20世纪50年代中国的学术思想大变动,学者们忙于捐弃旧我,急于用新观点来教课和写文章,而蒋先生却坚持原来的学术观点和治学方法,仍旧走自己的路,不为时势所左右,很有乃师陈寅恪的风度。他提交科学讨论会的论文,不是当时流行的什么"人民性"、"倾向性"之类,而是《诗大明"缵女维莘"考释》,对"缵女维莘"四个字,考释了将近两万字。

蒋先生对于他的老师,极其尊敬。《陈寅恪的最后二十年》一书中多有描述。陈寅恪对这位学生也是非常信任,在他目盲不能看书之后,就把许多典籍交给蒋先生。蒋先生家中放不下这许多书,大都寄存在中文系办公室。记得在1959年"继续跃进"的岁月,别人都在忙于快速编书放卫星,蒋先生则几乎每个星期天都到系里整理陈寅恪的藏书。我当时借住在系办公楼,常在一旁陪着聊天。蒋先生平时非常和气,但是,为了维护老师的学术威望，有时却难免动怒。有一次他在路上见到我，老远就把我叫过去，板着面孔问道："《解放日报》上那篇文章是不是你写的？"我知道，他指的是那篇署名"吴中"的批判王国维的文章。这篇文章是中文系五年级一个写作小组所写，他们将"中五"二字倒过来，再将"五"字谐音为"吴"，变成"吴中"这个笔名，遂使蒋先生误以为是我吴中杰所写，所以对我满脸怒气。我赶忙声明此文非我所为，并说明我近期正在研究鲁迅，至今尚未写过讨论王国维的文章。蒋先生这才转露笑脸，说："那好，那好。"多年以后，在一个座谈会上，大家谈到陈寅恪的《柳如是别传》，有一位老先生对此书颇不以为然，认为不值得花那么多精力为一个妓女立传。盖因这位老先生一向认为，传记文学应能激励士气，故传主应选择爱国志士和社会实干家。当然，陈寅恪写《柳如是别传》又别有一番深意，这本是可以讨论，值得争鸣的问题。但蒋先生一听到对于他所敬爱的老师有所非难，即引用了《论语》里的一句话说："其辞枝"，不愿再多谈了。

　　在蒋先生身上，我们看到朴学家的治学精神，也看到了中国传统的尊师思想。这在过去，本也不足为奇，但在经过这么多次运动之后，蒋先生仍能保持这种思想精神，却是十分难得的了。

复旦奇人
——记赵宋庆先生

上个世纪40年代,复旦大学有九妖十八怪之说。那是指一些具有畸行,不同凡俗的教师。中文系的赵宋庆先生就是其中之一。

不过,到1953年我入学时,教师们经过思想改造运动的洗礼,言行已日趋规范化,很少表露出独特之处了。只有赵宋庆先生仍保持他的特异风格:很久不理的长头发、乱蓬蓬的胡子、长年穿一件破旧的长衫。这副做派,在今日的青年人看来,是不以为奇的,但在当时中山装、列宁装统一服装界的时代,穿一件西装已经是很突出的了,何况长衫,何况还要披头散发、满脸胡子乎!赵先生之引人注目是必然的。听一位教师说,在思想改造运动中，党委书记对赵宋庆先生很是关注，列入重点帮助对象，但赵先生实在并无什么历史问题，领导和群众所指出来的重要缺点，也只是：名士作风，自由散漫，留长头发，不讲卫生，不修边幅，有黄昏思想。因而向他提出一个条件：只要把长头发剪短，思想检查即可通过。似乎头发一剪短，思想就如同朝阳一般上升了。但是，长头发剪短了是会再长起的，到我入学时，赵先生仍旧是一头长发，一脸胡子，一袭长衫，似乎思想改造运动在他身上并没有留下什么明显的痕迹。

赵宋庆先生的家属在镇江老家，他一个人住在复旦嘉陵村宿舍，生活极其简单。一张棕绷搭在地板上，连床架也不要。他经常到宿舍对面的小饭店里吃饭，吃得很简单。但烟抽得很好，且常以好烟招待来访的朋友和学生，烟茶的消耗量很大，房间里有一个面盆是专门倒废茶叶和烟头的。听说烟是在宿舍对面一家小店里挂账取用，到发工资时一并结算。他的哥哥是一位银行家，收入丰厚，在上海有花园洋房，对他也很关心，但他却愿意在学校过他的穷日子。那时，他的侄女赵无萱（画家赵无极的妹妹）也在复旦中文系读书，低我一班，她与老叔截然相反，是一位长得漂亮、穿着时髦的校花，身边有很多的追逐者。但她奉了父命，经常要去为这位邋遢的老叔打扫房间。我们在背后笑她碰到了难题，真不知她如何下手。

我先前曾经听说，赵宋庆先生在年轻时并不如此，后来之所以变得怪异，是因为在生活上受到什么刺激的缘故。但近来在《台湾复旦校友忆母校》一书中读到他的老同学祝秀侠和早期学生张济团的文章，却说是他在读大学和早期执教时，就是这副模样了[注]。到底赵先生起于何时，因何原因而蓬首垢面,现在已无从查考,但这是他给我们的共同印象。

赵宋庆先生虽然蓬首垢面,饱读诗书,但并不喜欢高谈阔论,他有一种孤独感。至少,在大庭广众中是以沉默居多,即使教研组开会,大抵也是默默地坐在一旁。赵先生读书虽多,而不善言辞,故授课亦不讲究条理,而重于触类旁通,讲文学史时常会联系到物理、化学、哲学、经济学等方面。这样浮想联翩,思路开阔,本是极难得的启发式教学,但在思想改造运动中却受到批评,说他"把什么都搬出来,使同学不易了解。"真是使他无所适从。所以后来他索性照本宣科,不再加以发挥,有时则自己站在窗口看风景,让学生自行领会课文。然而,许多熟人对他的学问却是很推崇的。50 年代末,曾经有人问过博学的鲍正鹄先生:"在复旦中文系,谁的学问最渊博?"鲍先生脱口而出:"当然是宋庆!"

赵先生于书无所不观。文史哲是本行,自不必说;听说他还曾在数学系开过课,一些理科教授对他很赞赏;他的英语水平很高,一位外文系教师对我说,有一次他翻译一本英文小说,有一个句子怎么也译不好,查词典也解决不了问题,就去请教赵宋庆,赵先生根本不用查书,随口就把这个句子讲清楚了,所以他对赵先生非常佩服。那时候,教古典文学的教师是不大看现当代文学作品的,大概有点瞧不上眼的意思,但赵宋庆先生却读得很多,从五四文学,到解放区作品,甚至当时的《文艺报》和《人民文学》杂志,他都借阅。1956 至 1957 年,他在《复旦学报》上发表过两篇文章,却是关于天文学方面的:《辨安息日并非日曜》和《试论超辰和三建》,但很少有人看得懂。

赵宋庆先生为人正直,富同情心,有正义感。我曾听一位朋友说起,在内战时期,赵先生还曾掩护过进步的学生运动领袖。这位朋友是复旦工友子弟,他家与赵先生家住得很近,当时他还是小孩子,经常在赵先生房中玩耍,也帮赵先生做些小事情。有时,被追捕的学生躲在赵先生房中,赵先生就叫他去小饭店里叫客饭。这些事,赵先生自己从不提起,领导上当然也不知道,或者虽然知道也并不看重,他们所注意的无非是长头发、破长衫之类,以及由此反映出来的"名士风度"和"黄昏思想"。

60年代初,忽然看不到赵宋庆先生了。一打听,才知道他回到镇江老家去养病了。这一去,就没有再回来。他逝于1965年。

直到逝世,他还是副教授。因为他学问虽好而著作不多。大概只在建国前出过三本书:两本是开明书店出版的通俗天文学《秋之星》和《天堂巡礼》,还有一本是大江书铺出版的译作《屠格涅夫短篇小说集》。那时,已经以"成果"的多少来定职称了。

不久,凶猛的"文化大革命"运动开始了,大家自顾不暇,也就想不到已从人们视野中消逝了的赵宋庆先生。偶尔想起的,倒庆幸他的早逝。如果他还活着,而且还住在复旦,那就不是光剪去长头发所能了事的。待到"文革"结束,知识分子的自我意识逐渐复苏的时候,却已经物换星移,另是一番气象了,赵先生的形象早已被人们所淡忘。而现在,即使在他长期任教的复旦中文系,知道这位硕学之士的人也已经不多了。

注:

祝秀侠在《校门琐忆》中说:"当时同学中还有一位怪才赵

宋庆，天资聪颖，博学多才，于书无所不窥，精词曲并晓天文地理，他常以夜卧天阶研究星斗转移，写作积稿甚多，但秘不示人，曾在开明书店出版《天堂巡礼》一书。他的哥哥是银行的经理，原是有钱子弟，但平日蓬首垢面，一律布袍，满身油渍，对学问研求，乐而忘食，后来在重庆，我到北碚母校兼课，他在中国文学系教词学，丰采如故。"

张济囤在《细说母校六位教授的特殊风范》中说："赵（宋庆）师不修边幅，终年长袍一袭，头发随其自然生长，很少见他整修过，留得比女人的头发还长，因为香烟从不离手，致满嘴黄牙，听说他抽烟一半即将另一半丢弃，也许瘾君子间不少有此项雅习者。当时他住在黄桷树一房内，室内除书桌睡床外，尽是书籍与报纸杂志，桌子上烟灰盒内外都是半截长的香烟。赵师平生除吸烟、下棋（包括象棋、围棋）、玩扑克牌及麻将外，就是好写或翻译文章，尤喜代他人捉笔，从不以自己名义刊出。"

应世尚需演戏才
——记赵景深先生

在《随笔》杂志1996年第二期上读到陈四益老弟的大作:《记忆中的赵景深先生》,引起我对赵先生的回忆,也想写一篇纪念文章。但每欲下笔,却又迟疑,因为赵先生的形象很难把握。我这里所说的形象,不是指外形,而是指内在性格。就外形而言,赵景深先生矮笃笃、胖墩墩,圆乎乎的脸上笑口常开,像尊弥勒佛,倒是很入画的,但是个性并不突出,没有棱角,很随和,有时随和得近乎迎合。不过,在随和与迎合中,又隐露出他的自我。这样,就给形象的描画带来了难度。

我刚到复旦大学读书时,思想改造运动刚刚过去。高班同学和青年教师还常常谈起运动中的情况，各位老师的轶事，时有所闻。他们的行事，正表现出各自不同的性格：陈子展先生傲骨铮然，对积极分子们的无理指摘，当场顶回，根本不买账，表现出一副士可杀而不可辱的气概；刘大杰先生很爱面子，在领导小组抛出某些材料后，他觉得无颜见人，于是急得跳入黄浦，不过救起之后，也能痛加自责，终于过关；而赵景深先生呢，则很能顺应时势，对自己过去种种，深加检讨，获得了作典型发言的光荣。不过听说他老人家刚刚在会上痛哭流涕地检讨过，散会后走到校门口，就在小食摊上笑嘻嘻地大吃起小笼包子来，刚才种种，完全弃之脑后，因而内心也并未留下多少痛苦。好在领导上只要你能顺着他的思路发言，按照他的要求检讨，门面做得光，使他能取得预期的效果，也就行了，至于你在痛哭流涕地检讨之后干些什么，他是并不在乎的。这也是赵先生精研戏曲，能够登台献艺的好处，而子展先生研究屈原，讲究楚人风骨，就难免要处处碰壁了。明乎此，就不难理解赵先生在"文革"中为什么会自呼为牛，而且演出了那么一出滑稽剧：他被关押在学生宿舍里，看管他的学生要去游泳，就把他缚在床上，锁上房门走了，适有外调者来叩门，问：里面有人吗？赵先生答曰：没有人。外调者说：你不是人吗？答曰：我是牛，被缚在床上，不能开门……此事一时传为笑谈，且很使一些少不更事的学生们开心，但里面却包含着多少辛酸啊！

　　赵先生不是一个自轻自贱的人，他寻求人们的理解，他希望人们对他尊重，有时，甚至辨别不清这种尊重是真心还是假意，他都感到很喜欢。听姚蓬子说过一件轶事：赵先生年轻时曾与一位姑娘相好,后被赵师母李希同发现,师母就将先生关在家里不准出门,甚至连上课也不准去,于是有叶圣陶和郑振铎二位出面向赵师母劝说,谓赵先生长期不去上课,饭碗要敲掉的,希望赵师母能放赵先生出门,由他们二人担保赵先生和那位姑娘断绝关系。在叶、郑二位先生担保和赵先生一再保证下,赵师母总算答应了。于是,二位先生押着赵先生到那姑娘处,由叶圣陶装作赵先生的父亲,郑振铎装作他的哥哥,当着那位姑娘的面,把赵先生教训了一顿,并劝说那姑娘不要耽误赵先生的前程。不料那位姑娘却痛哭流涕起来,说她是真心爱慕赵先生,爱的是赵先生的文才,不是他的金钱。这一下子把赵先生说得感动起来,他一把推开叶、郑二位,说,你不是我的爸爸,你也不是我的哥哥,我要与她相好。弄得叶、郑二位非常尴尬。

从这件事中也可以看出赵先生天真的一面。而且,他也并不是什么事都迎合,并不是什么时候都会自污,在有些他认为关系重大的问题上,却是很认真的。记得在"文化革命"中,有一次小组批斗赵先生,有人说他是资本家,理由是他在北新书局中有股本,虽然用的是他夫人的名义。赵先生坚决不承认,而且说他查过四角号码字典,并背出其中关于资本家的界定来辩证,说明他不属于资本家行列。但那时,连宪法和法律都不起作用,谁还会理睬字典上的解释呢?当然要引起哄堂大笑。但赵先生的态度却是极其认真的。那么,他有时之所以要迎合,有时会自污,乃是为了生存,不得已而为之也。

赵先生没有高学历,更不曾出洋镀过金,也没有什么政治背景,而要跻身于高级知识分子圈子里,实在并不容易。他靠自学成才，后来娶了北新书局李小峰老板的妹妹为妻，当上书局的总编辑，与各方面的作家联络周旋，终于成为知名作家。赵先生后来是以戏曲名家，但他开始时却不能不什么都写，有如时下之自由撰稿人。他写小说，写散文，编文学史，写文坛消息，而且还搞翻译——单是柴霍夫(现通译为契诃夫)的小说，他就译了不少。上个世纪50年代，我在系资料室查阅本系老师的著作目录，发现出书最多的，正是赵景深先生。这虽然也是得了在北新书局任职之便，但文章总是他一个字一个字写出来的。因为要赶译赶写，有时难免粗疏，于是就闹出了将"银河"(Milky Way)译为"牛奶路"的笑话，因而受到鲁迅的批评。不过赵先生是勇于接受批评，善于改正错误的，他倒并不固执己见，因而总能不断进步。

赵先生既做书局总编，又是多产作家，还要在复旦大学任教，工作量非常之大。单就北新书局这一摊子而言，每年就要出版很多书，还要编发几种杂志：《语丝》、《北新》、《青年界》，而人手又极少，编辑部只有他这位总编，再加一二名助编。这样，他不能不讲求速度，而且还创造了一种快速工作方法。上世纪60年代初，有一次在集中批改高考试卷时，我曾乘便问过他：北新书局这么多书稿和文稿，你怎么看得完？他说：《语丝》是约请书局外的人做主编，我根本不看稿。其余的稿子分两类，一类是名家写的稿子，如鲁迅、郭沫若、老舍等人的来稿，我求之不得，当然不会去动它，收到后先发排，以后直接看校样；另一类是外来的稿子，我采用"红烧头尾"法，先看一下文章的开头和结尾，感觉不错的，再看全文，没有苗头的，就往字纸篓里一丢算了，这样，一天能处理很多稿子。我又问道：

你既做总编辑,又做作家,名也有了,钱也有了,而且看稿写稿都忙不过来,还老远地跑到复旦来教书干么?看你在一篇散文中所描写的情况,那时市区到复旦还没有公共汽车,交通很不方便的。赵先生说:唉,你们年轻人不懂那时候的事。你只看到现在的编辑和作家地位很高,那时候哪有教授的地位高啊!我那时在复旦,一周不过上一二节课,能拿多少钱?我当然不是为钱,而是为了教授这个头衔。有了教授头衔,社会地位就不同了。所以再忙也得来上课。

赵先生说话很实在,什么都照实说,从不虚张声势;做事也很实在,按照自己的想法做,不怕掉价。50年代,复旦强调踏踏实实做学问,这原是十分正确的,但把写文章看作是名利思想的表现,这就产生了偏向。那时,大家特别看轻报纸上的小文章,讥之为报屁股文章,认为写这类文章是丢面子的事,而忘记了鲁迅的杂文大都是发表在报纸副刊上的短文。但赵先生却经常写千字文,什么报纸上都发。他是不怕别人笑话的。赵先生主讲古典戏曲,能唱许多曲种。他喜欢唱,不但晚会上唱,上课时教到什么曲种时也会来上一段,有一次他还带领家属在登辉堂粉墨登场,演出《长生殿》中折子戏——赵先生自己演唐明皇,赵师母演杨贵妃,两个侄女演宫女。同学们很愿意和赵先生接近,有些人是跟他学戏,更多的人是向他借书。

赵先生喜欢买书,小说、戏曲类收藏尤丰。不过,他与那些藏书家不同,并不专门追求名贵版本,所收大抵以通行本实用书为多。他自己用,也愿意借给别人用。所以到赵府借书的人很多。他备有一本登记簿,将借出的书都登记上,时间久了没有见还,他会寄明信片催讨。一般人都会及时归还,也有人借而不还,他只有无可奈何地苦笑,但仍旧慷慨地借书。"文革"期间,图书馆关闭,我就常到赵先生家借书看,赵先生总是很客气地接待。他让我自由挑选,登记一下就拿走,下次还了再借。我在他那里借阅了很多别处看不到的古代小说。

赵先生喜欢保存资料,书籍、报纸、杂志不必说了,听说中文系给他的会议通知,他都保存着。每次开会,无论大小会议,他都认真做记录,把每个人的发言都记下,大概也作为资料保存着。看赵先生年轻时写的散文,有很多都是利用这些日常材料写成,但后来他不再写散文,这些材料也就没有发挥作用。如果有人将它整理出来,倒能反映出一段时期的历史风貌。

赵先生在文学、戏曲上是多面手,但应付日常生活的能力却很差,大概是因为师母照顾得太好之故吧,真正是手无缚鸡之力。"文革"期间有一次下乡搞秋收,我与赵先生分在一个小组,他扛不动行李,只带了一条薄被,不能御寒,晚上只能和衣而睡。早上起来,我看他用湿淋淋的毛巾揩脸,就悄悄地告诉他,应该把毛巾绞干了,才能揩得舒服。他笑嘻嘻地对我说:"在家里都是我太太帮我绞好毛巾洗脸的,我自己绞不干。"——后来听说,他手受过伤,不能用力。但是,他每天还得下地挑稻。好在学生也并不过分苛求,他的扁担上前后都只挂一小束,意思一下就算了。其形象,有如戏曲舞台上的写意表演。大家因此又调笑一通。

赵先生与人交谈,没有什么特别的惊人之语,但青年人愿意与他亲近。还在"文革"之前,赵先生就有许多追随者,在他周围形成了一个戏曲研究的圈子。其中有复旦中文系教戏曲的青年教师,有赵先生的研究生,还有上海乃至外地的戏曲界朋友。他们自称赵门弟子,互相之间则称师兄师弟。在这当时,是并不多见的。"文革"之中,赵先生组织的昆曲社被打成反动社团,大家都受到一些牵连。但"文革"一结束,赵门弟子又聚集在赵先生周围了。而且每周六下午定期在赵府聚会,或讲课,或讨论,非常热闹。最后赵先生总要说一句:"今天的课就到此为止。"于是结束。

赵先生有很多世俗的东西,他自己也并不掩饰。但是他善良、坦率、随和、勤奋,这就使得人们不时地怀念他。

藏书家的悲哀
——记王欣夫先生

与刘大杰先生搭档教我们魏晋隋唐文学史的,是王欣夫先生。大杰先生讲史,欣夫先生教作品,有所分工。

欣夫先生名大隆,字补安,号欣夫。后以号行。但他整理古籍出版时,亦常署大隆名,故版本学界仍称他为大隆先生。

欣夫先生所专乃文献学,讲解作品非其所长。他本不擅言辞,恰巧又与口若悬河的刘大杰先生搭档,自然就相形见绌了。他中气不足,讲话很轻,而且常用苏州话说:"迪格地方,注解里响有勒哈格。"于是我们只好看印发的作品选注,听课也就提不起兴趣来。

欣夫先生之所以中气不足,是由于年轻时生过肺病。听说当时病情很严重，看了许多医生，都医不好。后来一位亲戚给他开了一个方子，吃药后一叶肺萎缩，其余的肺叶也就好了。但那位亲戚要他吃药之后，即把方子烧掉，所以这张神方，也就没有留下来。

过了好几年，领导上方悟到要用其所长，这才叫他开讲文献学。其时我已毕业，留校做青年教师了，曾去旁听，收获很大。虽然他仍旧慢条斯理，讲话很轻，仍不生动，但对版本目录如数家珍，能给人很多知识。可惜经过"大跃进"之后，学界心气浮躁，急于求成，学生中很少有人重视版本目录学的了。

文献学家往往兼做藏书家，否则，他于版本目录就没有感性知识，而这种学问，不见实物是很难搞得清楚的。欣夫先生喜欢藏书，也喜欢编书。他曾把少见的零种书编成丛书出版，是为纪年丛编，从《甲戌丛编》到《辛巳丛编》，共八编。他还藏有许多珍贵的版本。如清朝济阳张尔岐撰的《周易说略》四卷，是康熙已亥徐志定真合斋磁活字本。这种磁活字本，就是用瓷土烧成的活字印出来的书，在印刷史上很有价值，而且存留不多，是很珍贵的。50年代初期，郑振铎做国家文物局局长时，曾提出要以三千万元（相当于币制改革后的三千元）向欣夫先生收购此书——当时这可是个大数目；或者以别的好版本来调换。但欣夫先生不肯，说："迪格末事，我自家要白相相格。"欣夫先生爱书成癖，有时不惜靠典当来购书。比如，王澍的《积书岩摹古帖》，原来有一半在皇宫南书房，另一半归无锡华氏，后华氏析产，兄弟各得一半，欣夫先生先买了一半，后来再买另一半时，因索值颇奢，手头钱不够，是师母典质了首饰帮他买下来的。

　　开始时，复旦对欣夫先生还比较照顾，除了分配给他一套筑庄的日本式住房之外，还给他在隔壁另配了一间房子用以藏书。后来搬到徐汇村，也仍有藏书之处。"文革"开始不久，欣夫先生去世，师母搬到子女家住，复旦的房子就放着这些珍贵的古籍，倒也没有人去动它。工宣队进校后，发现这家房舍不住人，只放书，很觉怪异，于是勒令王家将书搬走，说是如不来搬，就将书送去堆在弄堂里。理由是：房子是给人住的，不是给书住的。王家当然知道，书如堆在弄堂里，一经风吹雨打，马上就要完蛋。王师母心知丈夫爱书如命，不可随意处置，非常着急。但等到我们系里跟欣夫先生治文献学的教师徐鹏兄赶去处理此事时，已有两车书送到旧书店去了，那套珍贵的磁活字本就在其内。虽然后来追回一些明刻本，但有些好版本却已"找不到"了。

　　余下的书怎么办？徐鹏兄向中文系借了一间房子暂时堆放着。那时，我与几位教师正在这间房子里编写《鲁迅年谱》，常见他来整理欣夫先生的古书。徐鹏兄将《积书岩摹古帖》等具有纪念意义的书找出，送还给王师母，其余的书拟以欣夫先生的名义捐给复旦图书馆。但复旦图书馆不肯接收。一位图书馆领导人反问道："这些书到底有没有用处？"呜呼！——这里只好用"呜呼"二字了！后来还是因为上面有了指示，复旦图书馆这才收下一部分，以五角钱一本计价，付款给王家。

　　经过这场浩劫，善本书损失很大。欣夫先生著有《蛾术轩箧存善本书录》，收所藏善本书一千种，其中有三分之一的书已无处可寻了。

好在欣夫先生的后人颇为通达。他的儿子就说过:"历来的藏书家,有哪一家的藏书真能够子孙永保?或迟或早都要散失光的!"

其实,不通达又怎么办呢?

学府悬壶
——记吴剑岚先生

早就听说我们系里有一位医道高明的教授,但进复旦十多年来,一直无缘得见。原来在我入学之前,他因肺病吐血,在家休养,后来系里就不再给他排课了。"文化大革命"开始,横扫一切,所有的人都得参加运动,这位老师自然也被叫来。

他就是吴剑岚教授。因他在开处方时常署他的字:水清,故又称水清先生。

水清先生人很瘦,谢顶,但极有精神。七十多岁的人了,还能与学生一起游行、拉练,穿着一双白跑鞋,走起路来胜过许多年轻人。

别的教授在运动中被审查来审查去,很吃了些苦头,而水清先生的境遇则稍为好些。一则,因为他在建国前除了教书,就是行医,对政治活动根本不感兴趣,所以各种关系牵涉甚少;二则,他身怀绝技,医道高明,被认为是有用之才。在"文革"之中,学校停课,工厂停产,各种人才都被弃置在一边,高级专家亦视同废物,只有对医生尚略宽容。盖因天道无情,即使是最革命、最有权的人,也难免要生病,他们虽然提倡别人去看赤脚医生,但自己总要找个医道好的医生来看看的。所以,即使是一副占领者面孔的工军宣队员,因为要找水清先生看病,也只好笑脸相迎,略加礼遇了。

以前看"样板戏"《沙家浜》,听那位县委书记化装的医生在给病人搭脉时说:"不要病家开口,便知病情根源",原以为这是江湖郎中骗人的话,何况,这位书记医生判断的本来就不是病情,而是因伤员被困而引起的焦虑心情,这就更加使人觉得那句话不过是摆摆噱头而已。但水清先生确有这种本领,一搭脉便能说出病情根源,不能不使人佩服。水清先生说,这并非故弄玄虚,望闻问切,原是中医诊病的基本手段,脉象反映着病象,切脉诊病本不是稀奇之事,最高明的医生连脉也用不到切,一望即可判断病情,扁鹊就有这个本领,史书里是有记载的。而且,同一症状可以反映着不同病变,比如,医书上说:"五脏六腑皆令人咳",可见咳嗽并非都是肺家的毛病,也可能是其他脏腑的毛病,单靠病人主诉是不行的,脉象就可以反映出病在哪个脏腑。

由于水清先生脉理好,下药准,而且能隔衣,甚至隔被针灸,所以他的医道愈传愈神,求治的人也愈来愈多,家里简直成了诊所。有一次,他随四年级学生到长兴岛参加三秋劳动,不知怎么一来,被农民知道了,说是来了一位神医,于是求诊者络绎不绝,不但水清先生自己无法参加田间劳动,而且班级里还得派两名学生为他挂号和维持秩序。每天傍晚停诊之后,他总要在宅边空地上打一套太极拳来调剂精神,他的太极拳打得极好,是杨氏嫡传,使人看得更加感到神秘。劳动结束回校那天,学生们想把他提早送走,不料农民们竟抬着病人追到轮船码头求诊,使他差一点上不了船。

关于水清先生的传说也愈来愈神。说他在重庆时有一次走独木桥,一个四川袍哥要逼他退回去,他一怒之下,拎起袍哥来在水里浸了一下,抛到身后的独木桥上去,吓得袍哥赶快逃跑了。后来我曾问过先生,有无此事。水清先生说:"四川袍哥很霸道,在独木桥上不肯相让,还想撞我下水,结果被我用巧力格下水去,但没有别人说得那么神。不过这一架打了之后,袍哥再也不敢找我麻烦了。解放后,有人说我敢于与四川袍哥打架,背后一定有什么势力,还要审查我。其实我什么势力也没有,只不过年轻时学过几手拳脚,一两个人近不得我的身罢了。"

水清先生的本事虽然没有别人讲得那么神乎其神,但却的确是多才多艺。除了精于医道、拳术之外,他还长于书画,兼擅琴艺。古代文人讲究琴棋书画,水清先生说,除了下棋太花时间,他不玩之外,其他几项他都很喜欢,而且也都花过工夫。不过在"文革"中琴是不能再弹的了,他喜欢的古曲都不合时宜,故书房里虽挂着古琴,但琴囊上却积满灰尘。画则偶尔还在挥毫,山水、花卉都画,似乎还没有人来批评他所画内容脱离现实政治。水清先生家中客人很多,谭其骧、胡曲园、杨岂深、陈从周、孙桂梧等都是他家中的常客，谈家桢住在他家楼上，有时也来坐坐。这些老先生借口看病，其实多半是来此散心聊天的，因为当时实在太闷气，而别人家中又不便常去。此外还有不少青年学子常来。"文革"中"停课闹革命"，但许多青年人总还想学点什么，所以到水清先生家的人除了求医者外，还有学医的、学画的。我也就是在"文革"后期到先生门下学医的。

不过，我并非自己要投到先生门下，倒是水清先生主动招致的。也并非他看中我有什么才能，而是出于对我的遭遇的同情。我在1970年"一打三反运动"中被打成"胡守钧反革命小集团"的"黑谋士"，经过四十万人大会批斗、长期隔离审查和干校监督劳动之后，虽然回到了中文系，但谁都知道，我们这个案子是因炮打张春桥而起的上海第一大案，只要张春桥还在台上，此案是绝不可能松动的，我们也就没有翻身的希望。水清先生不避嫌疑，要我跟他学医，是想让我学会一技之长，将来可以有个谋生的手段。从五七干校回来之后，我被发配在系资料室工作，有一天，我躲在资料堆后面偷偷地读英语，被水清先生看到了，他说："吴中杰，你在复旦这碗饭能不能吃得下去都成问题，还读什么英文？还不如跟我学点医道，将来被赶出复旦，也可靠行医吃饭。"从当时的形势看，我迟早是要被赶出复旦的，而且，也不会再让我到其他地方教书，水清先生所说，诚非虚言。我由是感激，遂拜在先生门下，在业余时间专心学医，以备将来被逐出校门时，可以借此混口饭吃。

时间虽然紧迫，但水清先生并不急于教我开方。他说：

"中医讲究辨证施治,单是背熟汤头歌诀是医不好病的,你必须从基本理论学起。中医的基本理论书籍是内难二经(即《内经》和《难经》),先要熟读。但单读医经还不行,因为中医是在中国整个文化背景中形成的,特别是与道家思想关系密切,所以,你还得从老庄读起。同时,做医生又不比教书做学问,还得要有临床经验。"因此,他一面教我读《庄子》,读《内经》,读《温病条辨》,读本草,读医学史等,同时又教我临床切脉、抄方。水清先生教得很认真,虽然工宣队在大会上指责我学医是"阶级斗争新动向",但他的教学仍不中辍。我永远记得在那些炎夏的多蚊之晚和严冬的风雪之夜,他给我讲解医书、剖析医理的情景。可惜,在"文革"结束后,我因为要重登讲坛、重理旧业,没有再继续把中医好好学下去,这是很对不起先生的。但我也从水清先生的教学中悟到了一条道理,即无论做什么学问,都必须全面地打好基础,单打一的方法是成不了气候的。水清先生的医道高明,就与他的多才多艺、知识面广博有关。他还常说:医理即事理,缺乏生活经验、不明事理者,也难于医好疾病。比如,他认为癌症起因于肝脏之病,就是从事理出发来考察病理的。盖因人们处于顺境时,不太容易得癌症,而一到处于逆境,如被打倒,就易于得癌症,这是肝气郁结之故。所以他治癌症常从舒肝入手,取得了较好的效果。后来持此说者渐多,而我最早是从水清先生口中听到的。

  水清先生教我学医,虽然本意是于危难之际送我一只饭碗,但是,他一再教导:医者仁术也,不可以此谋财;将来如果行医,有饭吃就行,以治病救人为上。而且他还说:"不为良相,即为良医",治此业者要有抱负,要有救世之心,不是仅仅混碗饭吃而已。他自己在复旦行医，就从不收取钱财，都是义务诊治，有时还要贴钱给病人送药，虽然他自己家累重，经济上也很紧张。那时，他已进入耄耋之年，还经常为不能起床的病人出诊，有时弄得自己很累，也在所不辞。先生医德，山高水长！

水清先生逝世已经多年，但到现在复旦园里还有很多人常提起他。比如，遇上什么疑难杂症，人们总是说：要是吴先生还在就好了！

水清先生给人的怀念是永久的。

踏着革命的节拍
——记吴文祺先生

我们上学的时候,专业的分设还没有如今这么细,而且由于强调基础知识的宽泛性,很多文史哲的课程在中文系都是必修的,语言、文学更是不分家。单是吴文祺先生,就为我们开了两门语言课——《语言学引论》和《汉语史》。吴先生讲课的特点是:条理清楚,见解深刻,有板有眼,很能引人入胜。《语言学引论》以当时风行的斯大林著作《马克思主义和语言学问题》为依据,但却能结合汉语的具体特点,讲出自己的见解来;《汉语史》则经常以王力的著作为靶子,进行辨析,甚为锐利。我们班同学常常模仿吴先生的神态,拍拍肚皮说:"我,又要批判王力了!"我虽然早已忘却吴先生曾对王力的哪些观点进行过批判，而且因为不治汉语史，也从来没有去加以深究，但他在学术上的这种批判精神——当然，还有其他老师的同类影响，却使得我们养成了平视权威的习惯，这于日后治学是很有好处的，至少，还能保持一点自己的独立思考，不至于跟在众多的真真假假的"权威"后面起哄。

也就在那段时期，有同学介绍某杂志上的一篇小说给我看，说这是写吴文祺先生的。内容是说有一对早年参加共产党的革命夫妇，女的后来到延安去了，男的则留在国统区，脱党以后做了名教授，1949年女的进京成了高级干部，但仍记挂着丈夫孩子，不远千里来寻夫，而男的已另有妻室，无法舍弃，于是引发了很深的感情波澜……这样的情节，本来就富有戏剧性，经过小说家的渲染，就更加缠绵悱恻了。读了这篇小说，自然很想了解一下吴先生的生平经历。

吴先生的确有一段光荣的革命历史。他是1924年入党的中共早期党员，1926年在商务印书馆工作时，与沈雁冰一起做过党中央的交通员。这是一个很重要的工作，他们负责向党中央转交各地党组织的刊物邮件，并介绍各地党员与中央负责人联系工作，所以直到建国以后，许多老党员都还记得他。但这工作他没有做多久，就因为邮件太多，来找的人太多，而引起别人的注意，即被商务印书馆解聘了。这时，恰好恽代英要为武汉中央军政学校物色政治教官，经沈雁冰的介绍，吴文祺先生到这个学校去工作了。武汉是当时国民政府所在地，且正值国共合作时期，共产党员还很有活动的余地，吴先生利用教官的身份到各兵种大队轮流讲课，讲《社会发展史》，讲《帝国主义侵略中国史》，宣传马列主义，宣传共产党的政治主张,很活跃了一阵子。据说,林彪还为他们站过岗,向他行过军礼——这是在林彪折戟沉沙之后,他自己悄悄对人说的。虽然吴先生后来避谈那段风光岁月,但从沈雁冰晚年书赠的条幅中,我们还依稀可以感知他们当年的风发意气:"眼前非复旧吴郎,岁月艰难两鬓霜。尚忆两湖风月否?人间无奈是沧桑。"两湖,即当时中央军事政治学校所在地两湖书院是也。

大革命失败以后,吴先生离开武汉,回到了上海。但不久,他的联系人恽代英牺牲了,地下党又遭到破坏,吴先生也就失却了组织关系。好在上海文化界的左翼力量强,他的熟人也多,不久他就得到了商务印书馆馆外编辑的工作,并在一些中学和大学上课,生活尚可维持。从他在"文化革命"中与我聊天时所透露的信息看,他与左翼文化人的关系是相当密切的。他与沈雁冰是老朋友了,据吴先生说,沈雁冰刚从日本回来时,与秦德君继续在上海同居,家庭矛盾很大,最后还是他协助调解的。吴先生说,沈雁冰决心与秦德君分手,是由于秦不让他回家看孩子,而沈是非常喜爱自己的孩子的,所以他仍要回到孔德沚的身边来。吴先生将他们安排在自家楼上见面,坐定之后,沈雁冰拉着孔德沚的手道:"我还是爱你的。"双方就重归于好了。吴先生与鲁迅也有接触。他曾说过,鲁迅在公开撰文批判帮闲文学之前,就在口头上多次说过了,有一次,吴先生要鲁迅解释帮闲文学的含义,鲁迅就引出袁枚为扬州盐商写帮闲诗为例,来说明帮闲的性质。这材料,《鲁迅全集》和别人回忆鲁迅的文章中都没有,但很能说明问题,我特地在《新民晚报》上写了一篇《"帮闲"例解》,为之绍介。鲁迅后来为亡友瞿秋白编辑《海上述林》，吴先生也曾赞助出版费用，鲁迅逝世后复社出版《鲁迅全集》，吴先生还担任《嵇康集》和《会稽郡故书杂集》的标校工作。

当然，吴先生与非左翼的文化人联系也很多，他与钱玄同的关系就很好，而且还为钱氏代过课。这是他在北平教书的时候。钱玄同是章太炎弟子，文字、音韵、训诂的根底很深，而且口若悬河，滔滔不绝，要为他代课是很难见好的，但吴先生居然把他的课代得很好，深得学生的好评，同时也得到前辈语言学家的器重。而吴先生虽然眼界很高，对一般文学家和语言学家都颇多非议，但对章太炎却很景仰，对太炎弟子的学问也很佩服。他谈论文坛掌故，每说起鲁迅、周作人、黄侃、钱玄同这些学问很有根底的人时，总要加上一句赞语："他是太炎弟子！"并且还能讲出许多章门掌故来。

吴文祺先生之所以肯去为钱玄同代课，敢于在章门前面摆弄小学，这是因为他自己在这方面也有相当深厚的根底。他是有家学渊源的。父亲朱起凤是《辞通》的作者，吴先生(因过继外家，故从母姓)不但在该书的出版上起了很大的作用，而且在编写上也贡献过意见。朱起凤在《辞通·释例》中说："儿子文祺颇究心音韵训诂之学，有所陈述，间亦采录"，这就是对他工作的肯定。不过，吴文祺先生也并不专治音韵训诂之学，因为参加新文学运动，倒是写了一些文学方面的文章，影响较大的有：《文学革命的先驱者——王静安先生》、《再谈王静安先生的文学见解》、《近百年来的中国文艺思潮》，还有一本著作《新文学概要》；至于《联绵字在文学上的价值》一文，可算是联接语言文学两个学科的。吴先生发表的文章不多，但却较有质量。

　　至于吴先生与前任师母是何时分手的,现在已很难确说了。因为所有传记和回忆文章中,对此均避而不谈;这件事是先生心中的一个疙瘩,当然也不好直接询问。但从前任师母奔赴延安这一特定行动看,当是在抗日战争初期。据说,前任师母要吴先生一同到延安去,但吴先生抛不下老父和子女,就留了下来,蛰居上海。吴先生喜欢跳舞,听说后任师母就是在舞场上认识的;但也有人说,后任师母的前夫是位文学家,姓沙,也到延安去了,这位师母是托吴先生照料的——总之,他们就在这种特殊的情况下结合了。1941年上海孤岛沦陷以后,吴先生为了保持民族气节,拒不出任日伪政府所办大学的教职,开了一家小书店,以买卖旧书维持生活,日子自然是过得相当艰难的了。后任师母在这种艰难的岁月里,跟随吴先生,生儿育女,他们之间,当然别有一种感情。所以,建国以后,前任师母从北京赶来,要与吴先生恢复共同生活时——他们本来就没有离婚,也用不到复婚——吴先生就无法舍弃后任师母。但是,他与前任师母也是有感情的,而且也共同育有子女,于是就陷入"剪不断,理还乱"的感情纠葛之中。为此,吴先生还发了一场大病,一度丧失了记忆力。好在调养了一段时期,也就康复了。

　　吴先生最终还是决定与后任师母共同生活。但这位师母不善理家,家里弄得杂乱不堪。而且因为多子女——前后两位师母共育十个子女,所以,尽管50年代大学教授工资不低,但吴先生却一直处于穷困之中,到了月底,常常要向别人借钱来打发日子,他自身的衣服也穿得皱巴巴的。后来子女大了,经济状况有所改善,但又出现了新的家庭矛盾,弄得老夫妻俩只得离家出走,寄寓在别的地方。但吴先生似乎不以为意,永远是悠然自得的样子。50年代稿费标准较高,发一篇长文章,就可添置大家具,出一本书,就可购买房子。当时很有些靠写作致富的人,而吴先生却不为所动。他虽然在语言学上很有自己的见解,但文章却写得很少。建国后三十年间,他总共发表过七篇文章,影响较大的是1955年的一篇批判胡适派考据方法的文章和1978年的三篇批判刘大杰新版本《中国文学发展史》的文章——他几乎成了批判专家。

为什么吴先生不肯写学术专著呢?与他接近的教师们有着不同的看法:有说吴先生写作一向比较慎重,学术见解不成熟不肯轻易发表;有说吴先生一向疏懒,他连门下研究生的学位论文也不肯看,何况要他自己动笔来写作呢;也有说这主要出于政治上的考虑,怕犯错误,怕业务冒尖,怕受批判。据我看,这三条理由都成立,或者说,这三种原因都存在,但主要的则是第三条,即政治上的考虑。盖吴先生长期从事革命工作,富有政治经验,而且是一个绝顶聪明的人,他深知在当时的形势下,主要是政治上的紧跟,而不是业务上的冒尖。在业务上,固然不可以示弱,但亦不可弄得太显眼;在政治上,不可以没有地位,但亦不宜掌握实权。所以他上课时讲得很有见解,批判文章写得很锐利,但不愿自己写出专著来供人批判;他愿意做民主党派的头面人物,而且到老都要挂个教研室主任的名分,不愿让位给实干的年轻后辈,但在50年代初期系主任还有实权时,却坚决不肯接受系主任的职务,并在某次运动中,悄悄地对他信得过的后辈胡裕树先生说:"幸亏当初我不肯答应做系主任!"从这句话中,多少可以窥见一点吴先生的内心忧虑。明乎此,我们也就可以理解,为什么吴先生在身强力壮时不大写东西,而到了"文化革命"结束之后,他已是望八之年了,却"老夫聊发少年狂"起来,在短短几年之内,不但连发了十多篇文章,而且还在朱起凤遗留下的卡片的基础上,整理出七十万字的《辞通续编》来。可见当初是非不能也,实不为也。

吴文祺先生的处世谋略是成功的,在几十年风云变幻的政治运动中,他保护了自己。除50年代初期思想改造运动整得他痛不欲生之外,此后历次运动他都是以积极分子的面貌出现,即使是"横扫一切"的"文化大革命",也没有对他进行太强烈的冲击。他是踏准了革命的节拍走路的。但可惜这段时期我国的革命道路太曲折,革命节拍太没板眼,因而吴先生也难免要跟着乱了步伐,他对别人的揭发批判造成了对别人的伤害,而且由于缺乏事实根据而为人们所诟病。

吴文祺先生于九十高龄,在美国探亲时逝世,而留给他故土的,却是一系列值得思考的问题。

莲花落里探真情
——记张世禄先生

我一直不能忘记"文化大革命"初期那一幕。那时,大字报还是有控制的张贴,除了各系办公楼走廊之外,每个系均分得几间教室作为固定的张贴地点。被贴大字报的对象也是内定的,张世禄先生即是其中之一。有一天,张先生被勒令到教室里去看揭发他的大字报,严厉的措辞,不实的指摘,使他惶恐万分。好在一重重大字报帘幕还勉强能遮住他一脸的尴尬。突然,一拨子"革命"学生衔命而来,在门口凶神恶煞般地大吼道:"张世禄,滚出来!"张先生赶忙从大字报帘幕中转了出来,低头,弯腰,接受现场批斗。学生批上几句,就要张先生表态承认一次。对于这些不实之词,承认不好,不承认又过不了关,真使人处于两难境地。但张先生一脸谦卑神态,一口一个"我有罪"、"我有罪"的回答,总算把场面应付过去了。

这些学生,在不久之前还听过张先生的课,转瞬之间就变成这副样子,实在有些不可思议。

张先生的课讲得很好。虽然是资料繁多、缺乏趣味性的语言学课程,他也讲得条理清楚,幽默生动。同学们很喜欢听他的课,但一向少有人与他接近,因为听说他的社会关系复杂,有历史问题。社会关系多,现在已经成为一种无形的资本,同学会、同乡会之类,就是为了拓展关系网而建立的,海外关系和港台关系更被有些人所羡慕;但在那大抓阶级斗争的岁月里,这却是人人怕沾惹的事,回避与疏离也是必然的。不过人并非石头里蹦出来的孙猴子,既生长在枝蔓繁复的人类社会里,就总会有各种各样的社会关系的,君不见那些社会关系最清楚、最单纯的红五类,在改革开放之后,也纷纷亮出许多海外关系来,这就可见马克思所言之不谬:人是社会关系的总和。

其实,张世禄先生既有国民党的关系,也有共产党的关系。他的胞兄张书旂是有名的花鸟画家,任教于中央大学,很为国民党当局所器重。1941年,罗斯福第三次当选美国总统时,张书旂创作了一幅《百鸽图》,由蒋介石题上"信义和平"四个字,作为中国政府的贺礼,由中国国家代表团带到美国。这幅画在一个很长时期里,被悬挂在白宫总统办公室,现收藏在罗斯福纪念馆中。后来张书旂侨居美国,客死在那里。但是,张世禄先生的堂弟张纪恩却是共产党的干部,1928年就在党的中央机关工作,毛毛在《我的父亲邓小平》一书中载有张纪恩对当时情况的回忆。后来总书记向忠发叛变,中央机关被破坏,张纪恩被捕,此事电视连续剧《潘汉年》中还曾提及。据说张世禄先生就是为了营救张纪恩而与国民党CC系发生关系的。其时CC系主管教育,正需要拉拢张世禄这样的名教授来支撑门面,张世禄也需要利用CC系的力量来营救堂弟,这样就有了交换的条件。张纪恩死里逃生,判为五年徒刑,而张世禄却陷入了CC圈套,参加他们主持的大学教授联谊会。虽然后来张先生下决心摆脱了CC系的关系,1949年教育当局给他送来飞机票,要他到台湾去,他也没有去。但是历史的痕迹已经无法抹去了。

正因为有这样种种复杂的关系和历史的陈迹,建国以后张世禄先生就在精神的重压下过日子。尽管他业务很好,但总是不受信用,而且有事没事总是被找茬子来批一通。比如,张先生努力工作,课上得最多,本来应该表扬的,但却反而被批评为拿那么多的超工作量补贴,是资产阶级思想,倒不如那些不上课或少上课的人。但批评者也不想一想,张世禄有十个子女要扶养,怎么能放弃这份劳动所得呢?而一到政治运动来临,张先生的日子就更难过了。20世纪50年代初期,到"革大"(革命大学之简称)里去学习,交代清楚历史问题是必不可免的;到1957年,又被内定为"右派"分子,虽然他并没有鸣放什么意见。好在这份上报名单恰巧落在他的浦江老乡石西民手里,石西民晚于张纪恩参加共产党,时任中共上海市委宣传部长,有很大的发言权,他大概看在革命前辈张纪恩的面上,就借口业务上还要用人,把张世禄保了下来。所以张世禄先生后来又有一顶帽子,叫作"漏网右派"。而且"文化革命"

运动中在批斗石西民时,还被拉去做过陪斗。

"文革"以前,领导人物就常常警告知识分子不要翘尾巴,并且不时要使用棍子来敲打一下,使之比较服帖;"文革"期间就更不必说了。但张世禄先生却是一直很自觉地夹起尾巴做人。他在政治上很谨慎,决不标新立异,无论什么问题,只要一觉得与政治有关,他马上放弃自己意见,立刻表态认同。比如,他根据汉语的特点,一向是反对汉字拉丁化的,但建国后看到用政治力量来推行汉字拉丁化,意识到这是政治问题,马上改变态度,撰文表态赞成。又如,对于"大跃进"时代的大兵团集体科研方式和日日夜夜持续作战做法,他是不赞成的,但是他也坚持参加,不敢懈怠。虽然有时也会压抑不住,难免要蹦出一句惊人之语。有一天晚上,挑灯夜战编教材的教室里,电灯突然熄灭了,张先生脱口而出:"电灯都感到吃不消了!"这本是一句幽默话语,却被当作对待"三面红旗"的态度问题,上纲上线地进行批判。从此,张先生就更加谨慎了。

但是,一涉及学术领域,张世禄先生的态度却硬得出奇,与他政治态度上的驯服姿态,形成鲜明的对比。大概他觉得语言学上的问题,除个别带有方向性者外,大都与政治无涉,他可以坚持自己的意见;而且,学术研究是他生命的寄托,在这上面,他必须坚持自己的意见。20世纪60年代初,语言学界有"语法"与"文法"之争,因为陈望道校长是"文法学派"的首领,所以复旦有许多原来主张用"语法"二字来表述的人,都纷纷放弃己见,投到"文法学派"的旗下,只有张世禄先生仍旧坚持用"语法"的称谓。陈望道为了统一复旦语言学界,形成一个完整的复旦学派,特地登门拜访——这是1949年以来,陈望道唯一的一次登上张家之门,目的是要张世禄先生同意"文法"的提法。但是,张先生就是不肯答应。他说:"我的观点,我会在报纸上发表的。"而他发表的,仍是"语法"之见。虽然这只是学术见解的不同,但是在当时,在复旦,张先生要如此地坚持己见,还是要有相当的勇气的。

其实,张世禄先生在学术上一向是自有主张,不肯随俗的人。他勤于著述,富有创造性。张先生出身于南京东南大学,这里是《学衡》派的基地,五四以后,以提倡"国学"闻名,校方也的确聘请有许多国学家来教学。张先生在这里打好了旧学的基础,但是他不愿意沿着前人的老路子走下去,他想用现代化的方法来研究汉语。于是他看中了瑞典汉学家高本汉的学说。高本汉将西方语言学理论同汉语音韵学传统结合起来,形成了一种新的汉语史研究方法,张先生认为这是汉语音韵学科学化现代化之路。他翻译了高本汉的许多著作,如:《中国语和中国文》、《汉语词类》、《诗经研究》、《老子韵考》等,将这新的研究方法加以引进。同时,他还用新的理论和方法来研究中国古代音韵,出版了《中国声韵学概要》、《中国古音学》、《广韵研究》、《语音学纲要》、《中国音韵学史》等著作。这都是40年代以前之事。当然,他还写过其他许多著作,如《中国文艺变迁论》、《语言学概论》、《音韵学》、《中国文字学概要》、《中国训诂学概要》等书,但那段时期主要是研究中国古代音韵。他有意识地要改进中国音韵学的研究方法,将它推向现代化。赵元任在第一次见到张先生时,把高本汉的《汉语词类》与章太炎的《文始》相提并论,张先生就深不以为然,他认为章太炎的古音研究虽然是集古人的大成,达成了一个不可企及的高峰,但其研究方法是古典式的,毕竟还有局限性,要突破传统格局,必须用现代的科学方法,而高本汉的方法则是以现代科学为基础的,他们两人代表着两个不同的时代。这可见研究方法的现代化问题,在张先生的心目中占有很重要的位置,而他对中国音韵学的研究,也的确起了推动的作用,可以说是中国现代音韵学的开拓者。有一次北京大学王力教授到复旦讲学,看见张世禄先生坐在台下,就说:"我是读了张世禄先生的著作,受到启发,才走上语言学道路的。"可见其影响之大。

50年代以后,张先生研究的重点转到词汇方面来,虽然也出版过几本著作,但影响不及三四十年代大,不过他没有停止学术上的思考,到"文革"结束之后,他又焕发了学术青春,八十高龄之时,在中文系的学术报告会上提出了《汉语语法的体系问题》的报告,说八十年来中国语法研究都是洋框框,要重新建构,引起语言学界很大的震动。1978年他出版了《古代汉语》专著,提出了新的语法体系。张先生在学术上一生不断地创造,真是老而弥坚。

"文革"结束之后,张世禄先生的政治待遇大有改善。在"两个凡是"思想指导的时代,给他做的政治结论还是"历史反革命",张先生本着在政治上从来不抗争的原则,也就签了字,但是子女不同意,提出申诉,恰好转眼已到中共中央十一届三中全会之后,重新审查的结果,才去掉了这顶帽子。学术界也恢复了对张先生的尊敬,他成为全国第一批博士生导师,后又被国务院定为第一批有突出贡献的专家。张先生此时认真地带博士生,一如他当年认真地教本科生。张先生本来就高度近视,以前上课时,常把鼻子贴着讲稿看字,现在加上白内障,视力就更差了。但他还是要认真地审阅学生的论文,就叫研究生把论文抄成大字本,并且录好音,他边听边看,边提意见,其吃力程度是可想而知的。

1986年,上海学术界隆重召开会议,庆祝张世禄先生从事语言教学与研究六十五周年,张师母看到这个场面,当场就激动得流泪了——她万万没有想到张先生在晚年还能享受到这样的荣誉!这些事,对于一个学者说来,本不必太在意,但对张世禄先生,却的确具有特殊意义。

张世禄先生是在九十高龄逝世的。1947年,他四十五岁,正走到人生旅途一半的时候,曾作过一首《自嘲》诗云:"书剑飘零作客频,莲花落里探真情。分明别有青云路,犹把儒冠自误身。"这是对他自己前半生的总结,也是对后半生的预言。

信徒的天路历程
——记乐嗣炳先生

一

复旦真是藏龙卧虎之地，除了一些耀眼的明星以外，还隐藏着许多平时不露相的真人或异人。有时，你在校园里碰到一个很不起眼的老头，一打听，原来是江湖上有名号的人物，拂去历史的尘埃，就会发现，在他身上还联系着一段文化史或政治史。

乐嗣炳先生就是复旦园里这样一位不起眼的老头。

1954年，乐先生为我们班级讲授"现代汉语"课程的时候，正是他漂泊江湖，历尽艰险之后，重返复旦之时。但我喜欢的是文学,对语言课不太重视。他讲的是语音和方言部分,而我最缺乏的是语音天赋,普通话一直讲不好,标准音一直读不准,所以课堂上最怕他提问。好在乐先生是高度近视,只要坐得稍远一点,他就看不见你了。因为我曾担任班长职务,常要与老师联系课事,他在中心村的家我也去过,但我所感兴趣的不是他的语言学学问,而是他客厅里作摆设的那些古董和字画。只是当时我还是低年级学生,在老师面前不敢放肆地请教这些无关功课之事。

我对乐嗣炳先生的再认识,是在上世纪70年代。那时我参加《鲁迅年谱》编写组工作,当写到1934年鲁迅那些讨论大众语的文章和书信时,才从相关资料里发现,与陈望道一同发起大众语讨论的,还有乐嗣炳。好在这两位先生都在复旦,我就前去进行专题采访。访问陈望道先生要通过他的秘书,还要规定谈话时间。但望老本人却很热情,而且不受时间限制,谈得很多,从他在共产党发起小组里如何与陈独秀闹翻,一直谈到与鲁迅的战斗友谊。当时乐嗣炳先生的处境不好,与望老的地位相差甚远,但望老仍本着历史事实说话,充分肯定乐先生的历史作用,而且建议我去拜访乐先生。

当时乐先生很寂寞,对我的访问很是欢迎。我虽然不是他的好学生,但总算是他的老学生,而且这次是看了许多相关资料,有备而来,谈起来也就有许多相通的话语。乐先生谈得兴起,说要将他珍藏的历史资料送给我研究。我不敢接受这些珍贵的资料,但与他陆续谈了好几次,对当时的历史获得许多感性知识,这对于我的鲁迅研究和现代文艺思潮研究都很有好处。

在这几次访谈之后,我重新认识了乐嗣炳先生,而且对他的经历产生了兴趣。

二

乐先生由于家境贫寒,总共只读过五年书,连小学也没有毕业。后来能当上大学教授,完全是靠刻苦努力,自学成才。他是浙江宁波人,但从小跟着父亲在外地谋生,青少年时代他就独自在河南驻马店打工,晚上常在微弱的煤油灯光下夜读,很早就把眼睛读成高度近视。到得给我们上课时,只见他的眼镜片一圈一圈地厚得有如老酒瓶底,看起讲稿来将纸片贴近鼻子,仿佛是凭着嗅觉辨字。

以他这样的出身经历,五四时期投入群众性的爱国运动是必然的。这时他已漂流到上海,参加了"中华救国十人团联合会",从事抵制日货,提倡国货的活动。这是一个全国性的组织,其中很出了些革命领袖人物,湖南的救国十人团总干事就是毛泽东,他的副手是柳直荀。因为同一个组织的关系,乐嗣炳很早就读到了毛泽东在《湘江评论》上发表的文章《民众大联合》,而且按照其中关于由小联合到大联合的理论来发展组织,他可以说是毛泽东早期理论的实行者。

1919年下半年,乐嗣炳十八岁时,开始走上讲台。他在成都路一家中学程度的工读学校做教员,教国文和制造蜡烛、肥皂、牙粉、墨水等手工艺。国文知识是他自修所得,而这些工艺活则是他在河南打工时学会的。但这工作,只是他的谋生手段,并非他所钟爱的事业。他的兴趣爱好,是在"注音字母传习所"养成的。也就在那个时候,乐嗣炳由上海救国十人团总干事介绍,进入"注音字母传习所",学习兼管事务。在这里,他认真阅读了北京国语讲习所印发的讲义:钱玄同的《音韵学》、沈颐的《发音学》、杨遇夫、黎锦熙的《国语文法》,还有其他一些参考书,从而打下了语文学的基础,并引发了对语文改革的兴趣,从此投身于语文改革运动。

三

中国的语文改革工作,早在五四新文化运动之前就开始了。王照和劳乃宣在晚清时期仿照日本假名所制的"拼音文字",鲁迅等人在民国初年根据章太炎的"标音符号"简化而成的"注音符号",都是这种改革的尝试。五四时期的白话文运动,把语文改革推向新的高潮。乐嗣炳所从事的工作,实际上是白话文运动的延续和发展。他们宣传国语教学,推广注音字母。1920年他们发起"上海国音推行会",乐嗣炳担任研究部长兼本会讲习班的国文教员,并与人合作编写了《注音字母旗语》。1921年,中华书局支持教育部开办国语专修学校,乐嗣炳任教师兼事务主任、教务主任等职。这个学校办过许多专修班和讲习班,帮助中小学教师掌握新语文知识,为改革国文课、推广注音字母做了很多工作。为适应教学需要,这一时期乐嗣炳编写和出版了《语言学大意》、《国语概论》、《音韵沿革》、《国音》、《国语话》、《国语辨音》、《国语旗语》等多种教材。1922年,国语研究会出版《国语月刊》,任钱玄同、黎同熙、黎锦熙和乐嗣炳为编委,乐嗣炳任主编。这个刊物影响很大,第七期《汉字改革专号》，由蔡元培、赵元任、钱玄同、黎锦熙等撰稿，印行了二十五万册，为汉字改革打下了理论基础。通过这些工作和著作，乐嗣炳在几年之内就在同行中崭露头角，跻身于语文改革专家之列。

但做专家学者，并非乐嗣炳的根本目的，他之所以热衷于语文改革，是把它看作社会改革的一个组成部分。所以他很自然地就参加到革命运动的队伍中来了。

1920年5月，李达等人开办了"外国语学社"，这个学社原来办在成都路辅德里，但不久就迁至陈独秀所住的渔阳里，成为中国共产党发起组的活动地点。乐嗣炳在这个学社学习日语，自然也就进入了未来共产党人的活动圈子。有一天，日语教师李达送给他一本新出版的《共产党宣言》中译本，并介绍在座的一位客人道："这位就是译者陈望道先生。"那时，陈望道也是共产党发起组成员，只是乐嗣炳并不清楚。但他早就在报刊上看到过陈望道写的关于语文改革的文章，所以很高兴认识这位同业的朋友，从此他们结下了一生的战斗情谊。陈望道为他们开班讲解《共产党宣言》，与乐嗣炳一起听课的有俄文班的刘少奇、任弼时、柯庆施、肖劲光等人。1923年中国共产党接办上海大学，陈望道担任中文系主任，就请乐嗣炳开设语文改革讲座，后来又正式请他做中文系教授。上海大学那时是共产党的干部学校，所以乐嗣炳的学生中有很多后来成为共产党的高级干部。

乐嗣炳是1925年5月份加入中国共产党的，那正是中国人民反帝运动高涨的年代，他自然热情地投入这场运动。在5月30日那天，他在南京路目睹英国巡捕开排枪射击，打死中国游行群众的情况,更是义愤填膺。他积极帮助瞿秋白主持的《公理日报》搞发行工作,协助沈雁冰发起上海教职员救国联合会,是五卅运动中的积极分子。郭沫若到广州去时,他接任了郭在泰东书局的编辑职务。1927年,他又参加了上海工人第三次武装起义,先是帮助做各种起义的旗帜,后来又参加实战,他们这个支部还收缴了西门南阳桥警察局的枪支二十余支。

但不久,就发生了四一二政变,共产党转入地下,乐嗣炳也过着颠沛流离的生活。上海大学被查封了,另一所任教的暨南大学的学生又告发他宣传共产主义,使他难以存身,只好躲到普陀山去避风头。在那里,他写了两本书:《革命实地见闻录》和《国旗的历史》。不久,又潜回上海。

乐嗣炳不是法科大学的学生或教师,但因为入党介绍人唐豪在法科大学读书,所以他的组织关系在法科大学中共特别支部,并参加这里的活动。这批大学生革命热情极高,当时党内又正是左倾盲动主义统治的时候,所以难免要做出许多惹人注意的行动。1927年冬,法科大学副校长潘大道开出黑名单,准备让国民党当局来镇压,共产党得知之后,就派出两名军委武工队员,在校门口处决了潘大道。这个行动的目的,是为了要保护法科特支免受告发,但这样一来,却使这些特支党员变成了杀人嫌疑犯,在上海更无立足之地了。乐嗣炳和唐豪等十余人转移到了镇江,而且混进县政府当了小职员。但革命者是不能过平静生活的,他们一旦立住了足,又开始了革命活动。那时正是到处暴动的时代,他们也发动本地区的农民起来暴动,收缴地主武装,拘捕土豪劣绅。事情一闹起来,他们的身份自然也就暴露了,来历也被查出来。于是江苏省警务处就以"鼓动农民暴动,企图危害首都"罪,将他们逮捕,送交南京特别刑事法庭。

这顶红帽子很大,当时不知有多少人因此被处决。但乐嗣炳他们运气还算好,恰逢蒋介石忙着演出自动下野和重新上台的把戏,处理稍有迟缓。而他们在上海一起参加革命活动的老战友史良,已从法科大学毕业,刚好分配到这个特别法庭做见习书记员,乐师母杨景昭赶快找她帮忙。在史良的帮助下,乐嗣炳等人就以各种名义假释出狱。出狱之后,他们赶快避到日本东京去。那时日本左翼势力很强,出版界也是一片红,单是《资本论》就有三种译本,还出了《马克思恩格斯全集》、列宁等人的著作以及介绍苏联社会主义革命和建设的文献。乐嗣炳在日本读了不少马克思主义的理论书籍,并着手收集日本人调查研究中国政治经济情况的书籍和有关汉语研究的资料。他的视野开阔了,除了原来所从事的语文改革和民俗学研究之外,他对经济学也发生了兴趣。回国后他还曾计划编著《中国经济地理》,准备为将来的经济建设作参考。此书由多人合作,已编成五百万字的初稿,后因出版社毁约,未曾出版,但仍出版了一本他自己编写的《中国蚕丝》,在当时还有相当的影响。

四

乐嗣炳是 1930 年 8 月回国的。到上海后,即由老朋友陈望道推荐,担任复旦大学中文系教授,接讲陈望道原来担任的

"古代汉语"和"历代文选"两门课程,并新开了"歌谣研究"。陈望道原是复旦中文系主任,那时因为声援被捕学生夏正和(夏征农),并支持左翼作家联盟的活动,被迫辞职了。

但乐嗣炳也不是书斋中的学者,他对政治斗争有着内心的渴望。1928年被捕以后,他虽然失却了共产党的组织关系,但仍以共产主义者自励,并积极参加革命活动。这时,国民党CC系对教育系统的控制愈来愈紧,而九一八事变却使得抗日救亡运动全面地开展起来,乐嗣炳为了便于参加政治活动,索性辞去教职,以卖文为生。一·二八事变之后,他参与组织"中国著作家抗日协会",并担任组织部长。

乐嗣炳在20世纪30年代参加了许多革命工作和文化工作,影响最大的是他与陈望道一同发起的大众语运动。大众语运动,是针对复古思潮而发的;而复古思潮,又是当时的权力意志所培育。蒋介石在剿共指挥部南昌行营发表"新生活运动要义"讲话,提倡"四维"、"八德",鼓吹尊孔读经,就是这股思潮的根源。所以这场语文论战,实际上就是政治斗争。

1934年5月,国民政府教育部官员汪懋祖发表《禁习文言与强令读经》一文,提出小学学习文言,中学读《四书》的主张。这主张引起许多作家和语文工作者的反对,形成新一轮的文言与白话之争。但论争的内容几乎是五四时期文白之争的重复,仿佛历史仍在轮回,毫无进展。乐嗣炳与陈望道彻夜长谈,商量出另一种战斗策略:跳出文白之争,提倡比白话文更进一步的大众语,以此来保卫白话文。

当时,乐嗣炳应中国乒乓球协会之请,正在主编一本《乒乓世界》杂志。这家杂志还附有一种副刊:《连环双周刊》,他即以为这个副刊约稿为名,在 6 月初与陈望道一起邀约沈雁冰、胡愈之、叶圣陶、夏丏尊、黎烈文、马宗融、黎锦晖、陈子展、王人路、赵元任等十二人在一品香茶馆讨论保卫白话文的策略,大家一致同意发动这个运动。6 月 16 日,他们又在聚丰园菜馆召开第二次座谈会,与会者扩大到四十多人,大家确定把这次运动称为"大众语运动",并分头写文章,由黎烈文联系《申报·自由谈》副刊,于 18 日开始连续发表,很快就扩展到其他报刊,形成一个讨论热潮,影响很大。从 6 月 18 日到 8 月 18 日,两个月内,上海各报刊就发表了两百多篇讨论大众语问题的文章。鲁迅的《门外文谈》,就是这场讨论的产物。鲁迅对这场讨论是很重视的,并给予大力支持。还在讨论开始之前,鲁迅在 6 月 9 日复曹聚仁信中说:"读经,作文言,磕头,打屁股,正是现在必定兴盛的事,当和其主人一同倒毙。但我们弄笔的人,也只得以笔伐之。望道先生之所拟,亦不可省,至少总可给一下打击。"

1934 年 8 月 19 日,陈望道主编的《太白》双周刊出版了。这是大众语运动者自己的刊物。"太白"者,即最白的白话文是也。据说还有另一个含义:太白星即启明星,隐喻黑暗统治即将结束,天快要亮了。陈望道以《太白》杂志为基地,展开新的语文改革运动,乐嗣炳自然是积极参与者。陈望道要提倡简笔字,就由乐嗣炳提供材料,编成三百个"手头字",在《太白》上公布,这是后来简化汉字的先声。陈望道又组织一百多人签名,发起"汉字拉丁化"问题的讨论,也是由乐嗣炳提供材料,由夏征农、冯三昧协助整理的。这些工作,都对语文改革起了积极的推动作用,而且又与当时的政治斗争紧密地结合在一起。

　　陈望道、乐嗣炳等语文改革前驱所做的工作,现在早已被人遗忘,而且因其具有革命色彩,而为现在的"愤青"们所不屑。其实,时下盛行的将流行语引入文学语言,将网络用语移到书写文字中来的做法,与前辈们当初提倡大众语的思路,又有何不同呢?目前这种语文变革现象的赞成者和反对者,如果能重温一下当年大众语讨论的历史,也许能得到一些启发。

五

　　20 世纪 30 年代的上海,不但是全国的经济中心,而且也是文化中心。在这里能感受到时代的脉动,这里所发生的运动,也能辐射到全国。陈望道和乐嗣炳的这些工作,都在全国语文学界产生了广泛的影响,他们的社会地位也随之而大为提高。当时知识分子的经济生活也比较优裕,不但教授的工资很高,就是自由撰稿人,也有不菲的稿费收入。乐嗣炳先生当时靠写作为生,他在应付一家五六口人的日常生活开销之外,还用分期付款的方式在南市蔷薇新村建造了一所住宅,在此藏书、写书,日子倒也过得自在。但到得抗日战争开始,上海沦陷之后,情况大变。上海的文人学者,或者困居孤岛,或者流亡到内地。乐嗣炳也只得抛弃住宅和藏书,带着妻儿流亡。他们途经香港,来到广西柳州。在这里,他因作了题为《最后的胜利是我们的》抗日演讲,深受群众欢迎,被聘为广西大学农学院教授,并担任广西柳州文化界救亡协会理事长。这个演讲是根据毛泽东《论持久战》中的观点加以发挥的,正因为他宣传的是共产党的观点,后来又大力揭露汪精卫的卖国投降主义,组织反汪大游行,遂被当局视为"乱党",而被迫离开柳州。

1940年秋,乐嗣炳先生避居到师母杨景昭的家乡三江县丹洲。这里虽然仍属柳州专区的治内,但因处于广西、贵州、湖南三省的交界地,又居住着侗、壮、苗、瑶、且以及客家等十几个兄弟民族,历来是三不管地带,因此也没有人再来找他的麻烦,他倒可以利用当地民族聚居的条件,从事民族学和民俗学的研究,实地考察各民族的语言、风俗、习惯、歌谣等等。他除了接触附近的壮族和瑶族兄弟之外,还爬上海拔三千米的灵皇山,访问苗族兄弟,又沿着溶江和浔江,访问侗族和其他民族兄弟。由于他的研究有了成果,广西教育研究所聘请他为特约研究导师,专门研究民族学和民俗学问题。1943年,广西教育研究所扩编为桂林师范学院,而且由于日军侵占衡阳,逼近桂林,学校迁到了丹洲。于是乐嗣炳自然就成为这所学院的教授,授课之余,他仍继续研究民族学和民俗学。乐嗣炳在这方面积累了许多资料,并有相当的研究心得,可惜1949年以后,并不提倡这门学问,使他在这方面的专长无所发挥。

抗战胜利之后,各机关学校大复员,即从避难的偏远地区迁回到大城市中来。桂林师范学院也不能在丹洲呆下去,它先迁回桂林,后又移到了南宁,并改名为南宁师范学院,乐嗣炳也就随校迁徙。这时正是国共双方打内战的时候,国统区法币猛跌,严重影响人民生活,共产党在那里开辟第二战线,组织反饥饿反内战斗争,乐嗣炳先生自然成为这一斗争中的积极分子。他和另一些教授一起,组织教授会,支持学生的罢课运动,并且取得了斗争的胜利。不过到得秋后算账时,这些运动的积极分子就遭殃了。杨荣国和张毕来被广西省当局拘捕,乐嗣炳则在学期结束之后,受到停聘处理。

因政治事故而停聘的人,要在本地再找公职是很难的。乐嗣炳回到上海,想重返复旦大学。他在复旦有不少熟人,新闻系主任陈望道、中文系主任陈子展、历史系主任朱敖,都是他的老朋友,他们陪他去找教务长,教务长也说欢迎老同事回来教书,看来一切都很顺利。但是到得校长章益那里,却被卡住了。因为章益从别人那里知道了乐嗣炳在南宁师院参加反蒋斗争的情况,他不能接受这种危险分子进复旦。乐嗣炳只好回到广西去。

六

1949年11月25日,他在广西柳州迎接中国人民解放军的到来。他觉得自己大半生所追求的理想实现了,多年积蓄的革命热情喷发而出。

在解放军到来之前,乐嗣炳就配合地下党做了很多工作。他说服柳州拖拉机厂厂长,保存下厂房、设备、几十辆美产拖拉机和国民党发的两万元破坏费;又劝说被白崇禧迁到柳州来的汉阳兵工厂厂长和工程师,抗拒再迁的命令,把设备和物资保存下来交给人民解放军。解放军到来之后,他马上排印冒险收藏的《新民主主义论》等三本毛泽东著作,以供各界人士学习之用。他的大女儿在1948年就参加了中国人民解放军,后来他又陆续把其他三个子女送去参军,态度十分积极。

那个时候,地方上许多人对于旧政权的腐败是深恶痛绝的,但对于新政权也还心存疑虑,而且国民党残余部队尚未肃清,所以像乐嗣炳这样的热情分子,并不是很多,他当然会受到军管当局的欢迎。军管会要他帮助物资接管部长接管物资,又要他帮助市长写了近二十万字的恢复和发展柳州经济的计划书,显得十分信任,甚至还委任他为军事联络员,代表柳州军区去收编黔桂边境的土匪武装。

乐嗣炳先生是一介书生,纵然驰骋文场,却与军事工作从来不搭界,而且土匪们还扬言道:"乐嗣炳敢来,要叫他有来无回",但一腔革命热情,还是促使他毅然受命前往。他们收编委员会一行人,带同土匪武装首领杨标的哥哥一同到黔桂边境去做收编工作,居然取得了相当的成果。杨标说,他们的武装是贵州的,不愿归广西收编,但保证不侵犯广西——后来也的确信守诺言;另外有两千多人则同意归广西收编。乐嗣炳成功而归,军管会任命他为柳州军区改编委员会委员。这个委员会由十几位师级干部和几位团级干部组成,主任是军事首长栗在山,柳州市委书记兼市长魏伯只是个副主任,可见其地位之高。

乐嗣炳先生的积极性得到了充分的发挥,他又带着中央人民政府副主席李济深给杨标的信,再次到柳北地区去做工作。这时,长安镇发生罢市罢运纠纷,他受地区委托,解决了这一问题,同时又协助三江县解决治安问题,一时间仿佛成为柳州地区的特命全权大使,专门去解决棘手的政治和军事问题。

但这种光辉的日子只过了一年光景,到得1950年12月20日,乐嗣炳和另几个改编委员就被隔离审查了,罪名是通匪嫌疑,证据是在乐嗣炳家查出一架由收发报机改装的收音机。尽管乐嗣炳说明这是朋友所赠,他并不知道是收发报机改装的,而且事实上也已不能收发报,但还是被关了起来。

收编土匪而有成效的特命全权代表,忽然变成了通匪嫌疑犯,这实在是很令人吃惊的事情。

若按法律程序行事,拘捕嫌疑犯是要有一定手续的,而且拘留也有一定的期限,三四天或者个把星期,如果在这期限内找不到充分证据,就得放人。但我们长期没有法律规程,何况那时又是军事管制时期,更加不讲究这一套。所以乐嗣炳先生被拘之后,一关就关了三十二个月,直到1953年8月18日才放出来。而且还不是拘捕者自动释放的,却是乐嗣炳的大女儿乐俊音去找了史良,时任司法部部长的史良倒还记得这位老战友,要乐俊音写了材料,由司法部发文到柳州查询,这才救出乐嗣炳。乐嗣炳先生不但20年代在法科大学支部时,与史良一起做过地下工作,1928年被捕时请史良营救过,而且30年代从日本回到上海之后,也与史良保持联系。七君子事件时,国民党当局开始只拘捕到六人,史良因外出不在家,漏网了。下一步该怎么办?她派陆殿东到唐豪家去征求意见,是在座的乐嗣炳给她出的主意:"没有别的考虑,存初立即自动投案。"唐豪也赞成此说。史良听从了他们的意见,就携带行李自动去苏州高等法院,完成"爱国有罪"的光荣的七君子之狱。所以他们的关系非同一般,史良也对乐嗣炳深有了解。

如果乐嗣炳先生不认识史良,或者史良一阔脸就变,不念旧情,或者她不在司法部任职,无权下文,那么,乐嗣炳会被关到何年何月就很难说了。因为他出狱之后,柳州市委第一书记兼市长、原改编委员会副主任魏伯,是这样对他说的:"你没有政治问题,我们早就知道,因为镇反、土改、三反五反一个接一个的运动,又没有人提起,把你的问题拖了这么久,表示道歉。你是我党老同志,想必不会介意。"既然忙于运动就可以把一个明知没有政治问题的人遗忘在监狱里,那么此后的政治运动仍是接连不断,也就会一直记不起来了。虽然家属在不断的催问,但这是刺激不起记忆细胞的,必须有司法部长正式下文的强刺激,才能起作用。

七

乐嗣炳先生虽然获释,但柳州是待不下去的了,政治和军事工作也不能再做。他想回到上海,重返文教战线。这时,他的老朋友陈望道已当上复旦大学校长,还兼有许多高级职务,如华东文教委员会副主任、华东文化局局长之类。陈望道很顾念旧情,热情地接待这位落魄朋友,聘他为复旦大学中文系教授,让他重新回到教学岗位上来。那时正处于语文改革的热潮之中,乐嗣炳觉得,他在30年代的语文改革理想就要实现了,所以热情很高。他积极参加全国文字改革讨论,并在陈望道的推荐之下,担任上海语文学会理事、上海市推广普通话委员会委员、江苏省方言调查委员会委员、《语文知识》月刊编委和《方言丛刊》编辑等职。

这时,乐嗣炳先生虽然仍以马克思主义的信徒自居,但是,人事已经大变,当年的风光不再。他出狱时,柳州市长虽然对他作过保证,说他可以参加任何革命工作,不受这件事的影响,但实际上,这个政治阴影却一直跟随着他,无论在定级上或是在任用上,都大受影响。到得1957年,这位老革命、老左派,就被打成了"右派分子"。

在1957年春天整风运动开始时,乐嗣炳的言论还是相当左的。他在教授大会上发言道,他不同意在大会和报刊上公开发表整风意见,怕影响执政党的威信;主张有意见直接对党组织提出。因此,在整风运动中,他基本上不公开发言。而在反右运动开始之后,他还率先站出来批判"右派言论",并指责孙大雨、王恒守、陈子展和张孟闻为"复旦四大炮",表现得相当积极。但"反右"运动本是一场"阳谋","引蛇出洞"是一种方略,而对于预谋要打的蛇,则即使不出洞,也要用铁钩伸进去把它钩将出来的。乐嗣炳参加革命很早,自以为是马克思主义的信徒,但在当权者看来,这种以革命的老资格自居者,其实是很讨厌的,再加上柳州那件案子,虽说已经查清,并无其事,而实际上却没有发给书面的正式结论,于是也就属于该捉该打之列。

乐嗣炳先生既然不肯在大会上提意见,党委书记杨西光就特地请他到自己的宿舍里来谈心——杨西光住在市区,但在复旦渝庄(第七宿舍)也有一套住宅,作为到校办公时的休憩之所。因为在座的人数很少,所以乐先生也提了一点意见。他从一张大字报引出话题,这张大字报上说,同一届毕业生,党员的工作分配得比非党员好，待遇也比非党员高许多级，很不公平，于是他发感慨道："解放前入党是为革命，解放后有些人入党是为名利。"这番话，多少透露着一种曾经当过地下党员的老革命的自豪感，但却得罪了许多新党员，成为一条重要的反党罪行。而《复旦》校报上又发表了他"轻政治，重业务"的发言稿，这使乐嗣炳先生大吃一惊，他何曾有过这种发言呢？经党支部调查，原来在学习毛主席《关于正确处理人民内部矛盾的问题》时，他曾根据"民主是手段不是目的"的理论，说过："政治是手段，目的是实现共产主义事业。"但这句话，怎么会变成这样一篇"轻政治，重业务"的发言呢？虽经查证，但校报是不肯发更正文字的。于是，这也成为乐嗣炳先生的反动言论。

其实，这只是一种信号，反右要反到这位老革命的头上了。"反右"运动的高潮虽在1957年夏天，但后面还有"反右"补课，乐嗣炳的"右派"帽子，就是在补课中补上去的。

1958年1月，学期即将结束时，中文系工会小组贴出了第一张大字报：《二十年来的马克思主义信徒》，说乐嗣炳自以为早就是马克思主义信徒，许多言论却同"右派"一样。这是"扒画皮"的工作。大凡要批判一个老革命时，这道工序是不可少的。只有先否定了他的革命历史，这才能把他打倒。而乐嗣炳先生却申辩说，他是长期追随共产党的，而且提出质问：在杨西光家开的小型座谈会，当时说好不作记录，不计较的，现在为什么凭漫谈的记录来批判？这真是天真之极，已经掉在陷阱里面了，却还指责别人为何要设陷阱？于是一位青年党员就指责他有抗拒改造的情绪，接着大家群起而攻之，最终是批得他只好承认,他在杨西光家的发言是美化自己,说解放后有人为名利而争取入党,是对新党员的诬蔑。

从保存下来的材料看,当时领导层对乐嗣炳的看法也并不一致。中文系党总支副书记蔡传廉在批判会上发言说:"你的思想已经走到'右派'的边缘,要好好转变。"可见他并没有认为乐嗣炳是"右派"。总支书记李庆云当时没有发言,但"文化革命"中有大字报揭发他包庇"右派",说他的意见是:"乐嗣炳、王中以前是革命的,不是本质的反动。"那么,到底是谁一定要把乐嗣炳打成"右派"分子呢,现在已经很难查考的了。

总之,一星期之后,乐嗣炳先生便被戴上了"右派"分子帽子。书当然不能再教了,他被调到图书馆去搞资料工作,工资也降了百分之四十。

乐嗣炳先生一向是反对文言文、提倡白话文的,到图书馆之后,却要他整理古籍,进行编目,他很不愿意。后来终于同意他独自搞一个项目,他在夫人的帮助下,写出了一本《白话文运动史——白话报刊史》,约二十五万字。这里所用的很多报刊资料,是他在日本和上海旧书店里高价收集的,图书馆里还很不容易找到。1961年摘帽之后,调到《辞海》编辑部工作,并以津贴的形式补足原工资额。1963年《辞海》的修订工作告一段落,他又挂靠到文法修辞逻辑研究室,编著《中国文法学史》,也写了二十多万字,可惜这两本书都没有能出版。乐嗣炳先生这时在工作和待遇上的改善,自然与陈望道的帮忙有关,因为陈望道既是《辞海》主编,又是文法修辞逻辑研究室的主持人。

八

乐嗣炳先生在1967年7月份退休。他对图书馆强令他退休很有意见,因为一则当时教师还没有退休制度,许多老教授一直工作到老死;二则,他这一退休,工资又降低许多,从一百八十六元五角原工资降到五十五元,一家生活都难以支持了。

但这时退休也未始不是好事,可使他少吃许多苦头。因为此时"文化大革命"已经开始,许多老教授被当作"反动学术权威"抛将出来祭旗,而"右派"分子,则不管摘帽与否,都要拉出来"再批判"——虽然,这种"打死老虎"的行为,早被鲁迅讥为"装怯作勇,颇含滑稽",但现在上演的本来就是一出滑稽戏,又将奈何?里弄当然不是真空地带,也要组织开会,但因不是运动的重点单位,冲击波要弱得多了。不过乐嗣炳先生仍被抄了六次家:最早是五角场造反队,接着是五角场派出所,然后是上海图书馆、上海博物馆和革命历史纪念馆的红卫兵,最后是1968年进驻复旦的工宣队,来了个全校性的"九五革命行动",即全面大抄家行动。这样频频地抄家,虽然也带有革命威慑作用,但那些远道的内行人,却多半是为乐嗣炳先生所收藏的文物而来的。老聃先生早就说过:"不贵难得之货,使民不盗。不见可欲,使民心不乱。"真是绝顶聪明的话。

乐嗣炳先生一向喜欢收集文物,还在做学徒时候,就开始搜罗古钱,后来除了将古钱配套之外,又扩大到碑帖、书画、陶瓷、铜器,多有珍品,还有许多革命文物,如标语、传单、书刊、印刷品等，直到做了"右派"之后，还在搜集。"文化革命"之前，曾在复旦办过几次展览会，弄得远近闻名。据乐先生自己的统计：第一批人抄去历代书画百余件，历代古钱币四千余品，各类图书百余册，以及铜鼓、古瓷、古玉器等珍贵文物；第二批抄去各类图书百余册；第三、四、五批抄去珍贵图书八百余册；最后工宣队抄走的东西最多，计有图书一万多册，字画二千多件，古瓷文物几件，连家用现钞二百多元也一并拿去。

这些文物，在"文革"结束之后，分批归还了约三分之二的图书和四分之三的字画，其余的就不知下落了，听说许多珍贵的古瓷已被砸烂，有些书籍被编号收入图书馆了。乐嗣炳先生收集文物，本来就不是为了聚财，他曾把其中一部分送给复旦图书馆，但复旦图书馆说不好保存，没有收下，这次劫后重逢，他也不再保存这些"难得之货"，就把一千六百多件书画、文物精品捐献给广西博物馆。广西是他在抗战时期的避难之地，对之还是很有感情的，虽然建国之初，他在这里遭到无妄之灾。对于乐嗣炳先生的捐献之举，《人民日报》、《工人日报》、《解放日报》、《文汇报》以及中央电视台都作了报道，一时间，他成为新闻人物。乐先生去世之后，他的子女根据他的遗愿，又将家中的七千多件字画、文物全部捐献给国家。

乐嗣炳先生于1984年病逝。他感到欣慰的是，他终于等到了"右派"改正的那一天，柳州方面也给他送来平反证书；而使他遗憾的是，他始终没有能恢复中共党籍。

乐嗣炳先生在1928年被捕之后失却与共产党组织的联系那天起，就一直在为恢复组织关系而努力。1932年，他曾委托丁玲联系此事，事情办得差不多时，丁玲却被捕了。建国初期,他之所以没有马上回到高校工作,而留在柳州协助军管会做政治、军事工作,也是为了要立新功,便于恢复组织关系。没有想到的是,立了新功之后,不但没有恢复组织关系,却进了监狱。被打成"右派"之后,他还表示要好好改造思想,争取重新入党。这当然只是他一厢情愿。"文革"结束,"右派"改正,这时出现了信仰危机。但这位20年代的共产党员却仍然抱着原来的信仰,坚信马克思主义,并为恢复自己的党籍而努力。当时恢复党籍的老党员是有的,如他的老朋友沈雁冰,还在报上大事宣传过。但沈雁冰是大名鼎鼎的人物,恢复他的党籍,并大事宣传,是为了对青年产生影响,而现在的乐嗣炳又能起什么作用吗?

乐嗣炳先生虽然带着遗憾逝去,但他仍是马克思主义的信徒。也许,真正信徒的道路总是不平坦的。

把"人"字写得端正些
——记贾植芳先生

贾植芳与夫人任敏

20世纪50年代前期,当贾植芳先生在复旦大学中文系讲授《中国现代文学》和《俄罗斯—苏联文学》,大受学生欢迎的时候,我虽然已经进入复旦,但还没有机会去听他的课。因为我们班的《中国现代文学作品选》是由别的老师教的,而《俄罗斯—苏联文学》则是高年级课程,我们低班生无缘聆听。所以那时我并不认识贾先生。当我即将进入高年级时,反胡风运动开始了,贾先生以"胡风反革命集团骨干分子"罪,被关进了监狱,从此,他就在复旦人的视野中消逝了。

待到他刑满获释,再度出现在复旦园时,"无产阶级文化大革命"即将开始,学校里已是山雨欲来风满楼的局面,人人自危,相视何敢相问。况且,在当时,服刑结束被放出来的人,叫做"刑满释放分子",仍是被管制的对象。贾先生自然不能回到中文系,他被安排在出版科监督劳动。矮小的个头,精瘦的身躯,却干着最繁重的生活:打扫厕所,油印讲义,搬运重物。不知情的人绝对看不出这个穿着破衣服默默干活的小老头,是当年活跃在讲台和文坛上的教授、作家。

我与贾植芳先生相识,是1970至1971年在奉贤五七干校。那时,我也被打成了一个"反革命小集团"的"分子",押送到干校,监督劳动。我们成了难友。

本来,当年在看了《人民日报》公布的三批"胡风反革命小集团"(先称"反党小集团")的材料,学习过毛泽东执笔的"编者按语",拜读过许许多多揭发文章,并参加过大大小小的批判会之后,我对于他们的反革命性质是深信不疑的。但是,1970年,张春桥及其属下按照"胡风反革命小集团"的样板,炮制了"胡守钧反革命小集团"案,并且把我也"团"了进去之后,我切身感受到制造冤假错案者在编排材料时,如何掐头去尾、移花接木、无中生有、主观臆断、无限上纲的伎俩。从而也就怀疑起胡风集团案件的真实性了。

因为同是监督改造对象,我们常常在一起劳动。干的自然是重活:挑水、挑粪、挑稻草、挑花萁(即棉花秸)、挑沟泥……差不多是一根扁担不离身。那时,贾先生已是年近花甲之人,但仍得与我们年轻人一起挑。不过,他倒也挺得住。

他说，他在监狱里每天要挑十多担水，锻炼出来了。有时，"革命群众"开会或听文件去了，我们几个"对象"（按：此非乡下农民所谓"谈恋爱，搞对象"的"对象"，而是工军宣队对"监督劳动对象"的简称也）得以偷闲在田头多坐一会，也聊聊天。案件的事，自然是绝口不谈的，所谈大抵是日常琐事。比如，我们称赞贾先生身上穿着的那身粗布衣裳好，耐磨，他就告诉我们："这是俺老婆自己种棉花，自己纺纱，自己织布，自己给俺做的衣服。她现在在俺老家种地，积了钱，就到上海来看俺。"有时也谈及他哥哥贾芝及嫂子李星华（李大钊之女），说他们对他很好，他关在监狱里时，贾芝征得组织上同意，每月给他寄零花钱，所以他的日子过得比别的囚犯好些，还订了份报纸看看。他说以前领养过贾芝的一个孩子，1955年出事后，带回去了，现在这孩子长大了，有出息了。谈到这些事，他精神上很得到些安慰。

在干校里，贾植芳先生最大的享受，是在劳动结束之后，或是在下雨天，抽着八分钱一包的生产牌香烟，坐在床沿上读《马恩选集》，读得高兴时，整个身子都会摆起来，而脏不拉叽的垫单已经有一半滑到地下，他也不觉察。只可惜，这种享受的机会并不太多，因为我们那位出身于贫下中农的老山东排长，比工军宣队还要革命，虽然他自己也算是大学教师，但他总认为别的知识分子劳动太少，而这些管教对象就更不能坐下来休息，所以经常给我们额外增派些加班加点的活儿，劳其筋骨，利于改造也。

贾先生那时没有工资，每月只拿三十元的生活费，经济上相当困难。但他也并不在意，或者说是无可奈何，只要日子能混得下去就可以了。他不善治生，各种票证常常被住在一起的工友"借"走，自己即使回校时，也是吃食堂，偶尔到五角场小饭店里沽二两土烧酒，买一包猪头肉，再吃上一碗阳春面，就算是极大地改善生活了。这种劣质土烧，喝下去头晕，他说，有时走出店堂，直觉得头上的帽子要飞起来。

这样的日子一直熬到"文革"结束，贾先生才回到中文系，先是被安排在资料室管图书杂志和编写作家资料，胡风案件平反后，再回到现代文学教研组。但此时，他已年近古稀，不可能再像当年那样上很多课了。不过贾先生仍旧勉力工作，带了很多研究生，还兼任过复旦图书馆馆长。

贾先生一复出，周围便聚集了很多人，旧雨新知，高朋满座。有同案的患难朋友，有新认识的同行专家；有当年受到牵连的老学生，有新时期成长起来的文学青年；自己名下的研究生当然不必说了，国内外的学子也纷纷慕名而来。贾先生一向好客，听说1955年之前，他家就不断有学生来问学、求教、吃饭，也常有朋友来喝酒聊天，每每要到深夜，他才能坐下来备课、写作，经常弄到通宵达旦。那时，教授的待遇好，他的稿费也多，但他并不讲究个人享受，也不事积蓄，而是奉行有钱大家花主义，把钱都用在朋友身上；现在，教授的工资低，他的稿费收入也少了，但他仍喜欢留客吃饭，自己有时弄得很拮据，也不以为意。贾先生是山西襄汾人氏，那是个产汾酒的地方，他年轻时好饮，而且酒量也大，现在生了胃病，不能再喝酒了，但他看着别人在他家喝酒也很高兴，就好像自己也过了酒瘾。他就是这样一位有豪侠之气的人。

贾先生热心助人，乐于提携后进，把帮助学生出成果看得比自己著书立说还重要。他不但花很多时间耐心地指导学生进行科学研究,而且还利用自己的社会关系为学生联系发表文章和出版著作的地方。当年因与贾先生接近而进过监狱的施昌东就跟我说过,贾先生那时曾帮他和曾华鹏、范伯群三人拟定了毕业论文题目,要他们一人写一篇作家论:《朱自清论》、《郁达夫论》和《王鲁彦论》,由他介绍,合出一本书。那时青年人发表一篇文章也很不容易,如能出一本书,这是多么好的事啊,三个年轻人在学术上马上就站住了。可惜文章还未写好,贾先生就出事了,这三位年轻人也都因此而受到审查。后来他们各自或联名发表文章、出版著作,虽然是各人自己努力的结果,但他们一直感谢恩师当年的培养。施昌东早已逝去,而范伯群、曾华鹏虽然都已成为名教授,至今仍对贾先生执弟子礼甚恭。——施昌东去世后,贾先生还帮助他出版遗作,并照顾他的遗属。虽然贾先生的罪名之一是拉拢青年、毒害青年,而且当年也确有青年反戈一击,在他伤口上撒盐,但他却毫不在意,助人为乐的思想至今不变。他常常把自己的研究资料和研究心得提供给学生,让他们去写作,并帮他们出书。

贾植芳先生一生坎坷,坐过很多次监狱:日本人的、国民党的、共产党的,四进四出。所以他写的回忆录就叫做《狱里狱外》。尽管吃过很多苦头,但他仍很达观;因为经过许多磨难,所以已经荣辱不惊,也无所求了。他说,他这一辈子,是与贾师母任敏两个人互相搀扶着,在泥泞的道路上一脚高一脚低地走过来的。正因为如此,所以他把人生体验看得比做学问来得重要。他引用梁漱溟的话说:"我不是学问中人,我是社会中人。"他说,他浪迹江湖,是想实现自己的人生价值,要努力把"人"字写得端正些,以尽到自己的社会责任。他虽然从青年时代起就热爱写作,很早就是一个知名作家,但他始终把文学作为业余的爱好,只把它看作自己人生感受的一种记录,而认为第一要义,仍在于人生社会本身。

由于他社会阅历丰富,对人生有着深切的体会,因而,他与那些书生气十足的文人学者不同,对于世情具有洞察力,能看清一些微妙的关系,言人之所未言。还在50年代初期,贾植芳先生就奉劝胡风,不要再卷入斗争了,要赶快退出来。他说:"我们这些人都不能和鲁迅相比,鲁迅对中国历史了解得深,所以他搞政治能进得去,出得来,而我们则不行,走进去就出不来了。"当时胡风听不进这个意见,后来终于还是上了三十万言书,自以为是对革命文艺事业负责,而事情的发展却完全相反,果然使他们陷进泥潭拔不出来。贾先生与胡风相濡以沫,感情极深,胡风逝世之后,他极其悲痛,在追悼会上号啕大哭,不能自制。但他仍直率地指出:胡风有忠君思想,并为此所累。因撰挽联云:"焦大多嘴吃马粪,贾府多少有点人道主义;阿Q革命遭枪毙,民国原来是块假招牌。"后恐有所不便,又另撰一联云:"因直而获罪可怜古今竟这么相似,今日祀忠魂时代毕竟不是老封建。"后来日本人译介这段史料,却将"贾府"注解为"贾植芳府上",意思全弄拧了。——大概这位译者没有读过《红楼梦》,而且毕竟与中国文化隔了一层,不能领会其中微妙处。中国的事,还是中国人自己了解得深。近读胡风事件三十七人回忆录:《我与胡风》,其中绿原的文章就提到贾先生所说关于鲁迅的话,并引用了鲁迅《隔膜》一文中的片断:"进言者方自以为在尽忠,而其实却犯了罪,因为另有准其讲这样的话的人在,不是谁都可说的。一乱说,便是'越俎代谋',当然'罪有应得'。倘自以为是'忠而获咎',那不过是自己的糊涂。"绿原接着感叹道:他在重读此文之后,这"才发现胡风和我们'糊涂'到什么地步,真是已经欲哭无泪了"。而贾先生早能看到这一层,正是他人生阅历的丰富使然。

复旦的新月
——记余上沅和方令孺先生

这里所说复旦的新月,是指复旦大学中文系与新月派关系密切的两位教授:余上沅先生和方令孺先生。

余上沅先生担任过新月书店的经理和编辑,书上有名,说他是新月派是没有问题的。而方令孺先生在建国后却一直讳言新月派,且该派又并非一个严密的组织,并没有入会表格或会员名单之类,硬要将她派进去,似乎也过于武断。但方先生在《新月》杂志上发表过文章,又与新月派人物过往甚密,梁实秋在回忆文章中记他们聚集在青岛的"酒中八仙",就有方先生在内,说她与新月派关系密切,倒也并不违背事实。朱文华、许道明两位老弟主编的《新编中国现代文学作品选》,在介绍方令孺先生时,用了"新月派背景"几个字,十分机智。好在现在文界较前宽松,新月派的背景和关系已经算不得是什么污点了。

不过,我在这里提到他们,并非打算研究文学流派问题,而是想写出这两位与新月派有关的老师在建国后的不同遭遇。

方令孺先生是安徽桐城人氏。桐城方家在近世文学史上是很有名气的。清朝初期桐城派三位开创者之一：方苞，就是她们的祖上。由于有着家学渊源，桐城方家一向文星高照，出了不少知名作家。直到方令孺先生这一辈及其后，仍是如此。方先生本人是教授兼诗人，而新月派诗人方玮德、原胡风派理论家舒芜、50年代中共上海市委宣传部副部长杨永直，都是她的侄儿子。大概因为杨永直的关系，方先生在上海文化教育界很受尊敬。方先生排行老九，杨永直叫她九姑，于是很多文人，甚至连复旦党委副书记徐长太，也都称她为九姑。

方令孺

由于对腐败的旧政府的厌恶，建国初期的知识分子对于新政权大都抱着欢迎的态度。方先生是诗人，更加表现出诗人的激情，她成为教授中的积极分子。共产党和人民政府当然也对她相当器重。于是她非常之忙，经常到北京去参加文代会、妇代会等。她还当选为全国第一届人民代表大会的代表，这在当时，是一种殊荣。复旦的四位代表开完人代会回来时，曾在登辉堂作过传达。记得陈建功先生在介绍苏联代表团时，怎么也说不清楚苏联部长会议主席的名字，布——布——布——，布了好久，还是把布尔加宁说成是布加尔宁，引得哄堂大笑。他长年沉浸在数学的世界里,对现实社会实在过于隔膜。方先生则以抒情的语调描写她们怎样见到毛主席,抒发她对于大会的感受,处处洋溢着诗意。听讲者说:毕竟是中文系教授,她是在写诗。其实方先生在给我们讲课时,也是抒情多于分析,而且讲得非常激动。她的风格,还影响了一批女同学,她们发起言来,也是激动异常,被调皮的男生称之为感动派诗人。而且还排定了感动诗派的一祖三宗名单。一祖,当然是方令孺先生了。

那时方先生的确还写"感动派"的诗。记是苏联第一颗人造卫星上天时,方先生听到广播,很是激动,马上写了一首颂诗,报上发表,电台播送。但是我更喜欢她写的一些散文。以前出版的散文集《信》,很有特色,不必说了,就在我读书时,她还在《人民文学》上发表过一篇《山阴道上》,很是优美。我把我的看法跟她说了。她也表示赞成。她说:"《山阴道上》我是花了很多心思写成的,而这首写卫星上天的诗,则是坐在摇椅里听到广播,一激动就写下来了。"

方先生好客,只要她一回上海,徐汇村她家的客厅里就不断来客人。有教师,有同学,有文科的,有理科的,还有外面来的作家。听消息,谈诗文,总是非常热闹。所以,她虽然独居,倒也并不寂寞。听说在美国时,她的客厅也就是一个文学沙龙。方先生对学生很好。我是她的课代表,后来她又做我的毕业论文指导老师,所以对我特别关照。她怕学生生活太清苦,常要保姆烧一罐红烧肉,叫我去吃。其实那时学生的伙食标准很高,我们已吃得相当满意了。但我那时毕竟年轻,正在长身体阶段,胃口特好,每次去都把一罐肉吃得所剩无几。方先生看我吃得起劲，也非常高兴。

1957年"反右"运动，浙江省文联主席宋云彬被打成"右派"，上面就调方先生到杭州去接任此职。对于这场运动，方先生内心是很矛盾的。从理智上说，她要拥护，要紧跟，但在感情上，却又很惶惑。她从北京回来后，一面传达了文联作协的反右情况，但私下里却对我叹气，特别表现出对她侄儿舒芜的关心："唉，他逃过了1955年的劫难，没有成为反革命，但终于逃不过1957年这场运动，还是被打成右派分子了。"

60年代初，我到杭州去看望过方先生。她住在灵隐附近的一幢小别墅里，背后是青山，四周有小溪围绕，风景非常优美。但是方先生心情很不好，她感到寂寞。她说，她在杭州地生人不熟，这里又远离市区，少有人来，简直是住在坟墓里，非常难过。她怀念复旦的生活，想回复旦去。但是，她不知道，1957年以后，复旦也已人事全非，风气大变了，同事师生之间颇多顾忌，不能再像以前那样密切地来往，轻松地交谈了。当然，作为一个共产党员，她还必须服从组织决定。但是，她对我说，她这个新党员，别人还是把她作为党内的统战对象看待的。文联的事有党组书记做主，她很少过问。这时，她大概已不写新诗了，她给我看她近年所写的一些旧诗，诗中反映了她的寂寞心情。

"文化大革命"期间，我没有再见到她，听说她很受了些冲击。1976年，突然收到讣告，知道方先生去世了。但其时我尚未平反，不能到杭州去吊唁，只发去一份唁电。

余上沅先生的遭遇，就差得远了。

余先生年轻时热心于社会活动。五四时期他担任武昌文华大学的学生会主席,并以武汉学联代表的身份出席在上海召开的全国学生联合会。后来进北京大学读英文系,又留学美国专攻戏剧。1925年回国后,他长期从事戏剧运动,是有名的剧作家和戏剧理论家,写过不少著作,有《上沅剧本集》、《戏剧论集》、《编剧概论》、《中世纪的戏剧》、《西洋戏剧理论批评》、《资产阶级全盛时期的戏剧》等;他又是重要的戏剧活动家和教育家,1926年,与赵太侔等主办《晨报》副刊《剧刊》,提倡"国剧运

余上沅

动",很有影响,他做过梅兰芳的艺术顾问,曾陪同梅兰芳到苏联演出。1935年以后,又长期担任南京国立戏剧专科学校校长,培养了很多戏剧人才,说他门生遍于全国戏剧界,大概不算是夸大其词。

但是,建国以后他却远离了戏剧界。起始的原因是,在国民党政权崩溃前夕,他受中共地下党的影响,不愿接受国民党政府要把剧专迁往台湾的命令,辞去校长职务,避居上海,等到解放军一打下南京、上海,他就赶回南京,把剧专移交给解放军的军代表了。但余先生还是念念不忘他所热爱的戏剧工作。1950年他到北京参观学习,在北京饭店招待会上见到周恩来总理,周恩来叫他归队搞戏剧,他非常高兴,很想借此机会调回戏剧界工作。但是,却长期未能如愿。我实在搞不懂

是什么缘故了。

在上海,他先是受聘于沪江大学,主讲《中国文学史》,1951年10月,转入复旦大学中文系。听说先是讲授现代文学的戏剧部分,但到我1953年入学时,他教的是《中国现代文学作品选》的解放区文艺部分。这一方面并非先生所长,但是他还是很高兴地接受下任务,努力备课。当时他住在筑庄,与我叔父吴斐丹是隔壁邻居,我曾进入他的书房,见他的书桌上摆满解放区文艺作品。但同学们并没有忘记他是戏剧家,复旦剧团的人常向他请教。听说,余先生不用看剧本,只要同学向他讲一遍剧情,他就可以导演了,余师母陈衡粹女士(女作家陈衡哲的妹妹)还帮着给演员化装。那时,同学们对余先生还是很尊敬的。但是,到了1955年,就出事了。

1955年,余先生正担任我们班的课程,我是课代表。一天下午,我到余先生家送同学们的作业,进门后叫了好几声,余师母才下楼,气色很不好,淡淡地说:"余先生出去了,你把作业放下吧。"其实正是那一天,余先生被捕了,听说家里还有公安埋伏着准备逮捕同党。不过我是过后才知道的。好在我一进门就说是来交作业的,没有被当作余先生的同党抓走。那时由反胡风集团而引发了全国性的肃反运动,此类事情时有发生,也并不奇怪。约有一年多之后,余先生又回到系里,据说是涉嫌杨帆案件,但查不出什么,就放回来了。潘汉年、杨帆事件本是一件冤案,余先生因为做过杨帆的老师和上级而被捕,就更冤了。其实,余先生是很热爱新中国的。要不然,1949年初,他在英国讲学时,就不会谢绝英国的留请,毅然回国;也不会在解放军进军上海前夕,退还国民党教育局长送来的飞台湾机票,决定留在大陆了。但是,解放后的历次政治运动,却给他带来极大的痛苦。听贾植芳先生说,思想改造运动之后,有一天后半夜,贾先生还在备课,尚未就寝,余师母很紧张地敲门来请,贾先生跟过去一看,只见余先生躺在床上,捶胸大哭,怎么劝也劝不住,怎么问也不肯讲是什么缘故。他是有说不出的痛苦啊!

开释回校之后,余先生给下面班级教《中国现代文学史》,仍是讲有关解放区文艺部分。这时,余先生已经失却昔日的风采,如履如临,战战兢兢,再也讲不好课了。后来调往上海戏剧学院,这本来可以发挥他的专长的,但是他已没有这份心情了,而且当时正是阶级斗争年年讲、月月讲、天天讲的时候,校方自然也不敢重用他。开始还让他讲授西洋戏剧理论等课程,后来就调他到研究室,从事戏剧理论的翻译和有关教材的编写工作。但余先生还是努力从事,翻译了贝克的《戏剧技巧》等名著。而不久,"文化大革命"运动开始了。像余先生这样经历的人,当然是在劫难逃,他被整得很惨。余先生胆子小,不敢抗争,日子就更难过了。听说有一次下乡劳动回来,他跟余师母说很想吃肉,余师母把全家所有肉票集中起来买了肉,做他喜欢吃的红烧肉给他吃,但余先生将肉夹到嘴边却放回碗里,不敢吃,余师母问他为何不吃,他说回来时监督小组吩咐过,不准吃肉,如果他们知道我回家吃肉,又要打我了。

他没有熬到"文革"结束,在1970年就去世了。

月亮上的顽石
——记孙大雨先生

我在《文学报》上发表记叙方令孺、余上沅二位老师的文章《复旦的新月》之后,即有朋友对我说:外文系还有一轮新月,也应该写一写。他指的是孙大雨先生。

是的,孙大雨先生也是新月派,但他不是柔和的月光,而是月亮上的顽石,其硬无比,殊堪敬佩。

孙大雨(字子潜)早年就读于清华学校,后留学美国,颇有诗名。他与朱湘(子沅)、饶孟侃(子离)、杨世恩(子惠)合称"清华四子",后来都加入了新月社,所以又称"新月四子"。孙大雨不但从事诗歌创作,而且在理论上亦自有主张。大概是受到他的学长闻一多的影响,他也大力提倡现代格律诗,但具体见解又与闻一多有所不同。闻一多有"三美"说,认为诗歌不但应有音乐美(音节)、绘画美(词藻),而且还要有建筑美(节的匀称和句的均齐);孙大雨则觉得这会导致形式化的倾向,他另外根据语言节奏原理,提出了音组理论。他不但将此种理论付诸创作实践,而且还用来翻译莎士比亚的戏剧。莎士比亚写的原是诗剧,但我们常见的朱生豪译本、曹未风译本,以及台湾的梁实秋译本,都是化为散文体了,只有孙大雨是用格律诗体来翻译的。我年轻时读过他的一个译本《黎琊王》(上下二册),还有连载在《复旦学报》上的长篇论文《诗歌的格律》,但因弄不懂他的"音组"、"音步"理论,只好囫囵吞枣地翻过去。我想,弄不懂他理论的人大概不少,所以他作为诗人和翻译家的名气,似乎只有圈内人知道;而孙大雨之所以声名远扬,有一段时期弄得家喻户晓,妇孺皆知,那是由于政治上的原因。

新月社是一个自由主义文人的团体,大多数成员是欧美留学生,他们的政治倾向可想而知。但经过抗日战争的磨难,特别是到了解放战争后期,他们之间分化很大。毛泽东在唤醒"自由主义或民主个人主义者"的文章中所称颂的那位"拍案而起,横眉怒对国民党的手枪,宁可倒下去,不愿屈服"的闻一多,就是新月派成员。其实,第二条战线不仅在昆明展开,而且在上海也很活跃;拍案而起,横眉怒对国民党手枪的,也远不止闻一多一个人。上海大学教授联谊会(简称"大教联")的产生,就是第二条战线的产物,这个组织一成立即与蒋政权进行了不屈不挠的斗争。孙大雨是大教联的活跃分子,在反蒋斗争中起过积极的作用。大教联那封致美国特使魏特迈的英文信,就是孙大雨起草的,据说此信很起了些作用,促使魏特迈注意国民党的腐败现象,并直接向蒋介石提出指责。

因为有这么点历史功绩,建国初期共产党政权对于孙大雨还是比较重视的,在思想改造运动中,让他当了小组长。这个官儿虽然不能算大,却也表示领导上对他的信任,因为大部分教师都处于被审查地位,所以小组长的位置也就显得相当的突出了。但这之后,他与领导层就日见疏离以至于对立了。我曾向外文系的朋友打听个中原因,他们也说不清其间具体的过节,只知孙大雨当时反对"李、全、杨"甚为激烈。李是当时的党委书记李正文,全是西方哲学史教授全增嘏,杨是外文系系主任杨岂深。推论起来大概与位置的安排有关。全增嘏曾当过国民政府的立法委员,现在照样受到重视;杨岂深与前校长章益关系密切,时常出入章公馆,被指责为"公馆派",现在却做了外文系系主任;而孙大雨自己呢,则被冷落在一边。他受不了这种不公正的待遇,认为都是党委书记李正文搞的鬼,所以就情绪对立起来。其实,这种人事安排也是势所必然。盖因孙大雨当年虽然曾经反蒋,但是他的自由主义立场并没有变,或者说,他是站在自由主义的思想立场上反对蒋政权的专制主义和由此所产生的腐败现象;到了1949年之后,这种自由主义立场和他那倔强的个性,必然要与无产阶级专政的体制发生冲突。如果让孙大雨先生来做系主任,他必然会强调独立的人格,自行其是,决不肯做驯服的工具,使得上面很难指挥,领导意图贯彻不下来,所以,下台和挨整是迟早间事。而杨岂深先生则性格随和,即使有不同意见,也只是存在心里,不肯抗上,所以系主任能够一直做下去。这一点,我们只要看看革命历史比孙大雨长得多,革命贡献比孙大雨大得多,而性格同样倔强的陈子展先生,被削去了中文系系主任的职务,即可明白。

接着,1956年的评级定薪工作,又使孙大雨大为恼火。孙先生在学术上一向颇为自负,他曾经宣称,在中国,英语和英国文学的水平,除了钱锺书之外,谁也及不上他。而这次复旦却把他定为二级教授,这使他感到大受侮辱,发火自然在所难免。但其实,这倒不是复旦领导要特别地压制他,而是复旦一向不肯抬举自己的教师之故,这次也普遍地将自己的教授压得很低。当时,复旦外文系根本没有定一级教授;二级教授只有两名:孙大雨和林同济;伍蠡甫是三级教授,系主任杨岂深是四级教授;戚叔含先是定在三级与四级之间,所以他自己戏称为不三不四之人,到后来才定为三级。而中文系也只有郭绍虞是一级教授(陈望道做校长,已不在中文系);刘大杰、吴文祺两个二级教授;朱东润、赵景深则为三级教授。这次评级曾在教授中引起很大的矛盾,而孙大雨只不过是敢于出头放炮的人而已。但中国历史上一向是枪打出头鸟的,孙大雨之遭枪打,也是必然之事。

何况孙大雨又不讲斗争策略,给人以可乘之隙。不知何故,他竟控告校系领导人是反革命分子,从前任党委书记李正文、现任党委书记杨西光,一直告到外文系总支副书记龙文佩,名单开了十余人之多。而且后来他开列的反革命名单愈来愈多。据说,他的逻辑是:他是革命的,所以反对他即是反革命。大概孙先生埋头于推敲他的"音组"、"音步"理论,根本没有弄清楚反革命的指控在法律上有多么重的分量。但不管怎么说，这种控告是缺乏根据的。领导上要他收回，他不肯收回，事情闹得很僵。陈毅在上海做市长时，还讲究要团结知识分子，曾特地请孙大雨先生吃饭，进行劝慰，并让他住进十八层楼，以示优待——这里所说的十八层楼，并非泛指高层建筑，而是一种特指，这幢楼是上海有名的高知楼，而且不是一般的高级知识分子所能住的，里面住的都是高知中的头面人物，如周谷城等，所以让孙大雨去住，是很抬举他了。但孙大雨似乎不识抬举，住进十八层楼，却仍旧我行我素。于是到了那个"好学生"主持上海工作时，孙大雨就厄运临头了。这位"好学生"一向很左，又恰恰碰到了1957年的反右运动，正是整人的好机会，孙大雨就被他打了小报告，于是成了第一批钦点"右派"分子，"反革命路线"倒是套回到他自己头上。

孙大雨既然是钦定"右派"，于是，报上点名、开会批斗等事自然是必不可少的。但孙大雨这个人骨头很硬，不但不肯低头认罪，还要进行反击，所以外文系的批斗会开得很是热闹。外文系有一个姓黄的教师，过去在共产党内做过很高的干部，与刘少奇一起工作，后来被捕叛变，还出卖过刘少奇，建国后改换名字，被安排到复旦教书，他的身份只有领导干部掌握，一般人都不知道。这次他也乘势而上，站起来批判孙大雨，以示积极。不料孙大雨根本不买这个账，直斥他"放屁"，把他顶了回去，而且当众揭露出他的真实身份，说："你这个革命的叛徒，有什么资格来批判我！"弄得这个黄姓教师和大会主持人都非常尴尬，黄姓教师因身份暴露，从此日子就不大好过，到了"文化革命"开始，自然就首当其冲，直至被接到北京进行保护性隔离——此乃后话；而孙大雨本人在当时则成了顽固不化的典型，落得个加重处分。

十八层楼当然是住不成了。他的家搬到了老西门，这是老城区，上海人所谓"下只角"的地方，两者简直是天壤之别。而且因为是极右分子，还被开除了公职，并且以"诬告罪"被抛进了监狱。不过这种事，要给他判刑也难，不久就被释放。孙大雨回到了家里，就靠老婆做小学教员的一点工资过日子。但他仍旧努力翻译莎士比亚，每晚干到天亮，以三分钱一只的大饼充饥。到了"文化革命"期间，这个大右派当然又要被人记起，抄家、批斗在所难免。他的藏书都被抄走，后来发还时已不及三分之一了。好在抄家之风刚起之时，他的子女将他的手稿及时转移了，这样，在"文革"结束之后，他还能重新加以整理，设法出版。

全国的"右派分子"大都是在1979年得到改正的，而孙大雨先生则拖到1984年才改正，可见阻力之大。这也难怪，他得罪的人实在太多了，而且这些人都是实权派，"文革"结束后个个官复原职，他的事情自然要难办些。而且，平反、改正之后，他也没有再回复旦，倒是去了华东师大。此时他虽然年事已高，但仍天天通宵达旦地工作。孙大雨一共翻译了八部莎剧：《罕秣莱特》、《奥塞罗》、《黎琊王》、《麦克白斯》、《暴风雨》、《冬日故事》、《威尼斯商人》、《萝密欧与琚丽晔》，一部《孙大雨译诗集》、两部中译英的《屈原诗选英译》和《古诗文英译集》，还有一部《孙大雨诗文集》。这些作品，除《黎琊王》外，都是在落难之后极其艰苦的岁月中，和平反之后年老体衰之时完成的。

他一直工作到九十二岁逝世，真是倔强的老人啊！

早起的虫儿
——记王中先生

往年读柏杨的杂文,记得有一篇好像叫作《早起的虫儿》什么的,大意是说:早起的鸟儿好觅食,早起的虫儿就要被鸟儿吃掉。这个比喻很形象,很深刻。世上的确有很多觉醒得早的人遭受厄运,等到大家都哼着与他同调的歌时,人早已被迫害致死——即使还未死的,也已经没有多少活气了。

复旦大学新闻系的王中教授,就是这样一条早起的虫儿。

1956年,王中闻到了早春的气息,奋起进行新闻改革,提出了一些新的新闻观点,产生了相当大的社会影响。到了1957年,气候骤变,他就成为祭旗的牺牲品,受到全国新闻界的讨伐。当时有一家权威刊物发表评论员文章,标题就叫做:《大家都来批判王中》,可见问题的严重性。既然大家都来批判,所以批判文章简直是铺天盖地。即使像我这样不关心新闻理论的人,也读到不少此类大作。印象最深的,是对王中关于报纸二重性理论的批判。王中认为,报纸既有宣传性(或曰工具性),又有商品性;既然有商品性,就要照顾到读者的口味,这就是群众观点,如果读者不要看,报纸还有什么宣传性可言呢?——这些话,我们听起来觉得蛮有道理的,但批判者说他是反对报纸的党性和阶级性原则,而且,谈商品性,就是资产阶级新闻观点,这在当时都是非常严重的问题。我不知道现在的新闻理论是怎样说的,但看时下各报争取订户,注重销路的样子,大概是很重视报纸的商品性了。可见王中无非是把话说得早了一点而已。

听新闻系的朋友说,早在19世纪末期,德国的一位新闻学家就提出过报纸的二元性问题——他说的是文化性和商业性。不过,我想,王中未必会像时下的一些青年理论家那样热衷于搬取外国的理论体系——虽然他是外文系出身,可以看得懂外文资料;他所依据的,大抵是办党报的实践经验。王中是抗日战争开始时参加革命的,虽然也曾做过学运和兵运工作,但绝大部分时间是在办报。他从与谷牧一起办油印小报《火线下》开始,中经《大众日报》、《大众半月刊》、《农民报》、《青年记者》、《鲁中日报》、《新民主报》,一直到1949年,作为上海市军事管制委员会文管会新闻出版处军代表,参与接管了上海各家报纸——张春桥负责接管电台、通讯社,恽逸群负责接管各大报,王中负责接管各小报。所以,他有丰富的办报经验,特别是办党报的经验。

王中这个人不肯墨守成规,好琢磨,好革新。在解放区办报时,他就根据群众的需要作过一些改革,得到过领导上的表扬。进城接管之后,他受命与恽逸群一起创办华东新闻学院,就立意要将过去的办报经验上升到理论的高度。他对学员们说,新闻工作是由三个部分组成的:新闻理论、新闻事业史和新闻业务,前两项是学,后一项是术,没有学,术是提高不了的。可见他对理论工作的重视。可是,华东新闻学院是"革大"(革命大学)性质的学校,意在经过短期学习,改造一批旧报人,和快速培训出一批革命的新闻干部,以供全国各地宣传工作的需要。建国初期的环境还不允许王中来做他的理论总结工作。而且,华东新闻学院也没有办多久,在完成它的历史使命之后,很快就结束了。王中本人也调到复旦大学来工作。

王中是1950年8月份到复旦工作的。虽然他一开始就做新闻系教授,后来又兼任新闻系代理系主任,但实际上,他的主要职务是复旦大学副教务长和中共复旦党委统战部长,还担任全校政治课教研室主任,没有多少时间来管新闻系的工作。直到1956年1月中共中央召开知识分子问题座谈会,并且提出"向科学进军"的口号之后,王中才回到新闻系主持系政。正是1956年这股春风,使得王中重新萌发了理论工作的雄心壮志。他仍旧按他的三大块理论来规划新闻系的建构,而且特别重视新闻理论和新闻事业史的建设。他从政治课教研室等处调来一些教师,专门从事中国新闻事业史和外国新闻事业史的研究工作,自己则着重抓新闻理论的研究,并且带了一些青年教师到苏州、无锡、南京、济南、青岛等地进行报纸调查,探索新闻改革经验,回来后写出了《新闻学原理大纲》。

当时,人们都还沉浸于学习苏联的思维模式中,王中却提出了不同的看法。有一次,学校请了苏联专家到新闻系讲课,王中竟对教师们说:不要听他的,苏联报刊史的路子太狭,我们不能照搬他们的做法,要总结我们自己的办报经验。同时,他还提出,要借鉴世界各国的办报经验。在他的主持下,复旦新闻系创办了两份杂志:《新闻学资料》和《新闻学译丛》,就是为了总结自己的新闻经验和借鉴外国的新闻经验用的。《新闻学译丛》不但翻译苏联的东西,而且翻译西方的东西;《新闻学资料》不但准备发表解放区的办报经验,而且还请了许多上海老报人写文章,打算总结近现代老上海的办报经验。应该说,王中是很有雄心壮志的人,而且视野也很开阔。用现在的话说,他是"学科建设"的积极分子,是名副其实的"学科带头人",在短短一年多的时间里,他就把学科建设的框架搭起来了。

可惜好景不长,王中的建系计划还没有充分展开,政治气候就发生了变化。"反右"运动一开始,王中的计划就付诸东流。《新闻学译丛》出了五期就停刊了,《新闻学资料》刚排好创刊号的校样,还来不及出版就胎死腹中。《中国新闻事业史》和《外国新闻事业史》的写作,当然也就搁置起来。——但正因为这两种新闻事业史尚未成书,研究者还可逃过一劫,而王中的《新闻学原理大纲》则成为全国新闻界大批判的靶子,王中本人也就成为新闻界的大"右派",而且祸及许多追随他的青年教师和学生。

但王中是根硬骨头,他坚持自己的看法,从来就不承认他的新闻理论是错的,不但在批判会上据理力争,而且还写文章来反驳批判他新闻观点的党报社论。王中是老党员,经历过各种运动,他自然不会不知道批判文章是不允许反驳的。但是,他还是要写反驳文章,从社论的文风到理论观点,一路驳过去,既有理论的说服力,也相当尖锐辛辣。当然,这种反驳文章,在当时是绝不可能发表的。但他还是将底稿保存着,直到二十三年之后,在另一次思想解放运动中,才发表在《复旦学报》1980年第一期上。这当然是马后炮了,只能当作历史资料来读,早已失却了时效性。

既然有理无处讲,而且成了老运动员之后,经常要挨批挨整,王中就渐渐变得——或者毋宁说装得玩世不恭起来。表演得最精彩的,是"文化大革命"中的几幕:

工宣队进驻复旦之初,有所谓"九五行动",也就是对师生员工全面大抄家,王中自然是新闻系的重点对象,但王中家里实在并无长物,既无金银财宝,也无书画珍品,工宣队员要他交出银行存折来,王中说:"在皮箱里。"工宣队员要他打开皮箱取出来,王中拍拍肚皮说:"在这只皮箱里,取不出来了。"弄得工宣队员哭笑不得,但也无可奈何。

像王中这种经历的人,"文化大革命"之中上门外调的人自然是少不了的。有一次,北京有人来向他调查谷牧的事,自然是要他提供谷牧的"反革命罪证"。外调人员照例要拍台子瞪眼睛先把受调查者教训一顿,以为这样可使对方老实一点,会按照他们的要求提供资料。殊不知王中根本不吃这一套。当然,他也不能据理力争,于是装得很害怕的样子,说:"我心脏不好,你们一拍台子,我就头昏,脑子糊涂了想不出问题来。你们不要拍台子,让我慢慢地想。"外调者为了要材料,只好收起凶相让他思考。王中一边抽烟,一边作思考状,等到烟抽足了,说道:"我反复想过了,我认为谷牧是好同志,没什么问题。"外调者想再施加压力,王中就不再言语了。

王中虽然自己的处境极其恶劣,但还是尽力在保护别人。在干校里。有一次贾植芳在走路时不小心将一只摆在床边的火油炉踢翻了,积极分子说他有意破坏革命群众的东西,意在进行阶级报复,要对他进行批斗。正在危急之际,王中忽然站出来说:"这只火油炉是我的。我不是革命群众,所以他不是搞阶级报复。"弄得积极分子们哭笑不得,只好作罢。

王中的烟瘾很大,宁死不戒。有一次在干校与人谈起吸烟,他说道:"我每天早上起床后第一件事就是要吸烟。"不料被一个积极分子汇报上去,当作"阶级斗争新动向"来抓,说他是恶毒地反对毛泽东思想。因为革命群众每天早上的第一件要事是学习毛主席著作,王中这样说就是反对学习毛主席著作。于是,先是喇叭上广播,接着是开批判会。不料王中的回答却是:"早上起来,没洗脸,没刷牙,嘴巴不干净,不能马上读毛主席著作;如果用不干净的嘴巴来读毛主席著作,这才是对毛主席的不忠。"弄得工宣队和积极分子们无从反驳。

王中在干校里跌坏了腿,又有关节炎,回校之后,总是挂着一根竹竿走路,竹竿比他的人高,早上挎一只菜篮,颤颤巍巍地到菜场买菜,活像电影中乞食的祥林嫂形象。但是,他思维仍极其敏捷。有一次,我调侃他说:"老王啊老王,你搞什么新闻理论,我们有新闻理论吗?"他马上反诘道:"老吴啊老吴,你搞什么文艺理论,我们有文艺理论吗?"我们于是相视而笑。那段时期,王中借住在体操房里,自己养鸡。别人去看他时,他会拿出一筐鸡蛋来展览,每个鸡蛋上都用铅笔写着某月某日生。我问他搞什么试验?他说:"好玩。"

但是,王中的血并没有冷。他需要人理解,他等待人们理解。"文革"结束后,中国人民大学有一位学生以钦佩的口气说:"别人不管有没有错误,都纷纷检讨,只有复旦的王中,始终不肯检讨。"当别人将此话转告王中时,王中禁不住号啕大哭起来。可见,王中的玩世不恭,只不过是"冷眼向洋看世界"而已。从他答友人诗中,我们也可以看出王中的心态:"革海浮沉半世纪,窥龙看蟹破玄机。荣辱毁誉由人道,悉心且看这局棋。"所以,到得大地回暖,"右派"改正之后,他的改革热情又来了。他重新执掌新闻系系政,并且兼任复旦分校校长。他仍想在新闻系完成他未竟的改革事业。他在复旦新闻系创办了《外国新闻资料》(后改为《世界新闻事业》)、《新闻学研究》、《新闻学术情报》(后改为《新闻大学》)等刊物,想重整旗鼓,再度进行学科建设,只是此时他已经年老体衰,力不从心了。开始,他还能挂着拐杖走路,认真地抓新闻系的建设工作,还应老战友的邀请,到兰州、南宁等地讲学,宣传他的新闻观点,后来,只能坐在轮椅上出来看看,最后,就长期卧床,终于不起。

一代名记的辉煌与惨淡
——记赵敏恒先生

赵敏恒这个名字,现在已不大有人知道了,即使在他从业的新闻界。但在上个世纪三四十年代,他却是个名气很大的新闻记者,影响并不限于中国,而且名扬国际新闻界。

他之所以能产生国际影响,并不全在他供职于外国通讯社的职务便利——他先是担任美国美联社驻南京代表并兼任英国路透社驻南京特派记者,后则升任路透社中国分社社长——更重要的是因为他的新闻敏感性特别强,善于捕捉重大新闻,率先报道,因而产生轰动效应。这里可举三个例子。

一是关于"藏本事件"的报道。

1934年6月8日,日本驻中国大使馆二等秘书藏本英明突然失踪。日本当局一口咬定,藏本为中国所谋杀,要求中方承担由此引起的严重后果。实际上是借此引起事端,准备扩大侵略战争。他们一面发出外交通牒,一面下令停泊在下关江面上的日本军舰退去炮衣,瞄准市区,战争颇有一触即发之势。幸好南京警察厅侦缉队次日就在明孝陵东北山中一座破庙里将藏本英明找到。但藏本绝口不谈出走的原因,蒋介石政府又下令各通讯社和各报社不得报道这一消息,以免刺激日本,所以大家只好噤声缄口。赵敏恒从警官赵士瑞处了解到具体情况,就假扮青年会代表去慰问藏本,藏本大为感动,遂向他倾诉了许多心里话。原来藏本在中国工作多年,屡受排挤,不能升迁,因而觉得人生无味,决计自杀。赵敏恒不顾政府禁令,立即将谈话写成新闻稿,通过外国新闻社发表出去,使日本政府狼狈不堪。为此,日本外务省情报局局长天羽在东京记者招待会上指名大骂赵敏恒是"中国最恶毒的宣传员"。但这一骂,却反而扩大了赵敏恒在国际新闻界的影响。

二是关于"西安事变"的报道。

1936年12月12日上午9时,赵敏恒在家里突然接到中央社的一个电话。电话里没头没脑地发问:西安有没有电报?路透社有没有驻西安的记者?有没有电话联系?放下电话后,赵敏恒觉得对方问得离奇,决定顺着这条线索去寻找西安方面的新闻。他马上打电话给交通局,询问到西安的通车情况。得到的回答是:"陇海路只通到华阴。"这样,他就断定西安方面肯定有情况。他知道此时蒋介石在西安,就保卫工作而言,决不会把整个西安封锁起来的。根据原先对国内情况和各派力量的了解,他马上意识到,一定是当地东北军发生兵变,扣留了蒋介石,所以才会封锁了整个西安。他再核实了一些情况之后,果断地向路透总社发电,报道了西安兵变的消息。他成为第一个向全世界发布这一重大新闻的记者。事后他曾说,记者要仔细研究别人的动态,甚至于可以从反面情况得到正面的新闻。

三是关于"开罗会议"的报道。

1943年10月,赵敏恒以路透社特派员身份参加访英团,途经埃及、葡萄牙飞赴伦敦。到达埃及首都开罗时,偶然在街上碰到蒋介石的侍卫长,他知道此人是紧随蒋介石身边的,不可能独自远行,所以立刻判断出,蒋介石此时一定也在开罗,这是一个重要动态。于是他就留下来继续寻找线索。恰好这时苏联塔斯社记者罗果夫也在开罗,他问罗果夫苏联方面有什么情况,罗果夫告诉他,这里有许多苏联军政要员。他判断,斯大林也到了开罗。于是,再通过美联社和路透社的关系,打听罗斯福和丘吉尔的消息,知道他们此时都不在国内。这种种迹象都说明:开罗正在举行同盟国首脑会议,而且一定是决定战争进程和世界命运的会议。于是他立刻写好新闻稿,准备通过邮局发往英国,但被告知:上级有令,一律不准往外发送新闻稿。这一通知,再加上沿途见到开罗市内军警戒备森严,使他更加坚信自己的判断确定无疑。于是他立即飞往葡萄牙,在里斯本用加急电报向路透社总社发送了开罗会议的消息。有趣的是,在路透社向全世界发布开罗会议的新闻稿之后,蒙在鼓里的英国外交部,还指责路透社乱发消息。而美联社关于开罗会议的报道,则比路透社整整迟了十四个小时。

因为开罗会议报道的特殊成绩,赵敏恒获得了金烟盒奖。这是路透社内的最高奖项,烟盒上刻有受奖者的名字,据说,获此殊荣者很少,全社只有十多人得到过这种金烟盒。同时,也因这个报道,赵敏恒被提升为路透社远东司司长。

赵敏恒能从细微处发掘出重大新闻,但他不是一架新闻报道的机器,更不是为了饭碗而盲从的驯服工具,他是一个有爱国心,有正义感的热血记者。这样,他就难免要与政府官员,甚至与顶头上司发生冲突。

抗战之前在南京工作时期,他就与蒋介石手下专管文化工作的高官张道藩干过一仗。张道藩是法国留学生,学习过绘画,以文化行家自居,又自恃得宠于当道,平日非常骄傲,而且霸道。在一次金陵大学的新闻发布会上,他旁若无人地用法语与法新社首席记者以及那位漂亮的女秘书高声交谈,影响了会场秩序,弄得大家侧目而视,主持人也向他示意,但他仍喧哗如故。赵敏恒实在看不下去,就用英语对张道藩加以斥责,张道藩恼羞成怒,对赵敏恒加以恫吓。为了照顾会场秩序,赵敏恒暂不理他,等散会之后,却候在停车场上,等张道藩出来,就迎了上去,大声地直呼其名,说道:"我倒要领教你如何报复我!"张道藩哪里受过这样的冲撞,显得非常狼狈,而赵敏恒则毫无退让之意,出现了尴尬的场面。别的同行官员连忙出来打圆场,才算了事。

抗战时期,赵敏恒救亡热情高涨,奔忙于各个战区之间,向路透社发送了大量的抗战消息,准确而且及时。他不管党派之争,只要有利于抗战的,一律加以宣传。所以他不顾国民党中央宣传部所施加的压力,报道了八路军、新四军的对日抗战,而且还及时报道了震惊中外的皖南事变,并指责国民党政府不顾大局,做出了亲者痛仇者快的事。这种报道,即使受到军统特务的恐吓,他也不以为意。

赵敏恒在上海工作时,有一次到外滩一家高级俱乐部聚会,这家俱乐部是不接待中国人的,所以有些中国人进去时,也要签上外文的名字,赵敏恒偏偏不买这个账,他故意用中文签上赵敏恒三个大字,以示抗议,别人也拿他没有办法。

赵敏恒是在美国读的新闻专业,拿的是哥伦比亚大学的新闻学硕士学位,他信奉的是新闻自由原则,追求的是新闻的真实性,不愿意将新闻报道置于某种政治利益的要求之下。这一点,即使在外国新闻界,也不易做到。而赵敏恒性格倔犟,意志坚定,他宁可放弃现实利益,也要坚持自己的信念。这样,他终于与他所服务的新闻机构所在国当局发生了冲突。

1944年,英国当局组织一批记者到非洲去写英军统帅蒙哥马利的胜利。但赵敏恒看到的是英国在非洲的殖民统治,非常气愤,他没有去写歌颂蒙哥马利的文章,却写了不少揭露英国在非洲殖民统治的通讯。这些通讯原是寄给他的夫人谢兰郁的信件,却被他的学生陆铿看到了。陆铿觉得这些通讯写得很好,就把它交给重庆《新民报》发表,总题为《伦敦去来》。这些揭露殖民主义的通讯触怒了英国政府,他们要路透社开除赵敏恒,并不准将这些报道汇编成书出版。但路透社是民营机构,政府不能直接干预。社方顶住不办,赵敏恒则表示:如果我写的不符合事实,你们可以处分我、开除我,如果我写的是事实,则这属于新闻自由,他们无权干涉。后来官方对路透社董事会施压，要赵敏恒写检讨。但赵敏恒为了维护新闻自由的原则，为了维护记者的尊严，严辞拒绝。他毅然辞去路透社的工作，拒领退职金，并由《新民报》迅速出版了《伦敦去来》单行本。

这之后，他先后担任过重庆《世界日报》总编辑和上海《新闻报》总编辑，一直到解放军进军上海。

上海解放前夕，像赵敏恒这类知名文化人，都存在着一个去留问题。赵敏恒是个名记者，人脉广泛，要他去的地方很多。国民党军上海警备司令汤恩伯就三次催他到台湾去，说机票都已订好了；时任国民党中央组织部长的谷正纲，要他跟自己一起走；宋美龄也派她的留美同学张蔼真来找赵夫人谢兰郁，劝她们到台湾去；《香港一日》报、新加坡《星岛日报》都来信来电邀请他去工作；联合国总部也邀请他去做新闻官员；谢兰郁的姐夫邓家彦是国民政府的立法委员，也送来机票，要他们全家去香港。但赵敏恒也有不少左派朋友，田汉夫人安娥是谢兰郁的好友，田汉在受到国民党特务机关追缉时，赵敏恒曾将他藏在自己家里，并资助他逃往香港，现在共产党胜利了，田汉挽留他说："共产党是了解你的，你不要走！"并说他已将赵敏恒的事向周恩来汇报过，周恩来也欢迎他留下，并答应在北京安排工作——当年在重庆时，周恩来曾多次宴请赵敏恒，表示感谢他对八路军新四军抗战业绩的报道，尤其是对皖南事变真相的报道。赵敏恒还特地到南京去征求苏联朋友罗果夫的意见，罗果夫对他说："新中国需要人才，共产党的政策是既往不咎，你应该留下。"这时，赵敏恒和谢兰郁目睹国民党政权的日益腐败，对他们也彻底失望了，他们最后选择了留下。

但在共产党接管报纸以后,他却被送进了设在苏州的"革大"——即华东革命大学,那里的主要功课是交代历史问题,接受思想改造。而且毕业以后,也没有再分配他从事报纸工作。还是复旦大学陈望道校长爱才,他请赵敏恒到复旦新闻系教书,担任新闻采访和写作教研室主任。赵敏恒在重庆时期就是复旦新闻系兼职教授,现在回到复旦做专任教授,倒也轻车熟路,得心应手。

赵敏恒对于社会信息仍很敏感,随时能从公开的报道和各种动态中捕捉到重要的新闻。有一次,他对新闻系主任王中说:"潘汉年出事了!"那时,此事在内部也尚未传达,他是综合报纸上的各种信息,下的判断。只可惜他现在手中没有报纸,背后没有通讯社,已无法率先发出报道了。而且,此时国内的报纸和通讯社都统一听命于中共中央和各级党委的安排,不允许自行发布重要新闻。王中虽然很有自由思想,但他毕竟是办党报出身,很知道党内的规矩,赶快制止赵敏恒,叫他不要乱讲,以免因发布潘汉年出事的消息而自己闹出事情来。

但不久,赵敏恒还是出事了。倒不是因他率先发布了什么新闻,而是由于"历史问题"。

那是在1955年反胡风运动之后,紧接着就全面展开了"肃反运动",即肃清暗藏的反革命分子运动。赵敏恒因其曾供职于外国通讯社,被作为"国际间谍"、"特嫌分子",捉将进去。

那时,复旦被捕的人不少,人们见怪不怪,而且也不准

"怪",所以赵敏恒事件在校内倒也并没有引起太大的轰动。但对他的家人来说,则是一个晴天霹雳。谢兰郁到处为夫鸣冤叫屈,她有充分的理由:赵敏恒不过是受雇于外国通讯社,而路透社又是个民间组织,他只不过做些公开的新闻报道,怎么就成为"帝国主义特务"了呢?这呼叫似乎产生了一些效果。1956年强调落实知识分子政策时,一位领导人在做报告时,承认肃反运动中有些人搞错了,其中就举了赵敏恒的例子。家人和朋友都高兴了一阵子,以为他快要出来了,但此后却没有下文。原来市委书记柯庆施不同意改正。因为当时的办案,不是以事实为依据,以法律为准绳,而是由政治需要来决定的。柯庆施预料政治风向马上就要转变,所以赵敏恒的案子就拖着——到得1960年,还是将他判了八年徒刑。而且谢兰郁也因"为夫鸣冤",而被她所在的上海第六十中学打成"右派"分子,发配到青浦去劳动改造,直到1961年才摘去帽子,恢复中学教师的工作。

谢兰郁早年在北京贝满中学读书时,认识了冯玉祥夫人李德全——她是贝满中学的数学教师,八一三淞沪战事爆发后,因李德全的关系,参加了宋蔼龄、宋庆龄、宋美龄、李德全和吴贻芳发起的"中国妇女慰劳总会";南京沦陷,撤退到武汉以后,因战乱中流浪儿童越来越多,她与李德全、邓颖超、安娥、沈兹九等发起成立"战时儿童保育会",其后推举宋美龄为理事长、宋庆龄、李德全为副理事长。整个抗战时期,谢兰郁都为这两个机构工作,并担任前一机构的执行委员,后一机构的常务理事。胜利后还担任妇女指导委员会上海办事处主任。解放初期,新政权似乎还承认她这段时期的劳绩,所以安排她担任上海市妇女联合会委员,但到得要将她打成"右派"分子时,这些事又都成了历史包袱,于是新账老账一起算。

赵敏恒被捕,谢兰郁下乡改造,这一家人的困境可想而知。住房是日益缩小,不断搬家,从复旦筑庄38号楼上楼下一套日式房子,一直搬到复旦农场的工棚小屋,工棚的四壁是用竹条编的,从里面可以清楚地看到外面的田野和建筑工地的情景,当然也就四面透风了;家庭经济也陷入困境,只好变卖旧物勉强度日,甚至把路透社的奖品金烟盒也变卖掉了。好在赵敏恒很通达,并不看重这些东西。有一次谢兰郁去探监时,告诉他卖掉金烟盒的事,赵敏恒丝毫没有责怪的意思,说"应该卖掉,维持生活要紧"。

赵敏恒判刑后,即押赴江西新余矿山劳动。在离开上海前,谢兰郁带着儿子赵维承到提篮桥监狱去见他一面。只见赵敏恒的头发全白了,健壮的身体变得十分消瘦。谢兰郁问道:"要不要上诉?"赵敏恒说;"不要上诉了,没有用的。"他摸了摸儿子的头说:"维承这么大了!"他感到一种欣慰。停了一会,他又说:"原来我们以为自己什么都懂,其实是什么都不懂。要好好学习呀!"真是语重心长,别有深意存焉。

赵敏恒的刑期从1955年被捕之日算起,还有两年就要满期,家人在等着他的归来。但是想不到,等来的却是他的死讯。1961年1月6日,他病死在劳改矿山里,时年五十七岁。谢兰郁、赵维承母子二人到达江西新余后,扒在一辆油罐车后面颠簸了两小时,才到达那座矿山。她们看到的只是一口薄皮棺材,母子二人只能扒在棺材缝里看亲人。据说是因跌跤出血,感染了破伤风菌,中毒身亡。谢兰郁提出要开棺见尸,矿区当局不同意；她再提出要找与赵敏恒一起劳动的犯人谈话，也被拒绝了。这时，已经懂事了的儿子赶快对母亲说："算了罢，不要再提要求了，弄不好，我们自己也回不去了！"谢兰郁只好作罢，母子二人只带回一条羊毛被，作为赵敏恒的遗物，留作纪念。后来连赵敏恒的尸骨也找不到了，他似乎永远在国人的视线中消失。

但路透社并没有忘记这位为本社立过功勋的记者。"文化革命"后期，路透社社长访问中国时，曾向周恩来提出要见赵敏恒。周恩来派人了解后，告诉他说赵敏恒已经过世，只好作罢。但国务院还是派了两名干部到上海，由里弄干部陪着访问了赵敏恒家属，这在当时，对缓解赵家的政治压力，还是起了一定的作用。到得90年代，路透社驻中国首席代表白尔杰还是找上门来了。这时，谢兰郁已死，他就对赵维承说，路透社有一笔基金，专门用来给社员家属解决困难之用的，他受本社远东司人事部长的委托，送给赵敏恒家属两千英镑。这对一个贫困家庭来说，当然是一笔大款项了。

赵敏恒的案子，是直到1982年才获得平反，上海中级人民法院做出结论说："对所谓'特嫌'问题，与事实不符，应予否定。"

其实，赵敏恒不是特务的事，早在1956年就已查清了。问题就在于政治需要介入了法律审判，使法律失却了独立判案的能力。

我相信赵敏恒的事，后人还会提起。不但他的记者业绩将会作为新闻采访和写作史上的范例，供新闻从业者学习，而且他本身的遭遇，也将成为法制史上的一个案例，给后人留下深刻的教训！

他走得不是时候
——记吴斐丹先生

现在校史上介绍复旦大学共产党的斗争历史时,大抵都从上世纪40年代后期的地下党说起。其实,早在20年代末,复旦就有了共产党地下支部,第一任书记是我的叔父吴斐丹。大概建国以后,吴斐丹已成为党外教授,而40年代的地下党员们则还担任着党内领导工作,所以在宣传工作上就有彼此之分。如果建国以后,吴斐丹还担任着党内的高级职务,那写起校史来又是另外一回事了。但事实毕竟是事实,历史上曾经发生过的事,是无法抹杀的。何况,在二三十年代,因各种原因而脱党的人很多,也没有必要回避。

斐丹叔的脱党,是因为被捕。他的被捕,并非自己的事暴露了，而是同住者事发，警方搜查时，在他的床垫下搜出了红色书刊，于是一起抓了进去。因为身份尚未暴露，所以虽然吃了些苦头，但还是被保释出来。这之后不久，他就东渡日本，到早稻田大学研究院和东京帝国大学研究院去研究经济问题。

斐丹叔早年热心于社会活动，1927年在武汉国立第二中山大学读书时，就积极参加反帝反封建的社会运动，并担任该校社会主义青年团团委书记和学生会负责人，1928年改入复旦大学读书，又参加上海学联和社联的工作，发表过很多讨论社会问题的文章。1933年到日本之后，虽然已经脱党，但并没有脱离社会活动，他写了很多从政治经济上揭露日本侵略政策的"日本通讯"，寄回国内，在《申报月刊》和《东方杂志》等报刊上发表。1937年中日战争爆发，他立即回国，参加抗日工作。先是担任《申报月刊》的战地记者，报道中华战士浴血奋战的情况，继而担任武汉战时大本营政治部秘书，参与抗战动员工作。但这后一项工作，却使他在"文化革命"中大吃苦头。罪名是：给国民党头目陈诚当过秘书。不错，当时政治部主任是陈诚，但那是第二次国共合作时期，副主任则是周恩来。作为政治部秘书，既可以说是陈诚的秘书，也可以说是周恩来的秘书。而且该部罗致了一大批左翼文化人，从事的是抗日宣传鼓动工作，总不能说是抗日有罪吧？但当时没有那么多道理好讲，一口咬定他当过陈诚的秘书，于是罪莫大焉。

但斐丹叔在政治部并没有待多久，就到香港为生活书店编辑《战时日本年鉴》和《抗战史料》去了。广州沦陷后，他又到重庆，回到内迁的复旦母校任教。这之后，就在中央大学、政治大学、上海大学、震旦大学、交通大学等高校间流动，最后，又回到复旦大学来。因为他早期有过参加社会运动的经历，所以后来虽然长期在高校任教，但并不是一个脱离实际的学究式人物。他认为经济学家应该研究现实的经济问题。所以他的研究范围很广，从农村经济、财政金融到人口问题，都有所关涉。应该说，作为经济学家，他的研究方向是对的。但是，建国以后，却碰到了新的问题。虽然领导上多次批判脱离实际的学风，号召教育和学术要为社会主义建设事业服务，但是，作为研究现实经济问题所必需的统计资料，却是保密的，偶尔公布几项主要数据，也是真伪莫辨。斐丹叔对我说：看不到准确的统计资料，叫我怎么研究现实经济问题呢？看来，现实的经济问题只有那些在党和政府高层机关里工作的经济学家才能研究了。而且，在人口问题上，他还碰了一个不小的钉子。斐丹叔与马寅初私交颇深，对于人口问题也有共同的看法，解放初马寅初提出人口问题的意见时，他也发表了文章，马寅初受到批判，他亦被指摘为新马尔萨斯主义者。从此他就不愿再去碰人口问题了。剩下的一条路，只有从事经济史的研究。因为过时的历史资料对于教授们还是公开的，他自己就收藏了不少。正是在这样的背景下，他选定了"西方经济学说史"作为自己的长期研究方向。

斐丹叔原来就深通英、法、德、日四国文字，50年代初期学习苏联的热潮中，他又自学了俄语。当时学习俄语是一种风气，既是知识分子要求进步的表现，也是政府的指令。大学的外语课，一律改成俄语，同学们都丢开在中学里读过六年的英语，从头再学俄语字母，而老先生们也硬着舌头来读俄语单词,其情景有如晚清维新年代那些对着镜子学英语的老新党。老年人学习新语种,往往难以见效,但斐丹叔自学俄语,却进展甚快。他学的时间不久,就能阅读、翻译了。系领导要他向其他教师介绍经验,但他的经验对别人并不适用,有些人怪他保守,说他不肯和盘托出。他觉得很委屈。因为他的俄语学得快,是由于原来就深通几种欧洲语言的缘故,特别是德语与俄语,都是印欧语系,可以触类旁通,与没有这方面基础的人不一样。

建国以后的经济学界,形成了两种学风,存在着两种治学道路。一种是紧跟领导,以鼓吹和解释党的经济政策为己任,他们所写的论文、著作、教材,都是围绕着政策旋转,当经济政策发生变化时,他们的观点马上也跟着转变,总是要寻找种种理由来说明现行政策的合理性,至于自己的理论是否有连贯性,就在所不计了;另一种是保持自己的独立思考,竭力想从国内的经济实况和世界经济形势出发,提出自己的见解,希望这些见解对于国民经济的发展能起推动作用。斐丹叔很看不起那种随风转的人,认为他们根本没有自己的灵魂,只会看着风向行事,对经济学理论的发展、对国家经济建设的实施,都没有好处。他自己走的是第二条路。虽然由于条件的限制,不可能去直接研究现实经济问题,但他还是想做些有益于国民经济发展和有利于我国社会主义经济学建设的工作。他利用自己的外语特长,创办了一份专门译介外国经济文献的刊物:《世界经济文汇》。他的编辑方法与别人不同,他不是简单地选登来稿,而是自己先大量阅读各国经济刊物,选出可以介绍的文章,然后分请青年人翻译,这样,目的性和针对性就很强。在当年闭塞的时代,这份刊物给经济学界提供了新的信息,深受读者的欢迎。

但是,他所主张的独立研究的治学道路,却并不为领导所赏识。那时的领导是要求学者们紧跟的,紧跟而犯错误并不要紧,而进行独立研究就是与领导上离心离德的行为。所以,"文化大革命"一开始,这些有独立头脑的教授们就一个个被抛了出来。斐丹叔是复旦第一批抛出来的十大"资产阶级反动学术权威"之一,大字报贴满了经济系。斐丹叔一向很谨慎,要抓他的"反动言论"很不容易,实在找不出来,就要学生们查听课笔记,从中断章取义地找出几条:一是马克思和恩格斯揭露德国反动统治的话,二是列宁骂沙皇的语言,说这是含沙射影地骂中国共产党和人民政府。正是欲加之罪,何患无辞。好在不久风向大变,矛头所指,已转向抛出这些"反动学术权威"的人了,"学术权威"们虽然一时还不能获得解放,但被称为"死老虎",总算可以略为喘一口气了。

直到"文化革命"结束之后,"学术权威"们才摘去"反动"的帽子,重新起用。这时有些老教授已经人残志衰,不能有所作为,或不想有所作为了。但斐丹叔却仍很奋发。"文革"结束那年,他六十九岁,别人劝他该休息休息,保养保养身体了,他说:"知识分子切不可清闲。一个人有点知识,应该抓紧时间为人民多做点事情。"他审时度势,觉得我们国家应该赶快抓人口问题了,在别人对这个问题还心有余悸,不敢沾手时,他提出要在复旦大学成立人口研究室,终于获得批准。在他的建议下,抽调了几位青年教师,就开始工作起来。这个研究室得到联合国支持,申请到的研究经费第一期就有二十三万美元，各种设备很快都运来了，在当时显得非常突出。条件的优越，意味着责任的重大。斐丹叔一开始就决意把这块"蛋糕"做大。在他的推动和主持下，1980年，成立了上海人口学会，他担任首任会长；1981年，复旦举办了大型的人口问题培训班，还聘请国外人口问题专家如黑田俊夫等人来讲课——这个培训班的学员，后来都成为全国各地人口学会或人口研究所的骨干。

一方面，工作进展迅速，事业发展很快，但另一方面，他总感到背后还是有人窥视着他，要整他。虽然在人口室工作的党总支副书记多方宽慰他，要他放心工作，但他总还有些提心吊胆。我相信这并非他的幻觉。在当时的情况下，对于像他这样一个敢于出头挑重担，而且干得很出色的党外老教授，各种议论是难免的。他第一次出国开会，行李都托运了，却终于没有走成。这当然使他心情很不舒畅。不过这情况很快有所改变。到1981年春天，就让他率领中国高等学校人口考察团赴美国、加拿大和日本进行历时三十四天的考察。斐丹叔在国外学界本来就有很多朋友，他的人口理论被作为代表性论点收入美国俄亥俄州大学出版的《中国人口的斗争》一书中，所以他的带团出访，很引起国外学术界的重视，这自然便于加强高校人口室的国际联系。

但是正当他的工作重新起步，发展迅速的时候，他自己却倒下了。

斐丹叔一向身体很好，但这次出访回来，却感到十分疲劳。本来以为只是在国外工作太紧张，应酬太多，过于劳累之故，想来休息几天就会恢复过来的。但到华东医院一检查，却被留住在医院里了。医院通知家属,说他患的是晚期肝癌,只有半年的生命期限了。我们听到后都不能相信,以为是医生的误诊。我到医院看他时,他气色甚佳,精神也很好,还陪我在花园里散步很久,谈的都是此后的工作安排。他根本没有想到自己会从此一病不起。

但是医生的诊断是准确的。到了夏天,他就行动不便了。终于在9月12日逝世。

斐丹叔逝世之后,复旦人日益感到他的重要。副校长邹剑秋说:吴斐丹先生的去世,对复旦损失太大了;人口室(后扩大为人口所)的人说:吴先生如果晚死十年,我们人口所的发展就不是现在这个规模了,上海的人口学会也会发展得更好;他的研究生说:吴先生如果晚死,我们在学术上就会成长得更快,他对我们一向是很关心,很提携的。

是的,他走得不是时候,他走得太早了。如果没有长期的压抑,没有多年的批斗,斐丹叔未必会患上肝癌,至少,不会那么早去世。

呜呼!时耶,命耶!

纵横放谈启人思
——记鲍正鹄先生

我到复旦上学,正是院系调整之后,校内名师荟萃之时。这些老师学殖深厚,各有专长,为我们打下了较为坚实的专业基础,使我们受用终身。

但对我帮助最大的,则是鲍正鹄先生。

鲍先生那时只有三十多岁,用现在的年龄标准来衡量,还是个青年教师。但那时老教授们大都只在五十岁上下,就已称为某老了,所以三十多岁的鲍先生也显得很老气,何况有一段时期他还蓄着小胡子——他的朋友孙桂梧先生就称他为鲍胡子。

不过我们对鲍先生的尊敬,并不因为外表的关系,而是由于他的课讲得好,富有启发性。鲍先生给我们年级上过两门课：一年级的《中国现代文学作品选》和二年级的《鲁迅研究专题讨论》。这两门课的内容，我们在中学里都接触过，语文课本里就有大量鲁迅和其他现代作家的选文，课外也阅读过不少他们的作品。但中学的语文课大抵是就作品谈作品，顶多加上一点时代背景和作者生平，微观分析有时很细，而宏观视野却不甚开阔。《中国现代文学作品选》当然要分析作品，但鲍先生能在微观分析的基础上，透出宏观的视野，把思路引向文学史和思想史的开阔地带，使我们豁然开朗。《鲁迅研究》是专题讨论课，每个专题先由鲍先生做启发报告，继而让同学准备好发言提纲展开讨论，然后再由鲍先生作总结。讨论能否深入进行，全靠老师的启发引导。鲍先生讲课本来就富有启发性，这个专题讨论课更是把我们引向层层深入，激起了我们对鲁迅研究的浓厚兴趣。我们班同学在做学年论文和毕业论文时，有许多人都选了有关鲁迅研究的题目，多半就与鲍先生在课堂上的引导有关。我后来长期从事鲁迅研究，也是鲍先生影响的结果。

  鲍先生讲课的特点，是既切题又离题。他总是从本题出发，而撒得很开，有时像跑野马似的跑得很远，但仔细一想，却又是与本题有关。《中国现代文学作品选》是低年级课程，他讲得还比较有节制，我毕业后曾旁听过他给高年级开的《中国近代文学研究》课，那就更加天马行空了。这种讲课方式，重在打开学生的思路，但同时要求学生跟着思考，往往就难于记笔记了。当时与我一起旁听《中国近代文学研究》的几位外地来的进修教师，就不大习惯于这种讲课方式，说是缺乏条理性，不好记笔记。好在复旦当时还并不看重那些教学规范之类,也不在乎讲课内容是否排列成一二三四几条,学生只希望老师讲得有启发性,能否记得下笔记,则在其次。所以鲍先生的课一向很受欢迎。我听鲍先生讲课时,有时也记下几笔,录以备忘,但事后一查看,都是零零碎碎的,连一份完整的笔记也没有。

鲍先生对我的帮助,不仅在课堂上,更多的还是在课外。那时我虽然抱着兴奋的心情走进复旦大学,但一开始上课,却很感迷茫,不知所从。这一方面是由于小地方出来的学生与大城市里的学生在知识面上的差距,另一方面则是大学学习方法与中学学习方法的不同,使得我一时不知如何学习才好。好在那时的师生关系还比较融洽,课外到老师家里讨教是一种风气,我既然喜欢听鲍先生的课,也就常到他家去请教。鲍先生不嫌我鲁钝,真是诲人不倦,有时一边喝中药,一边继续对我进行开导,那时我不懂事,竟一直谈了下去。但他往往并不直接回答我的问题,多半仍是海阔天空地聊天,谈得比课堂上更开阔,更自由,不知怎样一来,我的笨脑袋竟然被他点拨通了,终于慢慢地掌握了大学的学习规律,逐步走上了正轨。

鲍先生的思路之所以能撒得这样开,与他知识面的广阔有关。他不是三家村里一心只读圣贤书的迂儒,而是博通古今,兼涉中外的现代学人。他先在无锡国学专修馆读书,打下了坚实的国学基础,后来又到国立戏剧专科学校学习,在那里,他接触到较多西洋文艺,最后在复旦大学完成他的学业,将古今中西之学熔于一炉。鲍先生读书很多,善于思考,也经常与人交流,所以朋友很多。哲学系的全增嘏先生,外文系的杨岂深先生,都是他的聊天朋友,谈得最投契的则是中文系的赵宋庆先生。赵先生上至天文,下至地理,于书无所不窥,很对他的口味。鲍先生原来是教古代文学的,他曾对我说过,他已准备好了《中国文学批评史》课程,后来因为有别人要开此课,就要他换课。当时鲁迅研究和现代文学都是热门课,要开课的班级多而任课的教师少,所以系里就要他改教《鲁迅研究》和《中国现代文学作品选》。以他的治学经历和学术视野来教这两门课,自然不会就作家论作家,就作品论作品的了。从他那里,我才知道古今打通、中外联系研究方法的重要。

  鲍先生的眼界很高,一般著作都入不了他的法眼。那时,私营出版社还多,出书也比较容易,坊间很有几本鲁迅作品分析和其他现代作家作品分析的书籍,我们拿来作参考,认真地阅读起来,而且还要拿去向鲍先生请教。不料鲍先生对此类书籍根本不屑一顾,将头摇了一摇,只说一声:"嘿!时下一班论客……"就全部给否定掉了。在老师的熏陶之下,顺带着也把我们的眼界也提高了,不再盲目跟着书籍市场和流行观念转,这对我们此后的治学是很有好处的。鲍先生指导我们研究鲁迅的方法,是要先读鲁迅全集,再读近代、现代的历史著作,然后再去选择一个专题进行研究。而且,他叫我们读的还不是历史教科书,而是史论。记得起初他曾叫我读过两本书,一本是《马克思恩格斯论中国》,另一本是黎澍的《辛亥革命前后的中国政治》,后来又指点我去研究近代思想史,还有一些相关的外国文艺思潮。刚开始读时,觉得这些书与鲁迅研究对不起头来,但仔细钻研下去,思路慢慢地开阔了,我才体会到,鲍先生是要我们在广阔的历史背景上来研究一个作家,这对我以后的研究工作很有影响。

鲍先生教过我们《鲁迅研究专题讨论》课之后不久,就到埃及、苏联讲学去了,回国时已是"大跃进"岁月,他也调到教务处去做领导工作,不过仍兼任中文系现代文学教研室主任。大跃进时期的流行口号是:"人有多大胆,地有多高产","不怕做不到,只怕想不到","只要想得到,一定做得到",所以单凭主观意志,违背客观规律的事做得很多。在学校里,为了剥夺资产阶级知识分子的最后资本,打破著书立说的神秘感,领导上就发动学生来集体写书。学生们虽然人多热气高,但毕竟专业水平有限,这一点领导上也心知肚明,所以就调集一批中青年教师参加工作,而且以此来考验教师们的集体主义精神和对大跃进的态度。鲍先生负责抓两个项目:《中国近代文学史稿》和《鲁迅评传》,他调章培恒来参加前一个项目的辅导工作,调我参加后一个项目的辅导工作。《中国近代文学史稿》起步早一点,赶在1960年6月召开全国文教战线社会主义建设先进单位、先进工作者代表大会之前出版了;《鲁迅评传》则起步较迟,等到初稿完成,大跃进已经落潮,集体著作就难以出版了。尽管这些都是大跃进时期的集体著作,但鲍先生仍不肯草率从事,要学生在自己分段书写的范围之内,尽量把工作做得扎实一些。1960年8月,还特地要我与1956级《鲁迅评传》写作组成员王继权和盛钟健二位同学,一起到北京进行调查访问,以便获得一些感性知识,并厘清若干事实。我们在北京除了参观鲁迅故居和鲁迅日记中常提到的地方以外,还访问了许广平、周作人、周建人、冯雪峰、孙伏园、章川岛、许钦文、许羡苏、常惠、唐弢等人,收获很大。

由于"大跃进"的破坏性后果,全国出现了经济上的大衰退，国家转入"调整、巩固、充实、提高"阶段，文教系统也跟着调整方向，不再大轰大嗡地发动学生集体编书了，而是请老专家出马，主编教材。这套全国统编教材由中共中央宣传部副部长周扬负责，还专门在高教部成立了文科教材办公室来抓具体工作。鲍先生被调到这个办公室，离开了复旦。从文科教材工作本身来说，鲍先生正是恰当的人选。因为他知识广博，文史哲兼涉，古今中外贯通，对于文科各种教材都有发言权，能把工作抓得深入细致。但对他本人来说，却未必是好事。他从此离开了高等学校，离开了学术园地，长期在文教官场周转，没有时间从事著述，却是非常可惜的事。

鲍先生一向很少写作，而且也不赞成青年人多写。上个世纪60年代初期，我常在报刊上发表文学评论文章，他就批评过我，80年代末期他回到复旦讲学，我送给他两本自己的新著，他调侃道："你现在变成多产作家了！"使我很感尴尬。不过在讲课时，他却表扬了一句，说是"我的朋友吴中杰"在他的著作中所说的某一观点很有可取之处，这又使我受宠若惊。

我们几位老同学也曾议论过鲍先生为什么不肯写文章之事，大家都认为这是由于他读书太多，眼界太高，所以一般文章就不愿意写了，这只要读过他为中华书局出版的《龚自珍集》所写的序言就可想见。这篇文章写得很有深度，但这样的文章是难产的。他不赞成青年人多写文章，也是要求多积累，写得好一些的意思。

但这种看法其实只看到了问题的一个方面，在"文化革命"中他与我说过一句话，才使我看到了另一方面的原因。

说起他"文化革命"中的回复旦，还与我有关系。1967年初夏,有一天我在校门口碰到中四年级的李元同学,她说她正要与另一位同学到北京去找几位复旦出去的干部回校揭发杨西光,问我愿意不愿意一同去。那正是第一次炮打张春桥行动失败之后,复旦园里非常沉闷,我正想到北京去看看情况,就与她们同去了。在文化部工作的两位干部不肯回来,鲍正鹄先生运动初期在教育部受到冲击,他愿意回到复旦来。回来之后,住在学生宿舍,有时晚上到我家来聊天。有一次,谈着谈着,他忽然哭了起来了,边哭边说:"小吴,我一向奉行犬儒主义,没想到到头来还落得这样的下场!"鲍先生一向心高气傲,这场面使我失措,一时不知道说什么好。我只好安慰他,说情况总会好转的,叫他不要伤心。他止哭之后,抓起帽子就走了。第二天碰到我时,他只说了一句话:"昨天晚上我太激动了!"

此后我们谁也不再提起此事,但这一句话却使我看到了鲍先生心灵的另一个角落。他的不肯轻易落笔,除了持重和谨严以外,还有避祸远害的意思。鲍先生研究过龚自珍,当然记得《咏史》诗里的名句:"避席畏闻文字狱,著书都为稻粱谋。"他既有工资可以养家糊口,不必另为稻粱谋,那自然连书也可以不著了。这使我联想起,"文化革命"初期从大字报上看到的材料:他将自己的书斋称为"口耳斋",即口耳相授,不著文字的意思;又说他有时深夜独自在书房里收听外国音乐,听得哭了起来。鲍先生是心灵敏感,富有识见之人,他怎么会看不出世事蹭蹬,越出常轨呢。大概他开始时是真心信奉,积极响应,后来则出于无奈,不得不跟着走。所以到得晚年就变得愤世嫉俗了。

鲍先生晚年曾准备修订《中国近代文学史稿》，而且还组建了工作班子，申请了项目经费。这时，章培恒兄已担任古籍整理研究所所长，主持全明诗的收集整理工作，不可能再分身来协助他修订这本《史稿》了，鲍先生自己已经年老体衰，也不能亲自动手统稿，他就来找我，要我参加这项工作，我没有同意，他又与内子高云谈了一次，要她劝我，我还是没有同意，这很使鲍先生失望。其实，我对近代文学是很感兴趣的，而且还曾想把近代、现代、当代三段文学史联起来研究，能在鲍先生指导下研究近代文学，就像当初在他指导下从事鲁迅研究一样，收获一定很大。但是，他的工作班子已经组成，由于某种人事关系，我进去之后也无法开展工作，而这情况又不便在老师面前直言——我想，那时即使讲了，他也未必会相信，所以只好借口我正在撰写《中国现代文艺思潮史》，而加以推诿。直到很久以后，原系主任徐鹏兄才把真实情况告诉鲍先生，但他也不好再调整班子，最后，这个项目终于被拖垮了，听说鲍先生非常生气。

《中国近代文学史稿》修订工作的流产，虽然不是我的责任，但我总觉得很内疚，因为这虽然是一部集体著作，但却是在鲍先生悉心指导下写成，凝聚着他的心血，体现了他的研究心得，如果能够修订成功，原可以展现出一个全新的面貌的。

2004年的一个冬夜，当鲍先生去世的消息传来时，我感到非常悲痛。一位才气纵横的学人，带着满肚子的学问，就这样默默地走了！

不胜负荷双肩挑
——记胡裕树先生

上个世纪五六十年代,在高等学校和研究机关里,不断地批判那些专心致意钻研学问的知识分子,指摘他们走"白专道路";而作为正确方向加以提倡的,则是"红专道路"。领导上还着意培养一批"双肩挑干部",算是又红又专的典型。胡裕树先生就是被选中作为双肩挑干部来培养的教师之一。

所谓双肩挑干部,是指一肩挑行政(或党务)工作,一肩挑业务工作,文武兼而备之者。干部而能双肩挑,这当然是很美好的设想,只可惜在实际上却难以两全。有许多双肩挑干部,或则在职务上挂个空衔,或则在业务上虚应一番故事,真能左右开弓,双肩并挑者,实在并不很多,而且在某些方面总还有所损失。

胡裕树先生是货真价实的专家——他是卓有成就的现代汉语语法学家;同时,也的确花了很多时间去做行政工作。然而,他心中充满矛盾,常常因不能兼顾两方面而苦闷,且因记挂业务工作而吃批评。所以,他活得很累,未老先衰,晚年多病,病得不能出门。

胡先生研究语法,可以说是半路出家,因而比别人要花更多的力气。1945年他在暨南大学中文系毕业,刚留校当助教时,先从俞剑华先生治先秦文学,抗日战争胜利后,随校复员到上海,为文学院院长兼中文系主任刘大杰先生所赏识,大杰先生要他跟自己研究唐宋文学,他答应了,而且很投入,不久就撰写出《论唐代的边塞诗》等学术论文。1949年暨南大学解散,胡先生在那年暑假调入复旦大学中文系。系主任郭绍虞先生要他教现代文学,并到苏州干部训练班上课。1952年,他从干训班回系,郭先生又要他去教语言课。教了两个月,胡先生对语言学不感兴趣,一心想继续研究他的唐宋文学。但那时恰逢思想改造运动,郭老批评他不服从分配,有个人主义思想,弄得他很紧张,只好下决心放弃文学史研究,改治语言学,以示坚决改造小资产阶级个人主义思想的决心。总算那时还比较注重学习规律,系里答应给他三年时间来研究新的学问——当然,课是要教的,但可以不安排行政工作。在1953至1955这三年里,胡先生真是废寝忘食地钻研。那时,胡师母还在安徽老家,胡先生一个人住在复旦嘉陵村宿舍,为了节省时间,他常常以面包、饼干当饭,边吃边看书写作。这样,他很快就在语法学上做出成绩来。

胡先生最初的语法学研究成果,是《中学语法教学》。这是他与好友张斌先生合写的著作。张先生有中学教学经验,写中学语法教学实践部分;胡先生则执笔写语法理论部分。这本书出版后,在中学教师中产生了很大影响,同时也鼓舞了两位作者的写作热情。他们把该书的理论部分加以发展,写成了《现代汉语语法探索》一书。这本书提出了"广义形态"的理论,受到了语言学界的重视。过去语法学家们搬用西方语法理论,认为词类应凭词的形态变化即所谓"狭义形态"区分,汉语缺少这类形态,故没有词类分别,有些语法学家则认为汉语可以依照意义来区分词类,而广义形态论则认为词类是从词与词的结合关系中体现出来,别开生面,且与西方结构主义理论相契合,故引起了国外语言学界的注意。此书出版后不久,苏联科学院语言研究所所长宋采夫和他的夫人宋采娃就将它翻译成俄语,因而产生了国际影响。虽然,"广义形态论"并非胡、张二位所首创,最先提出来的是胡先生的老师方光焘先生,但方先生只说了一句话:"一块墨,一块铁,一块之后出现名词就是广义形态。"胡先生由此受到启发,与张先生一起,将这理论加以发展、完善。

可以说,这三年是胡先生学术研究的黄金时代,业务进展异常迅速。只可惜好景不长,1956年开始,领导上就要他做双肩挑干部了。从此,行政工作缠身,再也摆脱不开,就没有完整的学术研究时间了。

开始时,胡先生担任的职务是教研室副主任,但已参与系行政工作,后来升任副系主任,工作担子就更重了。同时他还兼任陈望道校长主持的语法、修辞、逻辑研究室的副主任和党支部书记,每星期还有三天时间要花在《辞海》的修订工作上。胡先生感到不胜负担,提出辞去党支部书记的职务。中文系党总支同意了,但复旦党委副书记王零不同意。他说:"就是要这样搞,让他们工作负担重一些,否则,不能成材。"胡先生没有敢抗争,因为前不久哲学系系主任胡曲园先生因行政工作与业务工作的矛盾没有处理好,就被王零狠狠地骂了一顿。胡曲园资历很深,尚且被骂得狗血喷头,何况一个刚入党不久的中年教师呢?胡裕树先生有点害怕,只好仍旧接下那份工作。

而最使他感到难以应付的,则是"大跃进"岁月。那真是一个疯狂的年代,人们鼓足干劲,要去放卫星,创奇迹。而复旦大学的领导,更着意要创造出震惊全国的先进经验来。陆键东在《陈寅恪的最后20年》一书中记述中山大学在1958年曾创造过一天贴出二十万张大字报的纪录,其实,比起复旦大学来,这只能算是小巫见大巫。因为复旦在当时的双反运动中创造了一天贴出四十万张大字报的纪录,比中山大学足足多出一倍。复旦党委指令,全校师生每人在当天必须写满一百张大字报,于是大字报纸一裁两,两裁四,一直裁到十六开杂志般大小,每张纸写上几句话就贴,直贴得有的同学端着糨糊盆就睡着了。而党委书记杨西光却在反右运动和双反运动之后,升任为市委教育卫生部部长——后来又升为主管文教的市委候补书记。那时候,即使不作此种惊人之举时,教师们也必须每天上午、下午、晚上三节时间坐在系里开会。胡先生说,他第二天有课时,想请假早一点回家备课,也不获批准,因此必须在后半夜加班备课,弄得十分疲劳——其实,这也是大家共同的遭遇。

胡先生比我们更累的是,除了这些无休无止的会议之外,他还要为系里起草工作总结、撰写情况汇报、修订教学计划。这些,都只能加班加点去做,所以他必须经常熬通宵。那时强调"不断革命",所以教学计划也要不断修订,两三年之内,大约修订了十几次之多。一会儿是以厚今薄古精神订计划,一会儿是以办党校的方针办文科,直至调整时期周扬提出文科学生要打好"三基"——即基础理论、基本知识和基本技能,这样,教学计划才相对稳定下来。当时复旦的党委书记杨西光,虽然作风很是霸道,但是,抓工作却极其深入细致。中文系的工作总结和教学计划,他都要亲自审阅。为了显示自己的权威,自然不能一次就通过,总得否定几篇稿子才行。这样一来,执笔的胡裕树先生就更忙碌了。后来,在万般无奈之中,胡先生竟无师自通地创造了一个好办法:在几经否定之后,又将第一稿重抄一篇送上去。杨西光看后,竟然首肯,说:"这一稿可以了,就这样定下来吧!"——他早已忘却这是被他否定过的东西。

"大跃进"迎来的是三年困难时期。那时,饭也吃不饱,政治上自然就要放松一点。知识分子政策也相应作了些调整,总算又能有些时间坐下来搞业务了。邓小平总书记委托周扬来抓文科教材,胡裕树先生受命主编《现代汉语》。乘此机会,胡先生又搞了几年学术研究,虽然时间已没有50年代那么集中了。而且工作任务也不停地转移。1965年,正是"抗美援越"高潮,复旦来了二百五十名越南留学生,校党委又指派胡先生去搞对外汉语教学工作。

但毛泽东的理论是：平衡是相对的，不平衡是绝对的。所以，政治上的稳定期也就不会持久。经济形势一有好转，新的运动又开始了。先是"四清运动"，接着是长达十年的"文化大革命"。"四清运动"是整农村干部，大学师生都被赶下去参加整人；"文化大革命"则几乎所有知识分子都在"横扫"之列。胡先生虽然是领导上着意培养的双肩挑干部，但因为其中一肩挑的是业务，而且还挑得很认真，这就难免被认为与资产阶级思想划不清界线，所以在运动初期，校党委和系总支还能控制局面时，就被贴了大字报——用当时的流行语言来说，就是抛了出来用火烧一烧。他的罪状是：搞小"三家村"。盖因在"文革"之前，胡先生常与华东师大林祥楣、上海师院张斌合作写文章，三个人还定期下馆子，边吃边喝边讨论写作计划，这就与北京被揪出来的"三家村"（邓拓、吴晗、廖沫沙）对上了号。几个朋友一起吃饭，合作写文章，这在现在看来是很普遍很正常之事，但在当时却被看作是"资产阶级思想大暴露"。好在胡先生他们写的是语法研究文章，不像北京的《三家村札记》政治性那么强，所以虽然也被积极分子们从例句的排列组合中找出一点"反动思想"，但终究过于牵强，难以定罪。而胡先生的日子总是不好过的了。

到了"文革"后期，1972年以后，因为从中央布置下来一些任务，需要有专门业务知识的人去完成，于是胡先生重新被起用。他参加标点二十四史、为毛泽东需用的大字本注释《封建论》，并参与《汉语大词典》的编写工作。这些当然也是业务性很强的工作，但此时他的政治审查尚未有结论，心情还安定不下来,所以只是忠实地完成上面交代下来的工作任务,而未能利用这个条件来做学问。"文革"结束之后,胡先生带着惋惜的心情对我说:"标点二十四史时,还是接触到很多语言学上的材料的,可惜当时我没有摘录下来,现在就无法补做这份工作了。"

1976年上半年,"文革"将近结束的时候,胡先生突然接到通知,要他到朝鲜民主主义人民共和国去工作。这在当时,是一件很光荣的事。胡先生年纪已近花甲,当然不会为这点事情而激动,但是,他知道,出国是要经过严格的政治审查的,让他出国,就等于为他平反,宣布他解放了。于是他很高兴地接受了此项任务,迅速整装北行。他在朝鲜受到很好的招待,工作任务也不算繁重,主要是审定金日成著作和一些政治文件的汉文译本。对于一位语言学家来说,这当然是容易之事。只是那时朝鲜正在进行"千里马运动",他们本国人每天要工作十四个小时,胡先生自然不好怠懈。但他毕竟年纪不轻了,每天熬这么长时间,日子一久,就有点吃不消的感觉。于是,他想出了一个近乎包干制的办法,通知朝方:你们交给我的任务,我一定如期完成,但平时请你们不要到我这里来了。这样,他紧闭房门,既可休息,也可看点业务书籍,思考一点语言学问题。所以三年之后,他回到中国,并有机会主持修订《现代汉语》教材时,就能提出新的理论作为修订本的纲领。——《现代汉语》的初版本是据"广义形态论"写成的,修订本中贯穿的则是"三个平面"的理论。所谓"三个平面"理论,是说在语法研究中不能限于句法的分析,而应该注意区别句法、语义、语用三个不同的平面,认为这三者既有区别,又有联系,共同构成语法的内容。《现代汉语》修订本提出三种不同的语序:语义的、语用的和句法的。这是一种新的理论,由胡裕树先生和张斌先生率先提出,在语法学界逐渐得到认同。

胡裕树先生出国之时,祖国上空还是乌云密布,"四人帮"横行无忌,知识分子动辄得咎;三年后回国时,已是另外一番气象:"四人帮"被打倒,"文革"运动结束,百业待兴,正是做事的好时机。此时,胡先生虽已六十开外,但还想在业务上再干一番事业,所以他向中文系领导提出,不再担任行政工作,让他再搞几年语法研究。当时正处于复职的热潮中,干部们纷纷恢复在"文革"中被免掉的官职,以示政策的落实。在这个时候,胡先生提出不再担任副系主任工作,还是要有一点勇气的。中文系党总支同意胡先生的意见,在上报的干部名单中去掉了他的名字。但当这个名单送到刚复职不久的党委副书记王零的手中时,王零却发火了。他说:"是谁免掉胡裕树的副系主任职务的?你们去掉,我非加上去不可!"因为他持的还是当年培养双肩挑干部的理论:不压重担不成材。于是胡先生只好再出任副系主任——后来则是系主任。这样,他仍旧得为行政事务而忙忙碌碌。待到他真正退下来时,已经是老境催人,疾病缠身了。

但胡先生这几年在任上却做了一件大好事。他鉴于自己长年以来想静心搞业务而不得的痛苦,提出让一些在业务上有发展前途的中青年教师不担任行政工作,保证他们有时间可以专心致志做学问。这就使得复旦中文系的有些教师在全国知识分子纷纷从政做官的热潮中,还能"赋闲"做学问,这对系的建设是很有好处的。

胡先生得的是肺心病,咳嗽、气喘,天气稍凉即不能出门。说起这病,也还是"大跃进"年代落下的根子。那个时候,新鲜的事物实在太多,除了开会、写大字报之外,还有许多异想天开的创举,如:动员全民在同一天时间里布满院子、街道、田野来轰赶麻雀;遍地垒起小高炉,全民大炼钢铁,等等。胡先生本来就体弱,这些革命活动又不能不参加,当然就难以支持。大炼钢铁要昼夜在炉前看守,夜晚风大,胡先生感冒了,而且气喘,但又不敢请假,怕别人说他干劲不足,只好坚持着,结果就种下病根,到晚年慢慢受着煎熬。

胡先生晚年虽然自我关闭在书房里,而且精力不济,但仍在进一步研究他的"三个平面"理论,只是已经非常吃力,不似当年的意气风发了。

胡先生感慨地说:"一个人的时间和精力就这么多,不能搞双肩挑,这样搞的结果,是一肩都挑不成。"这真是痛切之言!

美的探寻者
——记蒋孔阳先生

蒋孔阳先生是当代中国重要的美学家，但是，他既不是哲学系出身，也没有受过文学系或艺术系的科班训练，年轻时读的倒是毫不相干的经济系。

蒋孔阳与夫人濮之珍

然而，他对经济问题却并无多大兴趣，倒是喜欢杂览。有一次，偶然读到郭沫若的《女神》，为其磅礴的气势所感动，从此就喜欢上文学了。那时，他所就读的中央政治大学，地处重庆南温泉，是风景佳丽之所，他在课余常徜徉于山水之间，渐渐也就培养起审美情趣。

1946年，孔阳先生从中央政治大学毕业，被分派到苏北一家农业银行工作。苏北这地方虽然艰苦一点，但银行是金饭碗，该是一份不错的职业，而且，干它几年之后，也不愁没有升迁到大城市的机会。但是，无奈他与无穷的数字格格不入，终于还是丢掉这只金饭碗，跑到南京中央大学去听他所心仪的美学家宗白华先生的课程。那时，他在重庆就认识的濮之珍女士也在南京，两个人一边学习，一边谈情说爱，逛遍了南京的山山水水。他们沉浸在爱河里，简直忘记了现实世界的存在，把国共两党的激烈斗争完全置之度外，对国内战场上浓烈的硝烟若无所闻。我曾经看到过他们当时拍的照片：孔阳先生西装笔挺，濮先生长发披肩，很富有浪漫情调。这该是他们最值得回忆的岁月。直到今年——1997年春天，他们都已年逾古稀，还豪兴勃发，两人搀扶着到南京去重温旧梦，追忆那似水年华。

但是，经济毕竟是基础，没有职业的浪漫生活终难持久。孔阳先生非得再找个工作不可。这时，林同济先生正好在筹办海光图书馆，他对孔阳先生的文章颇为赏识，就把他招到图书馆办事。这个图书馆规模不大，事情也不多，倒是读书的好地方。孔阳先生就在这里做起学问来。1951年，他进入复旦大学，开始了漫长的教书生涯。孔阳先生开始时教的是新闻写作，那时是有什么课就教什么课，没有选择的余地，到1952年，这才转为教文艺理论。在复旦中文系教过文艺理论课的名人很多：冯雪峰、胡风、刘雪苇、唐弢、王元化、章靳以……但此时，他们或则当官，或则进京，复旦的文艺理论课倒出现了空缺。蒋先生就毛遂自荐，当上了文艺理论课教师。我在1953年入学时，一年级的《文学概论》课就是孔阳先生讲授的。那时,他才三十岁,风华正茂,西装革履,金丝边眼镜,每次登上讲台总是先把怀表掏出来往讲台上一放,这才开始讲课,很有派头。濮先生则还梳着两根小辫子,教我们的写作课,讲课时两根小辫子跳来跳去,很富有青春气息。

孔阳先生没有教完我们的《文学概论》课,大概还差两三讲,就到北京去参加苏联专家毕达可夫所主持的文艺理论讲习班了。当时提倡"一边倒",正是全面向苏联学习的时候,国家请了许多苏联专家到工厂、企业、学校来指导工作,他们当然只能照搬苏联模式,政治体制、工艺流程、学术思想等等,无不以苏联为准,就连作息时间的安排也都是向苏联学习。那时,苏联的高等学校上午集中上六节课,下午全部时间给学生自修,我们有一段时期也这样安排,弄得师生都很吃力,不过有一项颇受我辈穷学生欢迎的措施,是在第三节下课后,每人可领一只面包或馒头当点心——据说,这也是从苏联学来的"先进经验"。总之,那个时候什么都向苏联学习,所以,教育部办了很多由苏联专家主持的讲习班、进修班,就不足为奇了。有哲学班、政治经济学班、国际共运史班,还有文艺理论及其他学科的班级,目的是要以苏联的学术思想来统一我国的高校教学。虽然,请来讲学的苏联专家大抵并非一流高手,在苏联本国他们很多人是名不见经传的,而来华之后,却一个个都变成了绝对权威,一切由他们说了算——权威是由权力和盲目崇拜造成的。

但不管怎样,上峰的目的是达到了。文艺理论讲习班上的学员们回到原来的学校之后,不但以毕达可夫带来的苏联文艺理论体系来讲课,而且,有好几位还从这个体系出发,写出自己的文艺理论教材,向全国教育界、文艺界辐射。孔阳先生回复旦后,也写了一本《文学的基本知识》,因为写得通俗流畅,发行量很大,影响远远超过那些高校教材。有一次,我下乡劳动,还在一位生产队会计家发现此书,纸张都被翻烂了。1956年5月,复旦举行第三届校庆科学讨论会,孔阳先生提交了一篇很长的论文:《论文学艺术的特征》,不久即由新文艺出版社出版了单行本。文学艺术的特征——形象思维问题,在当时是一个热门话题。而这个话题,也是从苏联传过来的。还在1956年苏共第二十次代表大会之前,苏联《共产党人》杂志就在1955年第十八期上发表了一篇专论:《关于文学艺术中的典型问题》,对斯大林的接班人马林科夫在苏共第十九次代表大会上所作政治报告中有关文学艺术的部分,公开进行批判。中国文联的机关刊物《文艺报》,在1956年第三期上就译载了此文,《文艺报》和其他报刊并结合中国文艺界的情况,展开了典型问题和形象思维问题的讨论。记得在此之前,新文艺出版社出版的《文艺理论小译丛》里,还出过一本苏联女作家尼古拉耶娃写的论文《论文学的特征》,影响很大。这也可见当时文艺界学术界的风向了。

孔阳先生作为一个青年教师,接连出版了两本很有影响的著作,而且还经常在报刊上发表文章,自然是非常耀眼触目的了。然而好景不长,1958年以后他就成为重点批判对象。这也与政治形势有关。苏共二十大是以全面批判斯大林为己任的,而中共中央则认为斯大林这把刀子不能丢掉——虽然也承认斯大林是有错误的。这是一个重大的政治分歧,这个分歧导致中共在政策上作出重大转变——即由全面学习苏联变为批判苏联"修正主义"。《人民日报》先后发表了该报编辑部根据中共中央政治局扩大会议的讨论写成的两篇文章:《关于无产阶级专政的历史经验》和《再论无产阶级专政的历史经验》,正是这个转折的信号。而1957年的"反右"运动,也是在对国际形势作出新的判断,在方针政策进行重大转变之后而发动的。可惜当时知识分子的政治敏感性并不太强,还没有意识到方针政策的重大变动,同时由于惯性作用,整个学术思想和文艺思想还在"学习苏联"的圈子里打转。这也难怪。昨天,刚刚响应号召向苏联学习,并把苏联模式当作马克思主义的正宗,用来改造自己的政治思想和学术、文艺思想,今天,又要反过来批判刚学习到手,并虔诚地信仰着的东西,变化之快,实在是反应不过来。于是,他们自己也就成为被批判的对象。

1958年的拔白旗运动,孔阳先生自然在被拔之列。他的一条重要错误是:在他的《文学概论》讲义中,把毛泽东文艺思想只列为一节,而没有用来指导全书。接着,复旦的《文学概论》课程也被取消了,而代之以《毛泽东文艺思想》和《修正主义文艺思想批判》二课。这种课程,孔阳先生当然不能任教。后来进行调整,仍旧恢复了《文学概论》课,孔阳先生还教过一班,我给他做的辅导教师,之后,他就与此课告别了。因为1960年上海作家协会在上海市委的指示下,召开了四十九天大会,批判资产阶级——修正主义文艺思想,孔阳先生被列为三位重点批判对象之一,他的文艺理论被认为是修正主义文艺思想,《文学概论》课当然也就无法教了。于是他转向了美学。但美学理论也仍属是非之区,他只好做些西方美学的介绍工作。客观的评价也是不行的，必须"批"字当头，所以课名就叫做《西方资产阶级美学思想批判》，这就是后来《西方美学史》课程的前身。

上海作协的批判大会既然是有来头的，作为被批判者所在单位，当然不能不有所配合。复旦中文系的许多师生都被驱上了战场，我也参加了对孔阳先生的批判，与教研室副主任王永生合作，写了两篇文章批判他的文艺思想。当时，孔阳先生的内心一定是很痛苦的，但他对于批判过他的学生和青年教师并不存什么芥蒂，只是对上海作协一位掌权理论家孔罗荪的批判文章很有点反感，他曾对我说过："罗荪批判我的文艺观点是修正主义，但是，他自己过去的文章里也宣传过这些观点，他为什么不批判批判自己的错误呢？"这当然是书生逻辑。政坛上则另有一套行事准则：你只要站在我这一边，能为我所用，即使过去说过一些不符合今天要求的话，那也叫做"左派犯错误"，是可以不必追究的；而那些手中有权的人，当然更不会把账算到自己头上。

20世纪60年代是知识分子频繁下乡的年代：下乡劳动，下乡搞"四清运动"，下乡接受贫下中农再教育。我和孔阳先生经常一起下乡，接触的机会多了，彼此很能谈得来，有空时就常常一起聊天。其时，我因为"走白专道路"，也受到了批判，别人都劝我不要再写文章了，说这是祸根，但孔阳先生却对我说："一个人如果二十几岁露不出苗头，三十几岁没有成就，这个人也就出不来了。"他劝我还是要继续写作。我后来能顶住压力，不但继续发表文章，而且在我系同辈教师中较早地写起专著来，不能不感谢孔阳先生的鼓励。但有一次，他又对我说,他在北京学习时,曾去看望他的老师宗白华先生,宗白华知道他患神经衰弱症,就批评他说:"年纪轻轻的,那么用功干什么,把身体都搞坏了,跑得动的时候多玩玩,等玩不动时再用功读书不迟。"我明知这句话与以前鼓励我的话有些矛盾,但很赞赏这股潇洒劲儿,而且,也正合我爱玩的性情。我说:"我以后就照宗白华先生的意见办,玩得动时先玩了再说,将来没有成就,算在你这位老师的账上,就说是蒋孔阳先生没有把我这个学生教好。"他听后,哈哈大笑起来。

那时,复旦领导对下乡的师生管得很紧,甚至不准上街买东西吃。我们在乡下住得久了,实在馋得慌,于是我和孔阳先生两个人就偷偷地跑到街上去下小馆子,当然,也不敢叫酒叫菜,经常吃的是一毛五分钱一碗的菜汤面或是三毛钱一碗的肉丝面,餐后再买上一毛二分钱一块的小冰砖跑到田野里去吃,觉得是莫大的享受。孔阳先生说,他的工资比我高,应该由他付钱,我也就老实不客气地吃他的。到了八九十年代,环境好了,孔阳先生请我吃过很多次大馆子,酒菜都相当高档,但是给我印象最深的,还是乡下小镇上的菜汤面和肉丝面。

"文化大革命"开始以后,连这一点小小的乐趣也没有了。孔阳先生进了牛棚,我也被贴了许多大字报,大家的日子都很难过。有一天晚上,我带了一位曾一起下乡过的学生,偷偷地到他家去探望,孔阳先生显得非常紧张,他问我,他的问题会怎样解决?在当时的形势下,我也说不出个所以然来,只有安慰他说:"你要有信心,将来总会落实政策的。"但政治的风涛一浪高过一浪,到1970年"一打三反"运动时,我们两人一同被打成"胡守钧反革命小集团"幕后长胡子的人物。其实,那一年我才三十四岁,虽有胡子,但是不多;而孔阳先生也还不到五十岁。如果说,我与学生接触较多,容易被牵连进冤案里面去,那么孔阳先生与胡守钧等人毫无联系,怎么也会在这出闹剧中被派上角色呢?那就更加莫名其妙了。有一天,我正在隔离室里看风景,忽然看到孔阳先生一手挟着一个面盆,另一只手拎一包衣物,神态木然地走过我的门前,使我吃了一惊:"怎么他老先生也被关进来了!"后来我们又一起在干校里劳动了一阵子,这才回到系里搞些资料工作。孔阳先生就抓紧那段时间,写出了《先秦音乐美学思想论稿》的初稿。

"文革"结束之后,孔阳先生终于走完了苦难的历程,时来运转,受到了社会各方面的重视,还出了很多著作,除上面提到过的之外,还有《德国古典美学》、《形象与典型》、《美和美的创造》、《美学新论》、《美学与艺术评论》等等,产生了很大的影响。

但也因为受到重视,孔阳先生渐渐地忙了起来。经常要参加很多会议:有学术性会议,有非学术性会议;有本地的会议,有外地的会议;有有关的会议,有无关的会议。——而且,非学术性的无关会议是愈来愈多了。因为是名人,什么会都要请他出席,其实他也起不了什么作用,点缀而已。我曾多次劝他不必参加这些无关紧要的会议,还不如多写两本书,或者干脆去游山玩水。孔阳先生对于此事也有很清醒的认识,他说:"我知道,我其实不过是一个摆设。"但是他又觉得,别人既然来请了,不去参加会议怕拂了人家的面子,不好意思;当然,更不能得罪领导。他就是这样的性格。但如此一来,他就浪费了不少可贵的时间。如果说,以前他是被压得无法好好工作,那么,后来则是忙得静不下来工作了。这是非常可惜的事。

自由翻译家的不自由
——记毕修勺先生

时下出现了许多自由撰稿人，或者称之为职业作家、职业翻译家，报上常作为新生事物加以报道。其实，这是以前早已有之的老事物，职业作家、职业画家之类，可以说是与商品经济同生共长。当初划分阶级成分时，还有一个专有名称：自由职业者，当然还包括自己开业的医生之类。只不过时代的浪涛曾把这种职业冲得踪迹难寻，现在随着商品经济的发展，又仿佛是重新生长出来似的。

所谓自由撰稿人的"自由"，应该包括两种含义：一是工作上的自由，他们既不在机关、学校供职，也不隶属于某一传播公司或报业集团，而是自由写作，自由投稿，当然也就没有固定的工资收入,全靠稿费为生;二是思想上的自由,可以保持自己的独立见解,不受别人支配。但到了1949年以后,这两方面的自由都难以维持下去了。没有固定的工资收入,经济上就没有稳定性,特别是1957年以后,稿费标准不断降低,"文革"期间则完全取消稿酬制度,就令自由撰稿人难以存活;而思想上要求"舆论一律",言论尺度一步步收紧,则更不能自由发言了。

谈到自由撰稿人的困境,我就想起了我的同乡前辈毕修勺先生。

毕修勺是早期赴法国勤工俭学的学生,他的师长、同学、朋友中很有些从事政治活动的,后来成为国共双方的要人。国民党方面的,如吴稚晖、李石岑;共产党方面的,如周恩来、何长工。还有一些"党国要人",虽非留法同学,但由于同乡或其他关系,对毕修勺也十分器重。如国民党部队的空军司令周至柔、军需总署署长陈良,与毕修勺是浙江临海小同乡,蒋介石最亲信的将军陈诚,老家青田离临海也不远,他们对毕修勺都摆出一副礼贤下士的样子。与吴稚晖、李石岑合称"商山四皓"的蔡元培、张静江,与他交谊亦很深。毕修勺当初如欲从政做官,根本用不到谋求钻营,自然会有好的位置落到他的身上,因为国共双方都在拉拢他。但是,做官并非他的夙愿,而且加入任何一方政府都与他的无政府主义信仰不合。所以他最佳的职业选择,只能是自由撰稿人。他在法国深研左拉的作品,立志要将左拉的全集翻译成汉语,并打算靠译书的稿费为生。只有一次例外,那是在抗日战争时期,担任国民政府军事委员会政治部主任的陈诚要他出任《扫荡报》主编,他起初以"道不同"为由,不肯答应,但陈诚说,抗击日寇这个目标,大家还是共同的,难道不可以合作吗?他一听有理,只好答应。毕修勺为宣传抗战,做了很多工作,但是他不参加两党的斗争,对于报社的工作人员,也是量才录用。所以在《扫荡报》中,就有不少共产党人,而且得到毕修勺的保护。据说有一位邓姓记者,是共产党的地下党员,因为文稿中发表了某种言论,为国民党某机构查出,认为有问题,中宣部长梁寒操下令要逮捕此人,当然先与陈诚打招呼,陈问及毕修勺,毕就对他说:这篇文章是我看过同意发表的,要逮捕,先逮捕我好了。这样就逮捕不成。后说改为开除,毕也不同意。最后,不知怎么一来,却将这位记者调给陈诚做秘书,反而取得了陈诚的信任,因而为中共获取了很多情报。——但毕修勺本人,却因这段工作经历,在建国后受了不少磨难。

解放军占领上海前夕,国民党方面曾几次派飞机来接,毕修勺都不肯走。第一次是蒋介石派飞机来接吴稚晖,吴稚晖要他同走,但他不走;第二次是陈诚派专机来接,他又没有走;第三次是空军司令周至柔自己来接他,他也不肯走。他的想法是:他是个无政府主义者,一向不参加国共双方的政治活动,虽然在国民党中有好些朋友,私交甚笃,但在共产党中他也有很多朋友,私交也不浅,这纯属私人交谊,与政治无涉;而且他是个自由职业者,一向靠译书为生,至于在抗日战争时期担任过一段时期《扫荡报》主编,那是为了宣传抗战,略尽中国人应尽之义务,并不涉及两党斗争。而且,他的老朋友朱洗、巴金都劝他留下,说保他没事,将来如果有事,他们可以替他说话。尽管他也未必完全相信这些话,但还是在上海留了下来。

解放军占领上海以后,陈毅出任市长,他也是当年留法时的朋友。有一位留法同学去找陈毅,谋得了一个参事之类的职位,但为保住这个职位,一直战战兢兢。华修匀不愿找老朋友谋职,仍旧做他的自由撰稿人。

50年代开初几年,毕修匀的自由翻译家的日子过得还相当自在。1953年10月间,我曾见过他一次,在我的中学老同学陈学诚家里。那年陈学诚从临海老家出来,到北大去上学,途经上海,在他父亲家小住,约我去聚会。他父亲当时失业在家,因老乡的关系,帮毕修匀抄写译稿,借以维持生计。他们与毕家住得很近,关系也很密切。我们还没有吃完中饭,毕修匀就过来叫门了。老同学悄悄告诉我:"毕先生学左拉的生活方式,上午在家译书,下午出来访友游玩。现在是来找我爸去搓小麻将的。"我抬头一看,只见毕修匀挺着个左拉式的肚子,手里持根牙签在嘴里摆弄,边说话边走了进来。那天秋热未尽,我们都只穿一件衬衣,而他却已穿上西装马甲了,不知是因为年纪大了怕冷,还是因为左拉常穿马甲之故。总之,这位左拉翻译家完全是左拉的派头,就只差一副夹鼻眼镜。

毕修匀见有小老乡在座,也就不忙着拉我同学的爸爸去搓麻将,却坐下来先聊天。说是聊天,其实是大家听他一个人讲话。天南海北,无所不谈,臧否人物,毫无顾忌。给我印象最深的是,他谈论起周恩来,就像我们谈论老同学一样随便。那天报上头版头条报道周恩来主持一个什么大会,所有主席团名单都列出来了。毕修匀说:"周恩来现在怎么搞的,主席团就搞了这么一大堆,有二三十人之多,这还主持什么会议?

简直是闻所未闻!"我们当时对于中央领导都看得非常神圣,何曾听过别人以这种口气来谈论政务院总理的,也感到是闻所未闻。老同学怕我吃惊,马上告诉我:"毕先生当年在法国留学时,与周总理是同学,关系很好,大家随便惯了,就像你我一样。"那次,我总算见识到自由撰稿人的自由思想风采。

但这种从法国学来的自由思想,似乎并不适合中国的国情。到了进一步清理知识界队伍时,这位自由翻译家尽管没有工作单位,也还是被清理了。因为他在《扫荡报》当过主编,而且还是国家总动员委员会简派参事,又有许多国民党高层人士的朋友,就被定为历史反革命,而且被押送回乡。

毕修勺在我们家乡一向是很有名气的,我从小就常听大人们说起他的名字。一则,那时候吾乡颇重文化教育,出了毕修勺、朱洗、冯德培这几位全国闻名的文人学者,大家很引以为豪;二则,毕修勺还在家乡做过许多好事;比如在抗日战争时期,他把自己乡下老家的房子捐献出来办学,还与朱洗一起,向外地招揽了一批知名文化人到临海去任教,发展了地方教育事业。但是,此时情况已经大变。大概因为吾乡所出国民党高级人物太多的缘故,五六十年代的政策也就特别的"左"。毕修勺被押解回乡之后,竟被判处死刑。这可吓坏了毕师母。她无奈之中,赶快跑到北京去找何长工。当年秋收起义失败,何长工逃到上海,是毕修勺掩护了他,并且把他送到苏联的轮船上。现在何长工身为地质部党组书记兼副部长,也是中央领导了,而且与周恩来、毛泽东都是老关系。虽然毕修勺一向不肯求人,但事已至此,也只好去找他了。何长工一听,大吃一惊,赶忙去找周恩来。周恩来对毕修勺的历史和为人都是了解的,何况他自己当年还是军委会政治部副主任,毕修勺任《扫荡报》主编,还算是他的部下。周恩来马上批了两个字:"释放",总算救了毕修勺的命。

释放之后,何长工把毕修勺接到北京自己家里住了几时,想将他安排到地质部图书馆做馆长,以便老朋友可以经常叙谈。但无奈上面不批准,只好让他回上海。这时候,章伯钧提出,要毕修勺去当《光明日报》主编——那时,《光明日报》是民主同盟的机关报,章伯钧可以作主。但毕修勺不同意,因为他不愿按别人的意见办报,而当时又不可能按他自己的意见来主持笔政。本来,这件事正说明毕修勺与章伯钧是道不同不相为谋,但到了1957年"反右"运动时,毕修勺却因此被打成了"右派"分子。理由是:章罗同盟的头子既然要请你去为他们主编报纸,肯定你们是一伙的。这样,毕修勺又被打入劳改队去劳动改造了。

但是,多年的处罚性劳动却丝毫不能改变毕修勺的自由思想和独立意志,他仍然放言无惮,不肯随俗,总是说一些不合时宜的话。比如对吴稚晖,从章太炎起就责骂不绝,后来由于政治的分野,则更多严厉的批判,但毕修勺却说此人有真性情,而且还举出具体的事实来,说当年李济深被蒋介石抓起来,吴稚晖恐他被害,就终日坐在禁闭室门口,检查每一个出入的人,亲尝送来的饭食,直至李济深获释,这是常人所不肯做的。而对于众口赞扬的文化名人,毕修勺却要说出他的另一面来,就像《小二黑结婚》中的三仙姑正在装神弄鬼,旁人却断断续续地说出了"米烂了"的故事,颇有些煞风景。有时,即使事涉自己,他也实话实说,不愿为人为己来涂脂抹粉。比如,某一位女作家,在友人的回忆文章中,都说她是一位贤惠的妻子,一位好母亲,但毕修勺却对从事作家研究的来访者毫不隐讳地说:她是我的情妇,当初差一点要跟我跑。——他说的是事实。

我想,天下的事情是复杂的,天下的人也往往具有多面性,只有多角度地加以审视,才能见出全貌。而现在的评论、回忆和记叙,往往是根据风向,只说出问题的一个方面,而掩盖了另一面,以致对于同一件事、对于同一个人的评价,往往会随着早晚行情的变化而有所不同。必须有毕修勺这样肯说真话、敢说真话的人,才能使读者看出真实的面貌来——不知毕修勺留有回忆录之类的遗稿否? 如有,那一定是极其珍贵的真实史料。

毕修勺虽然仍能保持着自己的思想自由,但是,却无法再保持自己的职业自由了。自1956年对工商业实行社会主义改造之后,就没有了私营出版社,出版书籍的政策性加强了。出哪一类书,出谁的书,都有一定的政策导向。毕修勺的书已是很难出版。所以毕修勺在结束劳动改造生涯之后,只好找个职业,以维持生计。他在劳动改造时结识的朋友刘衍文,将他介绍给上海师范学院的覃英。覃英是王鲁彦的夫人,她倒还认得这个王鲁彦当年的朋友,就把他介绍到师院带外国文学研究生,每月工资六十元。但毕修勺却不能挂导师之名,只能算是协助别人带研究生。所以毕修勺自称是研究生保姆。不过,毕修勺并不计较这些,待到他被聘为上海文史研究馆馆员,有补贴可拿时,师院就不再付酬,而他还是尽义务为师院指导研究生。

毕修勺仍致力于左拉作品的翻译，只是积稿虽多，而仍无处出版。即使在改革开放以后，重新发展市场经济之时。因为此时的书籍市场，另有一种行情。一则，有财力买书者并不需要左拉，而要读左拉的人则无力买书；二则，巧取豪夺之风渐起，某编辑竟提出，以共同署名并提取三分之二稿费为出版条件，当然遭到毕修勺的拒绝并痛斥。于是，他的译稿一直不能出版。直到他临终前不久，因记者的呼吁，这才为山东文艺出版社所接受。但当书籍出版时，毕修勺已归道山矣。虽然他活得不能算短，终年九十一岁，但还是赍志以殁。

毕修勺这一辈自由撰稿人的道路，实在非常坎坷。现在新的一辈自由撰稿人已经起来，希望他们能走得顺畅一点。

洋博士的草根情结
——记朱洗先生

一

时下有些获得博士学位的人自视甚高,常以社会精英自居,傲对众生,而留洋博士则尤甚。这使我想起了吾乡浙江临海的一位毫无洋气和傲气的早期洋博士朱洗先生,想起他的平民意识,草根情结。

我不认识朱洗先生,但从小就听说他的大名,耳熟他的趣闻逸事。盖吾乡虽然也有严重的官本位思想,但毕竟文化积淀较为深厚,那时对于文化名人还是相当尊重的。长辈们谈起周至柔(国民党部队空军司令)和陈良(国民党部队军需总署署长)等乡人来,常带一种调笑的口吻,喜欢揭其老底,讲些他们青少年时代的烂事;而说到毕修勺、朱洗和冯德培,却是充满敬意,有时也谈他们的趣闻,却有一种亲昵的感觉。他们中很多人原是老朋友,或者是老师生。

我不熟悉朱洗先生所治的专业,但在初中时就读过他的著作:《蛋生人与人生蛋》。他不但是杰出的胚胎学家和细胞学家,而且还是一位很有影响的科普作家。我们临海县图书馆和回浦中学图书馆里都有他的书,借阅者颇众。很多读者大概也像我一样,未必对他的专业有兴趣,只是仰慕这位乡贤、校友而已。朱洗先生的科学成就,我是到复旦上大学之后才听说的,待到遗传工程成为显学之后,又听说他是这门学科的先驱者——不错,早在1962年,上海科技电影制片厂就根据他的科研成果,拍摄过一部科教片:《没有外祖父的癞蛤蟆》。但小时候,只知道他是"蛤蟆博士",因为家乡的老辈人都这样称呼他。

朱洗先生在家乡的出名,并不是因为乡人对他的研究内容和学术成就有多少理解,主要还是由于他的苦学经历,学成之后始终保持着的平民意识,以及他的特立独行的办事作风和为桑梓服务的热情。

朱洗是当地名牌学校——回浦学校的毕业生。这所学校是革命党人所办,主持人陆翰文在辛亥革命时参加过攻打上海高昌庙制造局和光复南京的战斗,后来又参加反袁世凯斗争,他是抱着"教育救国"的理想,回乡来办学的,校内有着浓厚的革命气氛。在这里熏陶出来的学生自然带有较多的民主思想,所以到得五四时期,也就容易为新思潮所感染。那时,回浦学校尚未设立中学部,朱洗在小学毕业后,考进省立台州六中,在那里迎来了五四运动,却因为主张罢课,参加运动,而被校方所开除。朱洗只好回到他的老家双港区店前村闲居,思想非常苦闷。这时,忽然从报上看到李石岑组织学生到法国去勤工俭学的消息,异常兴奋。朱洗家里虽有十余亩田地,父亲又开了一爿药店,在农村里可算是小康之家了,但要供他读大学或出洋留学,却根本不可能,勤工俭学是他唯一的上征之路。

朱洗的勤工俭学,从筹措旅费阶段就开始了。他在商务印书馆当了一年排字工,才积起到法国的旅费,然后与毕修勺等老同学一起,坐上远洋轮船。朱洗曾向他的学生回忆这段经历(据朱均记载):同船赴法的官费生,坐的是房舱,西装革履,亲友相送,好不风光,而他们则手提一只装有面盆的网袋,背着一卷草席包裹的铺盖,坐的是末等统舱,非常寒酸。这统舱在吨位水线以下,有门无窗,里面装着货物和煤炭,再挤满各色人等,空气不畅,臭味难闻。船到新加坡海面,热带气浪冲入舱内,更加令人难以忍耐,而船主却不许统舱的乘客走上甲板透气,连洗脸水也不供应,简直不把穷人当人看待。他们苦熬了一个多月,船到地中海,气候转凉,这才透过一口气来。在马赛上岸时,正是深夜,大家背着铺盖卷下船,东西不辨,语言不通,举目无亲,无处住宿,个个蓬头垢面,手脚像乌龟脚爪一样的黑,只好在僻静马路的人行道凹角里,解开铺盖卷就睡下来。待到被几个警察踢醒时,天已大亮。看看自己的铺盖,一条夹板花被已脏得分不清蓝白布色了,相互一看,满脸漆黑,衣衫褴褛,三分像人,七分像鬼。直到他们到巴黎找到中法勤工俭学集中地,这才有了临时的落脚点。

那时,朱洗身边还有一些余钱,本来可以先入学学习法语,但他碰到一位急需用钱的生病同乡,便慨然把钱给了这位同乡,弄得自己一日三餐都难以为继,只好先去打工谋生。朱洗本来名叫玉文,乃父母指望他读书成器,抱玉怀文之意,但与这时的处境却很不相符,他说:"我身上既无片玉,也无分文,还叫什么'玉文'!我已经一贫如洗,就应叫'朱洗'。"从此改名为朱洗。

朱洗先在青田人开的小饭馆里端菜洗碗,不久就到一家钢铁厂去做翻砂工人。在这里,朱洗每天拿把大锉刀挫原件,虎口和臂膀都震得发肿酸痛,举手都有困难。后来换了一家厂做车床工,情况略好一点,由于他肯钻研,手艺到达五级工(最高是六级)的水平,这是他常引以为自豪的。从1920至1925年,他做了五年的工,才积起可上一年大学的学费,同时在业余时间也学习了法文以及一些基本科学知识,这才考入蒙伯利埃大学,师从著名胚胎学家巴德荣教授学习。由于朱洗的聪颖和刻苦,学业上进步很大,深得巴德荣教授的赏识。待到他存钱用完,申请休学准备再去做工时,巴德荣教授才知道他的境况,就设法给他谋得一个生物实验室研究助理的职务,使他得以用绘图、切片工作所获工资来支付继续学习的费用。巴德荣教授称赞朱洗"挖掘了我全部知识",他们师生合作,发表了十四篇论文,在胚胎学上取得了很大的成绩。1931年,三十一岁的朱洗以《无尾类杂交的细胞学研究》论文,通过法国国家科学院的考试,获得法国国家博士学位。他的老师本希望他能留在法国继续从事研究工作,但这时,中国发生了很大的变故:日本侵略者发动了九一八事变和一二八战争,大有吞噬中国之势,朱洗惦记着苦难的祖国,想以自己之所学,促使祖国富强,遂于1932年应中山大学之聘,回国任教。

二

归国之后,朱洗自然要回乡看望亲人。临海是个山城,地处东南海隅,那个时候大学生就是个稀罕之物,何况是留洋博士呢,朱洗的学成归来,被看作是乡里的光荣,县城里准备大事欢迎。但他却不愿惊动任何人,悄悄地回到了店前。长袍布鞋,满口乡音,不张扬,不摆阔,他始终没有忘记自己是个草根百姓。

朱洗回到家乡后碰到的第一件事情,是婚姻问题。在他赴法留学之前,母亲为了要拴住他的心,给他娶了一个比他大几岁的乡下姑娘,但当朱洗学成归国之后,族人却觉得这位不识字的小脚村妇已配不上他们的洋博士了,要他休妻再娶一个门当户对的女学士,朱洗母亲则以媳妇不能生养为由,说服她同意朱洗另娶二房。但朱洗不同意这种做法。他说:我出外留学,妻子在家等我十三年,我使她失去青春,我既回来,她仍守着,我不好再娶的。他引用一句古训来堵族人的嘴,说这也是"糟糠之妻不下堂"吧!至于识字是可以学的,而且马上要妻子和弟媳一起去上学。他还对母亲说:你是有后代的,无后是我的事。弄得母亲也不好再说什么。他带着乡下小脚老婆全国各地跑,非常恩爱。后来,他医好了妻子的妇女病,生了两个儿子。他对自己的婚事,一直很满意,每谈起此事,便颇有感慨地说:"正因为我有个贤内助,解决了我的后顾之忧,使我能专心于科学事业,我做出的一点成绩,也有她的一份功劳。"直到晚年,他还很得意地对人说:"你看,那边每个星期六晚上灯火通明,经常跳舞到深夜。我假使娶这样的太太,要陪她跳舞、看电影、看戏、听音乐……哪里有足够的时间搞科研啊!"朱洗是个全心全意投入工作的人,他有句名言:"搞科学工作需要人的全部生命,八小时工作制是行不通的。"

朱洗在生物学上取得了杰出的成就,但他的工作条件并不好。朱洗的特点,是能够在最简陋的条件下做出最好的成绩。据他的老朋友张作人教授回忆,1932年他们同在广州中山大学任教,大家正感到国内条件太差,无法展开工作时,朱洗到校没有几天,就在根本不像实验室的教室外边走廊上工作起来了。"他所有的,只是一台自己带回来的显微镜,学校的一台切片机和一个普普通通熔蜡箱。"1936年,他创办了上海生物研究所。这是一所私立机构,条件也是极差的,包括研究费和全体职工工资在内,每月只有三百元的经费,而当时大学教授的月薪,一般都在三百元以上。但朱洗还是做出了出色的成绩。

三

朱洗的专业是生物学研究,但他始终关心着家乡的父老乡亲。他回国时看到家乡的落后比出国前更甚,到处聚赌、抽大烟、搞迷信,官府欺压百姓,大户欺压小户。他认为,这是知识不够,民智不开之故,要改造家乡,首先要开发民智,而要开发民智，就要举办教育事业。所以在归国的第二年，他就在本村祠堂里创办了店前小学，并且亲自执教。留洋博士教乡下小学生，也是当时临海一个人文景观。因为朱洗是在外面大学里教书的，不可能长期留在家乡，他把店前小学委托给三弟玉成管理，自己省吃俭用，将积余的工资和稿费都寄回充作办学经费。这个学校愈办愈大，班级也愈办愈多，店前祠堂容纳不下了，除了在这里保留一个初级小学以外，还在附近的琳山办了一个高级小学及初级农校和农校的附属中学，这就是临海有名的琳山农校。

朱洗还在家乡开设过戒烟所，禁过赌，整顿过市场，使得店前村出现了兴旺的局面。朱洗之所以在紧张的科学研究工作之余，还要花很大力气写作科普著作，也是他开发民智工作的一个方面。张作人教授赞道："自前清末年到现在，我国科学家用我国文字写科学书最多的是朱洗先生，写通俗科学书最多的也是朱洗先生。"

琳山农校的办校方针，体现在朱洗自己写作的《琳山学校校歌》里："我来琳山，且工且读。心手并劳，革除陋俗。我爱琳山，山青水绿。风景佳胜，天然书屋。愿我同仁，克俭克勤。愿我同学，相爱相亲。琳山我校，如日之升，努力建设，人类家庭。"这是他自己所走过来的勤工俭学、体脑结合的学习道路，他认为这不仅仅是解决贫困的农家子弟上学经费问题的有效办法，而且是培养人才的一条正确途径。

抗战时期，国民党政府请他到重庆去做中央大学教授，为了旅途上的方便，特允授予少将军衔，但朱洗视高官如草芥，坚辞不就。上海孤岛沦陷后，汪伪政府要他到南京去做官，他更严词拒绝,却回到故乡去办农校。琳山农校在他手上又有了很大的发展。他还利用自己的社会关系,聘请了许多名教师、名学者到琳山来任教,如:翻译家许天虹、散文家陆蠡等。那段时期,巴金曾到临海小住,也是由于朱洗的邀请,他们都是法国留学生,都是文化生活出版社的创办人。朱洗还把他一位朋友的太太盛静霞医生请到店前来开业办医院。盛医生是妇产科大夫,在那里不知救治了多少妇婴,而且通过行医宣传了科学思想,打击了许多以迷信为业的人。

四

朱洗受他的老师巴德荣教授的影响,认为一生的精力只能做一样他所选定的研究工作,所以绝不赶热门凑热闹,绝不跟着时尚随风转。他说:"做工作只能钉住一个问题,像剥笋壳一样,一层一层地剥下去。"他的研究方向就是受精卵的成熟和单性生殖,他的导师在这方面花了一辈子的精力,他也准备毕生从事这项研究。现在是谁都知道朱洗研究项目的领先性和重要性,但在上世纪50年代初期,有些领导却是从实用主义出发,指责他从事无用的研究,要他改做实际应用的工作。那时思想改造运动来势凶猛,朱洗不能直接对抗,于是提出理论与应用工作同时并举,双管齐下的办法,但仍未被接受,非要他"单管直下"专搞应用方面的工作,研究计划才得以通过。朱洗尽管口头上让步了,但在实际上却从未放弃受精卵的研究工作。不能公开做,他就悄悄地做,白天不能做,他就晚上做,终于做出了重大的成绩。

朱洗并不是一个为科学而科学的脱离实际的科学家,他的草根情结决定了他的研究工作是为民生服务的。但只有在深入理论研究的基础上,才能解决实际应用问题。后来他在蓖麻蚕饲养和家鱼人工繁殖方面的研究,就直接为农渔业生产开拓了新的路子。为什么别人做不出这种成绩,而朱洗能够做得出来呢?这就是科学研究的深度问题。他曾对人说:"深山觅宝要识宝,你不识宝,只能空手而回。"又说:"能解决实际问题,首先要知道关键所在,胡子眉毛一把抓,是不能解决问题的。"对于实际工作,朱洗也是带着对下层人民的感情,全身心地投入。张作人教授在《朱洗先生遗集后跋》中曾回忆朱洗与诸暨渔民的亲密交往情况,说:"有一次晚上,我到他家里,门一推开,只见高朋满座,谈笑风生,令我吃惊的是从衣履服式看起来,不像是所谓知识分子。他也看出我的情神来,立即向我一一介绍,原来都是诸暨来的渔民,并且说:'我跟他们学了不少东西,我的工作得到他们不少帮助'。我也坐下和他们畅谈起来。他们曾翘拇指头对我讲:'老朱真了不起,整天整夜在江边临时搭起的茅草棚蓬里工作,感动了江边的老太太们,半夜送鸡蛋和点心给他吃,我们已经是好朋友了。'"从这里可以看出,朱洗的草根情结并非完全限于同乡之情,而是出于对于下层人民的关切之情。

1957年"反右"运动之后,知识分子噤若寒蝉,不敢发一点不同的声音。在"大跃进"的高潮中,报上发布的亩产数量虚高到吓人的地步,有些科学家还随声附和,论证亩产万斤的可能性。朱洗却本着科学家的良心,在自己的专业范围内,对当时的某些做法提出了不同意见。这就是有名的"除四害"时的反对打麻雀事件。当时提出要清除的"四害"是:苍蝇、蚊虫、老鼠和麻雀。为了围攻麻雀,真是兴师动众。男女老少齐出动,敲锣打鼓,摇旗呐喊,与麻雀打消耗战。在这个时候,朱洗和其他一些生物学家,却提出了相反的意见,他们列举了大量材料,说明麻雀不是害鸟,是打不得的。如:1861年法国农业歉收,就是因为猎鸟过度,害虫猖獗的缘故;普鲁士腓特烈大王下令灭雀保护樱桃园,结果反使樱桃被害虫吃光;俄国为大量向欧洲出口供妇女帽饰用的鸟类羽毛,猎鸟过多,引发虫害,导致西伯利亚空前饥馑;美国原来没有麻雀,导致害虫猖獗,只好从欧洲输入麻雀,在除虫上有明显功效……在一系列史实面前,领导上也只好接受他们的意见,虽然并不承认自己有错。主管农业的副总理谭震林在二届人大二次会议所作的关于农业问题的报告中是这样说的:"麻雀已经打得差不多了,粮食逐年增产了,麻雀对粮食生产的危害已经大大减轻;同时林木果树的面积大大发展了,麻雀是林木果树害虫的'天敌'。因此,以后不要再打麻雀了。"这就是说:从前提出围剿麻雀,是正确的;现在提出不再打麻雀,也是正确的——我们永远是正确的。但不管怎样说,总算是将麻雀从"四害"名单中除去,而换上了臭虫,从而使得农作物少一些虫害。朱洗和一些敢于直言的生物学家们,真正发挥了知识分子的作用。

鲁迅在悼念柔石时,曾称赞他的"台州式的硬气"。朱洗也是台州人,在他身上也具有明显的"台州式的硬气"。但这种硬气,其实也并非台州人所独有,它应该是知识分子所最可宝贵的气质。

为学不作媚时语
——记王元化先生

王元化同志与复旦大学颇有些缘分,他曾两度兼任复旦中文系教授。第一次是在20世纪50年代初期郭绍虞先生主持系政时,第二次是在80年代初期章培恒兄做系主任时。第一次兼职,他曾正式来校开过文艺学的课程,可惜当时我尚未入学,无缘聆听;第二次兼职,他已年逾花甲,就没有再来开课了。而不久,华东师大乘他出国访问之机,以他的名义申报了博士点,要他帮华东师大带博士生,复旦这一头,自然就顾不到了,偶尔来做一次学术报告,也并非以兼职教授的名义。

我认识元化同志,是由于内子高云的关系。他们于60年代初在上海作家协会文学研究所同过事,而且所里几位年轻人还请他讲授过《文心雕龙》,大家比较熟悉。"文革"结束之后,高云、戴厚英去看望元化同志时,邀我同去,见面一交谈,我就被他吸引住了。元化同志学识渊博,思路开阔,思想深邃,常发前人之所未发,听他论学讲道,大受启发。可惜我所住的复旦宿舍离他家太远,不能经常过去请教,常引以为憾。

一

元化同志到上海作协文研所,是遭难之后的贬职,心情并不轻松。他参加革命早,1936年就参加了抗日青年救亡组织"民先队"(全称为"中华民族解放先锋队"),时年十六岁;1938年他十八岁时就加入中国共产党,在江苏省文委孙冶方、顾准等人的领导下工作;次年,又随上海慰问团到皖南向新四军进行慰问;回沪之后,一直参加地下党的活动,从事革命文化工作,编过《奔流》丛刊、《地下文萃》、《展望》等刊物,写过一些为人称道的文章,如《鲁迅与尼采》、《现实主义论》、《民族的健康与文学的病态》等。到了40年代末期,他已是一位很有影响的马克思主义理论家。但是,他与孙冶方、顾准一样,都有一种不合时宜的性格:喜欢独立思考,对于来自上面的意见不愿盲目服从。这就引起了麻烦。

1942年,毛泽东在延安文艺座谈会上发表了讲话,党员们和党外进步文化人都把它当作经典文献来学习,比照自己的文艺思想,努力向它靠拢,但王元化却以理论家的姿态来审读这个讲话文本,对文中关于政治标准第一,艺术标准第二的提法颇有异议,而且还在党内学习会上谈了自己的看法,这当然是个大问题。而且此时,他又沉溺于莎士比亚、契诃夫、别林斯基、罗曼·罗兰等人所展示的艺术世界中,对自己过去文章中的苏联模式进行反思,努力从机械论倾向中摆脱出来。从现在看来,这当然是一大进步,但在当时,却无疑会被党内人士看作是一种背离和蜕变,更何况他还接受了别林斯基的这样一种艺术见解:一个作家如果听从某种思想的指引,必须把它化为自己的血肉,使它获得人格的印证,否则这思想就会成为一种不生产的资本。这种见解,显然与当时文艺界的宣传家们正在大力宣扬的作家必先具有先进的世界观才能进行创作的观点相悖离,倒与正在受批判的胡风文艺观点有点相近,胡风也是很强调作家的人格力量的。那时,地下党文委的一位领导人对王元化说,胡风有严重的政治问题。王元化对胡风虽然并不深知,但从已有的材料看,认为这种指摘缺乏根据,不肯相信,而且还引述鲁迅肯定胡风的话为证,说:鲁迅是不会随便说话的。鲁迅是毛泽东所称颂的"文化革命"主将,这位领导人对他当然不敢随便非议,但对于王元化却产生了偏见,而且还采取了组织措施。建国初期不安排他的工作,就是要考察他一下的意思。直到1952年筹建新文艺出版社,这才让他参加此项工作。但元化同志似乎并没有吸取教训,仍不想避嫌。他举荐了后来被定为胡风集团骨干分子的张中晓,而且还出版了胡风的两本书。这就使他在1955年反胡风运动中遭殃了。

在批判胡风的运动开展之初,中共中央下达过一个红头文件,要求文艺界所有的党员都站出来写批判文章。作为党员作家,而且又是被称为"胡风派老窝"的新文艺出版社的领导人,王元化不能不有所表示,他发表了一篇批判文章:《胡风的反马克思主义的立场观点》。从文章的论点看,与他原来的人格印证论主张并不相符,显然是应付之作。当时的领导,习惯于用搞批判运动的方式来处理文艺问题,事情一到了这个地步,就没有讨论的余地了,剩下的只有表态赞成或挨批受斗的份儿。所以当时是一片批判声讨声,就连胡风自己,也只得写检讨,并且动员他的朋友赶快起来批判他,希望能帮助他们得到解脱。但是这种估计是幼稚的。对方是政治斗争的老手,他既然已摆开了阵势,而且已准备好了反党、反革命集团的帽子,岂能容你轻易摆脱?自我检讨和授意批判都无济于事,反而要被扣上一个"假"字,罪加一等,于是,与胡风有直接或间接关系的人,一个个被"揪"了出来,甚至与胡风的朋友相识或通过信的人也被牵了进去,株连之广,前所未有。王元化自然不能幸免。

1955年4月底,张春桥接任上海文委书记,并兼任反胡风专案组成员。这个大左派上任伊始,就将王元化隔离审查,要他交代与胡风的关系。元化同志与胡风本来就交往不多,用人、出书等事都属于正常工作,所以问题很快就查清楚了。但是,他不能同意上面定的调子,对一些问题持有自己的看法。比如,他说不能因为胡风与周扬的文艺观点不同,就将胡风打成反革命,而且还为张中晓辩护,说他是一个淳朴的青年。这些话便都成为他对抗组织审查的新罪证。而且事情还上纲到对待毛主席的态度问题,因为这个案子是毛主席定的,怀疑此案的正确性,就是说毛主席也可能有错误,这更是属于

"恶毒攻击"的罪行。张春桥说他态度不好,经常顶牛,所以必须从严惩处。这个日后在"文化大革命"中青云直上,作恶多端的张春桥,此时虽然尚未大得志,但喜欢整人,戏弄权威的脾气已经养成。他后来大权在握时,制订过一项违背法律常识的办案原则,叫作"罪行不论大小,关键在于态度",这等于说:只要你驯从,按着上面定的调子唱戏,即使罪大恶极也可从宽处理;而敢于实事求是据理抗辩者,就是无罪也要重判。当年他虽尚未形成如此明确的条规,但已按着这个思路来办案了。好在市委领导人中还有头脑较为清醒者,不同意张春桥按态度定罪的处理方法,事情得到了缓冲。后来周扬发话,说王元化是党内为数不多的具有较高马克思主义文艺理论修养的学者,人才难得,只要他肯承认报上公布的关于胡风集团三批材料属于反革命性质,承认胡风一伙是反革命集团,就可以放他出去。于是上海市公安局长亲自到隔离室里来交代政策,他对王元化说:我们这里碰到的人多了,什么国民党特务,反动军官都有,谁都没有你这样顽固,现在给你一个机会,只要你承认胡风一伙是反革命集团,就放你出去,如不承认,则后果自负,给你一个礼拜时间考虑。

元化同志说,这一个礼拜,他简直没有睡觉,思想斗争非常激烈。有时心想,不如就承认胡风是反革命算了,反正胡风与自己非亲非故,而且这个案子又不是由他承认不承认来决定的,如不承认,说不定自己会被流放到新疆去,而且还会影响到父母妻儿的生活;但是,从小接受的家庭教育又阻止他这样做,父母一直教导他做人要诚实,不能说假话,而且他的一本论文集就取名为《向着真实》,追求真实是他的人生信条,决不能违背。对于胡风的文艺思想，他本来就有不能认同的地方，如宣扬自我扩张，强调主观战斗精神，以及对路翎的评价等，但胡风反对机械论和教条主义他是赞成的；而说胡风是反革命分子，则他始终认为缺乏证据。所以反复地考虑了一个礼拜之后，他的回答仍然是：胡风的文艺思想有问题，但在政治上不是反革命。这是他当时的真实认识。

说真话，办实事，本是做人的基本准则，但在生活中实行起来，又是何等之难啊！在缺乏民主的政治体制下，人们习惯于辨风而言，跟风而动，早已失却了独立判断的能力。即使有人还能心存疑惑，但为了自己的身家性命，多半也不敢顶风行事。元化同志在如此强大的政治压力之下，还能保持自己的独立思考，宁可冒着流放的风险，也要说出自己真实的想法，实在是难能可贵。

但是，说真话的后果是严重的。这个回答，当然对他非常不利。办案人员要他写成书面的东西，并且打上手印，临走时还狠狠地说：你等着瞧吧！

这一等，又等了好多个月，直到1957年2月下旬，才撤销隔离，放他回家。但他心身都已被折磨得疲惫不堪了。

当时以搞政治运动的方式来办案，本来就没有一个严格的法律程序，也没有一种科学的定罪依据。办案者不是先搜集大量的证据，然后来判断你有罪无罪，而是先作有罪的断定（不是假定），然后要你交代罪行。最厉害的一着，是先把被审查者的思想搞糊涂，是非标准搞乱，使他自己也产生有罪的幻觉。他们对王元化就施行了这种精神干扰术，使他神情恍惚，一度丧失了辨别是非真伪的能力。后来他在《读莎剧时期的回顾》中回忆这段经历道："在隔离审查中,由于要交代问题,我不得不反复思考,平时我漫不经心以为无足轻重的一些事,在一再追究下都变成重大关节,连我自己都觉得是说不清的问题了。无论在价值观念或伦理观念方面,我都需要重新去认识,有一些更需要完全翻转过来,才能经受住这场逼我而来的考验。我内心充满各种矛盾的思虑,孰是孰非？何去何从？……在这场灵魂的拷问中,我的内心发生了大震荡。过去长期养成被我信奉为美好神圣的东西,转瞬之间轰毁了。我感到恐惧,整个心灵为之震颤不已。我好像被抛弃在茫茫的荒野中,感到惶惶无主。这是我一生所遇到的最可怕的时候。多年以后,我在一篇自述文章中,用精神危机来概括这场经历。"

由于这种精神折磨的结果,元化同志得了心因性精神病。撤销隔离之后,经过治疗,这才慢慢地恢复健康。

他的政治结论直到1959年底才下来,被定为胡风骨干分子,开除党籍,行政降六级。

他就是背着这个政治包袱,被安排到上海作协文学研究所里来的。

二

但是,政治上的磨难,却刺激了他学术上的奋发。

既然从领导岗位上被拉了下来,当然也就可以免去在这个岗位上所必不可少的各种杂务；既然被开除了党籍,而且被剥夺了发表文章的权利,也就可以不必再写那种配合形势、作为任务下达的应景之作,否则,五六十年代一个接着一个的政治运动和文艺批判,也是令人穷于应付的;而且,困顿的人生阅历,倒也有利于进行独立思索,有利于辨别是非,看清问题。正如鲁迅所说的:"有谁从小康人家而坠入困顿的么,我以为在这途路中,大概可以看见世人的真面目。"不但世人面目,而且许多理论问题、政策问题,都需要借助于人生阅历来思考和判断。

就这样,王元化阅读着,思考着,并且写些他自己想写的文章。

在隔离审查的最后一年,他获准可以读书。有书可读,对于与世隔绝的人来说,是一种享受。这时,他抓紧一切时间读书,除了进餐、在准许时间内到户外散步及短暂的休息之外,不肯浪费分秒的光阴。他认真地研读了马克思的《资本论》、黑格尔的《小逻辑》和莎士比亚的一些剧作,并且作了笔记。撤销隔离后,在回家等待结论的近三年时间里,他又继续研读了黑格尔的《美学》、《精神现象学》和《哲学史演讲录》等书,并与妻子张可一起翻译了约二十万字的西方作家对于莎士比亚的评论,他自己又写了论莎士比亚四大悲剧的文章。翻译的莎士比亚评论,在80年代初曾编印过一本《莎士比亚研究》,后来又增订为《莎剧解读》出版,而撰写的莎剧研究论文,则在"文革"初期烧毁,再也无法面世了。

60年初,元化同志被安排到上海作协文研所之后,需要天天上班,不能再由自己的兴趣读书了。这时,恰好所里的年轻人要他讲《文心雕龙》,他也就将研究方向转到《文心》上面。

文研所的年轻人之所以要王元化讲《文心雕龙》,是因为知道他对此书素有研究,而且,在马克思主义中国化思潮的推动下,当时文艺理论界正流行一种学习中国古代文论的热潮。所以研究《文心雕龙》是被允许的,如果再迟几年,怕就不行了。

元化同志说,他开始喜欢《文心雕龙》,是受鲁迅著作的影响。起初,他虽然尚未读到鲁迅将刘勰的《文心雕龙》与亚里士多德的《诗学》相提并论的话,但已看到鲁迅文章中有五处提到此书。特别是《摩罗诗力说》中在论及屈原时,引用了该书的四句话:"才高者菀其鸿裁,中巧者猎其艳辞,吟讽者衔其山川,童蒙者拾其香草",并接着发表评论道:"皆著意外形,不涉内质,孤伟自死,社会依然,四语之中,函深哀焉。故伟美之声,不震吾人之耳鼓者,亦不始于今日。"他认为,鲁迅这几句话写得好极了,私心在佩服之余,同时对《文心雕龙》产生了兴趣。他在二十岁左右时,就买了《文心雕龙》珍本藏书来读,虽然并没有完全读懂,但可以说是研究的开始。1946 至 1948 年,他在北平铁道管理学院(即今之北方交通大学)任讲师,教大一、大二基础国文,就选了《文心雕龙》里的篇目作为教材。元化同志自小就从师读过《说文解字》、《庄子》和《世说新语》等书,旧学原有相当的根基,但一旦正式从事教学研究工作,就觉得不敷应用了。这时,他一面认真备课,一面又向国学名家汪公严先生学习。汪先生通过《文赋》和《文心雕龙》的讲授,教他训诂、考据和辞章的基本功夫,为他打下了扎实的国学基础。所以 1960 年他到文研所后,重新开始研究《文心雕龙》时,就比较得心应手了。

那时,有一位听讲的青年学者,曾用王元化的观点写了两篇文章,发表之后,还得到正在研究《文心雕龙》的山东大学陆侃如教授的表扬。但元化同志本人却还在深入钻研,就像熊十力老人所要求的那样:"沉潜往复,从容含玩。"他与父执韦卓民先生通信,讨论黑格尔哲学,又由韦卓民介绍,向熊十力先生学习佛学。虽然他的这些学习并非单是为了《文心雕龙》的研究,但对《文心》的研究却有极大的帮助。此外,他又遍读了有关魏晋的著作,包括古书和汤用彤、吕思勉、周一良等今人的论著,以及《文物》、《考古》杂志上的有关文章。在做了扎实的资料工作和理论准备之后,这才动手写作研究论文。从刘勰身世的考证、前后期思想的变化,到《文心雕龙》创作论的释义,进行了多方面的论述。

当时,复旦大学郭绍虞教授兼任上海作协文研所所长,虽然是个挂名不管事的,但对元化同志的研究工作却颇为关心,还将自己收藏的《文心雕龙通鉴》借给他使用。这是巴黎大学委托燕京大学编写的极其有用的工具书,这时已是难得见到的了。王元化将陆续写出的《文心雕龙柬释》逐篇送给郭老审阅,郭老看后大为赞赏,回信说:"我信此书出版,其价值决不在黄季刚《文心雕龙札记》之下也。"郭老是中国古代文论研究权威,他的赞扬,对王元化当然是很大的鼓励。友人彭柏山又建议将文章寄给周扬,周扬看了也很赞赏,要张光年在《文艺报》上发了一篇《明诗篇山水诗兴起说柬释》;接着,在上海《文史论丛》上也发了一篇《神思篇虚静说柬释》,这篇文章在海外学人中引起了反响。当时能以王元化的名字在重要报刊上发表文章,就很不容易,可以说是一种亮相,对于改善他的处境是有好处的。但不久,"文化大革命"的大风暴来临了,元化同志又被打成反革命,经历了更大的磨难。已经基本写成的《文心雕龙创作论》的原稿,也被籍没了。

幸好稿子没有被毁掉,"文革"结束之后,终于回到了主人手里。1979年,王元化获得平反。同年10月,《文心雕龙创作论》一书由上海古籍出版社出版。这本书以其深厚的功力和新颖的方法,受到学术界的欢迎。如果从1946年作者在北平铁道管理学院讲授《文心雕龙》选篇算起,到1966年"文革"前夕基本写成,这本书的准备和写作,足足用了二十年时间。初版本全书只不过十七万四千字,有几篇已经写好的文字,作者自己觉得不够成熟,也就没有收进去,包括那篇已在《文艺报》上发表过的文章。1984年增订再版,加至十八万九千字;1992年再加上其他几篇相关的文章,更名为《文心雕龙讲疏》,也只不过二十一万字。元化同志自己归纳此书的成书过程道:60年代完稿,70年代出版,80年代增订,90年代定本。

《文心雕龙创作论》的出版,不仅在研究方法上开启了新的局面,而且对于学界的浮躁作风,也是一帖对症药。时下学界流行"短、平、快"操作方法,不但追求多出书、出厚书,而且动辄要创造黑格尔式的庞大体系,结果是从资料到资料,从概念到概念,毫无创造性可言。王元化虽然是黑格尔的景仰者,但他景仰的是黑格尔哲学无坚不摧,扫除一切迷惘的思想力量,却并不想学习黑格尔去建造庞大的理论体系。他研究古代文论,目的是从传统文化中吸取养料来纠正时弊,重在阐发真谛,启人思想,并不在表面上的系统性。所以在《文心雕龙创作论》里,他用的是释义的方式,而且有许多篇章是以"附录"形式出现的;此后出版的许多著作,用时下的标准来衡量,大都是论文集,而非专著。这与理论界的体系热相比,又是一种反调。

如果一个理论家所建立起来的体系不是综合和拼凑而成,而是真正富有创造性的,那当然是对人类文化的重大贡献。但即使如此,理论体系完成之日,往往也是该体系建造者学术生命终止之时。对于一个学者来说,更重要的还在于不断地创造,永不止步。

元化同志的可贵之处,在于他出版了《文心雕龙创作论》这部重头著作之后,虽然已经进入老年,但在学术思想上仍不停顿。他不断地进行思考,不断地提出新问题,发表新见解,永远保持思维的鲜活和敏感。他的信条是:"为学不作媚时语"——不媚权贵,不媚平庸的多数,也不趋附自己并不赞成的一时潮流,而要保持自己独立的人格,形成自己独立的见解。所以,他并不为潮流所左右,却常常去揭发潮流的弊端。他所关心的,不是浮在表面上的一般问题,而是深层的文化思想。所以他的文章虽然简短,却往往提出了一些带根本性的问题,如:关于知性分析方法的研究,对于五四新文化运动的反思,对于黑格尔关于逻辑与历史相一致观点的剖析,等等。

我之所以喜欢元化同志的文章,就在于它不是从概念出发,也不是在资料堆里打转,而是有着强烈的现实感,能够引起人们对现实问题的思考。王元化的思路,有着这样一个规律:他是从现实中发现了问题,再去寻找其历史根源和理论根源,因而对历史和理论作出了新的评价。这一点,他自己说得很明白:"我的某些看法发生变化,不完全是借助书本的思考,而是来源于生活的激发。"这种从现实生活出发的思考方式,大概与他既从事实际工作,又进行理论研究的经历有关,也得益于他曲折的生活际遇。学术研究和理论思考,决不仅仅是书本上的事,它实际上是一种人生感悟,是以人生阅历为基础的。只有保持对现实生活敏感性的人,才能使自己的学术研究达到新的理论高度。

拍案一怒为胜迹
——记陈从周先生

同济大学的陈从周教授以古建筑专家和园林艺术家著称,但是,我与他相识,却由于文学的因缘。

1972年秋天,我从干校回来,与同入另册的几位教师一起,在一间堆满杂物的屋子里编写《鲁迅年谱》。王欣夫先生的劫余书籍也存放在这里,跟他治版本目录学的徐鹏兄常来为之整理。有一天,陈从周先生来看这批藏书,经徐鹏兄介绍,我们就算相识了,后来又在吴剑岚先生家见过几次面,大家就比较熟络起来。从周先生很健谈,不拘束,我们虽然年岁差得很远,但很容易谈得拢。其时,我刚看过他所编写的《徐志摩年谱》,很奇怪这位建筑学家怎么忽然编写起诗人的年谱来了,而且书上没有署出版社的名称,看来还是自费出版的。相问之下,才知道他与徐志摩原是亲戚,两家素有往来。不过,由于年龄的差距,他与徐的直接接触并不多,仅在童年时见过一次,但是他很仰慕徐的才华,爱读徐的诗文,徐志摩飞机失事之后,他极为悲痛。他之所以编写这本年谱,是出于感情的冲动,欲为徐做个纪念,此外别无他意。但编好之后,共和国已经建立,徐志摩在当时的文学界是个被批判的人物,大家都怕沾边,竟找不到一家出版社愿意出版这本年谱,所以只好自费印刷。我听后很钦佩他的侠义心肠。从周先生说,他与徐志摩的前妻张幼仪、后妻陆小曼都很熟悉。承她们信任,将徐志摩的很多遗物都交给了他。香港商务印书馆排印的《徐志摩全集》校样,他已于"文革"前送北京图书馆保存了,家中还有其他一些东西。可惜那时更非研究徐志摩的时候,我当时阅读《徐志摩年谱》和徐的一些诗文,只是为了编写《鲁迅年谱》的需要,所以就没有再向他借阅有关徐志摩的材料。但从周先生却极其热情,此后接连给我来了几封信,为我提供鲁迅生平资料,帮助我们的年谱编写工作。

从周先生虽然专于建筑,以"梓人"(木匠)自居,且将其书房取名为"梓室",但是却毫无匠人习气,也没有一般理工学者偏于一专的思路。他具有深厚的文化底蕴,强烈的人文精神,因而他把建筑和园林的专业工作提到很高的文化层次来展开,使之不限于一时的实用价值,而成为本民族文化建设的一部分。陈从周与一般建筑师的区别就在这里,他一生的成就和苦恼也是由此而来。

许多人都称陈从周为杂家,因为他兴趣广泛,多才多艺,除园林建筑的本行之外,还能诗善文,兼擅书画,且喜拍曲听戏——大凡传统文人喜欢的东西,他都浸淫其间,乐此不疲,而且交了一批文人、画家和演员朋友。但是,专与杂是辩证的统一体,何况诗文、书画、戏曲与园林、建筑本来就是相通的。陈从周说:"中国园林,名之为'文人园',它是饶有书卷气的园林艺术",因此,没有书卷气就难以搞好园林艺术。正因为从周先生杂学旁收,其专业研究才能触类旁通,他的《说园》专著,比同类著作更多书卷气,更多文化氛围,即得益于此。叶圣陶赞为:"熔哲、文、美术于一炉,臻此高境,钦佩无量。"诚确论也。

也正因为文化层次高,对于世情参得透,从周先生平时言谈行事,甚为洒脱,具有幽默感。80年代初,我搬迁新居时,他送我一幅画,画的是一株葫芦,上有题款曰:"说糊涂,画葫芦,糊里糊涂,得过且过。"且钤有一颗闲章:"我与阿Q同乡"。我记得古之文人雅士,有与钱塘名妓苏小小攀乡亲的,算是风流潇洒,现在从周先生却与阿Q认同乡,实在有趣得紧。从周先生祖籍绍兴道墟,按理说,他应该认闰土为同乡才是,因为闰土的原型运水是道墟人,与从周先生恰是小同乡,但是他却硬是要认这位籍贯、姓氏都很渺茫的阿Q做同乡,实在是太崇拜阿Q之故。大概他钤有这颗闲章的葫芦画不止送我一人,而且别人还对此提出了疑问,所以他在答友人信中说:"人也糊涂,只画葫芦。世间多少人貌似聪敏,实不及我。可知阿Q还是足传千古,余拜倒为师,得此同乡为荣也。"看来,从周先生喜画葫芦,并与阿Q认同乡,是有其深刻的寓意的。但是,他也并不是给谁都送葫芦画的。有一次,徐鹏兄在寒斋看到那幅葫芦画,甚为欣赏,遂对我说:"你下次见到陈从周先生时,叫他给我也画一张。"刚好有一位大家都相熟的朋友要到同济去,我就请他带信给从周先生,代徐鹏索画。过几天,画拿来了,但画的不是葫芦,而是兰花。从周先生带口信来说:"吴中杰是一介布衣,平头百姓,凡事糊涂一点好;徐鹏现在当官了,不能叫他做糊涂官,送他一幅兰花,让他做个清官。"可见他糊涂之中透着清醒。

80年代中,从周先生的夫人久病不起,终于逝世。别人都尽力劝慰他,但他把悲痛藏在心底,反而宽慰别人说:"她长期卧病,自己痛苦,别人也辛苦;现在她自己解脱了,我也解脱了。"很有些庄子丧妻,鼓盆而歌的味道。后有好事者与他议续弦事,他却断然拒绝,而且说出一番妙论来。他说:"你们能介绍给我的,无非是这样三种女人:一是寡妇,二是离过婚的,三是老处女,但都不合适。寡妇能克前夫,当然也能克我;能与前夫离婚的女人,也能与我离婚;老处女往往脾气古怪,我的脾气更古怪,就更加弄不好了。还是算了罢!"其实他夫妻情深,根本无意续娶,以上云云,无非是戏言托辞耳。但是,祸不单行。从周先生丧妻之后不久,又面临丧子之痛。1987年11月29日,从周先生在美国留学的儿子陈丰,无辜被墨西哥人刺杀于洛杉矶。消息传来,大家都很悲痛。时过不久,上海电力学院请我们几个人组成临时的文科学术委员会,为邓云乡评审正教授职称,我们在来接的汽车上见到从周先生,有意谈些别的闲话,尽量避开他儿子之事。但从周先生忽然开口道:"你们知道吧,我的儿子在洛杉矶被人刺死了,我叫他不要到美国去,他偏要去,这个小鬼,好死不死,偏要到美国去送死!"并且详细复述了他女儿来报凶讯的情况。到达会场之后,他看到桌上摆着糕点,就大吃起来。其情其景,使我想起《世说新语》上所记阮籍母丧时大吃肥豚,饮酒二斗,然后大号吐血的故事。从周先生悲子之情,在他的悼念文章和为陈丰所写的墓铭里才有所流露。

从周先生对个人之事,表现得很旷达,但是对于中国的文化建设问题,却是非常的执著。常常为保存古代胜迹,维护中国文明,建设新的人文环境等问题而大动肝火、大喊、大叫、大怒、大骂。

他对时下到处制造假古董而破坏真古迹的颠倒行径极为不满,提出抨击;他曾因苏州拙政园里挂彩灯、立彩人,弄得俗不可耐,而撰文批评;为开发南北湖风景区,他拼了老命向嘉兴市海盐县争取建设费用;为了保护上海城隍庙的湖心亭,要求撤走茶馆,将其划归豫园管理,他到处奔走;修复苏州曲园的事,也是他联络叶圣陶等人发出呼吁的;诸如此类,不胜枚举。他还试图制止在景点边上开山,在游览湖中排污,却总是难以达到应有的效果;他反对将文人园搞成不伦不类的景点,斥之为"没文化",但没文化的人却难以共鸣。这样,从周先生难免要经常动火,时时骂人。他感到痛心疾首啊!有一次,他在校园里看到一群大学生在草坪上踢球,赶快上前制止,叫他们保护绿化地带,但竟无人理睬,还是照踢不误,从周先生一屁股坐到草坪中央,捶胸痛哭,大骂学校师道沦落、学生道德沦丧,这才把那群学生赶散。

不是他不通情理,实在是因为他的社会责任感太强了。所以他不但责人,而且也自责。有一次,他在学校做完报告回家,走到校门口,忽见道路堵塞,一打听,原来是校门对面的彰武路口,刚才汽车轧死了两个人。这件事本来与他毫不搭界,但他却自感受到良心的谴责,撰文表示忏悔。因为他身为人民代表,没有为改善校门口的交通而做好工作,深自内疚。其实,他已为此事呼吁过多次,要求拓宽马路,以适应日益增加的车流量,只是没有引起上面的重视而已。

最后,他为保护徐家汇藏书楼,而与市府领导大吵了起来。徐家汇藏书楼是上海的重点文物保护单位,里面藏有很多珍本图书。现在地铁要从旁边通过,必然要使它遭到很大的破坏。陈从周和其他一些知名人士大声疾呼,要市府让地铁"借"出一步,使藏书楼免遭损害,领导不接受,从周先生就拍台子大骂起来,一怒之下,当场中风昏倒。抢救过来之后,就不能再行动了。而且从此每况愈下,渐渐地变得人事不知。

有人说,陈从周火气太大,这种事又不是他自己家里的事,不值得为此发那么大的脾气,更不值得把自己的健康断送掉,使自己变成这样不死不活的人,又何苦来呢?

然而,社会公益之事,文化发展之事,如果没有人呼吁,没有人抗争,又会成为什么样子呢?

陈从周崇尚传统文化,而中国的传统文人是一向重视社会责任感的。所以他的归宿也是一种历史的必然。这绝不是陈从周个人的悲剧。

散淡襟怀荆棘路
——记钱谷融先生

在华东师大的老教师中,我最熟悉,也最谈得来的,是钱谷融先生。李白《赠孟浩然》诗云:"吾爱孟夫子,风流天下闻。红颜弃轩冕,白首卧松云。……"我所喜爱于钱夫子的,也就是他那风流潇洒的气度。他襟怀散淡,神态飘逸,不热衷,不矜持,待人宽厚,态度随和。他并不执著,但为人作文却一以贯之;他无意标举,而所达境界甚高。

钱先生常说自己是一个懒散的、毫无作为的人,喜读书,而不爱写作。但是他每有所作,则必有高论,有时还引起巨大的反响。钱先生以《论"文学是人学"》名世,但此文并非他刻意追求的结果,而是所在的学校要举行大型学术讨论会,领导上一再动员他写的。当然,这是他平时阅读、观察、思考所得,也是 1956 年贯彻"双百方针"的学术环境使然,否则,领导上怎么动员也无济于事,即使要写也写不出这样一篇洋洋三万多字别具只眼的文章来。正因为别具只眼,在学术讨论会上就引起一片反对声。既然有那么多人反对,而此文本来就是为了应付此次学术讨论会所作,它的任务已经完成,钱先生也就没有打算送出去发表。但是,《文艺月报》的编辑找上门来了,而且决定马上刊用,随即发表在该刊的 1957 年 5 月号上,《文汇报》同时作了报道,立即造成很大的影响。记得那时我正读大学毕业班,同学间相互推荐此文,读后大家都很兴奋,觉得见解新颖,很有启发性。但不久"反右"运动开始,《论"文学是人学"》受到了批判,我们也赶快清理自己的文艺思想,努力跟上形势。后来有人说,《文艺月报》之所以发表《论"文学是人学"》,本来就是当作反面教材,供批判用的。但据我当时的实际感受来推断,不像是这样。从《文艺月报》刊出的版面和《文汇报》报道的口气看,都是作为正面的重要文章推出来的。这也并不奇怪。因为"反右"运动是从 1957 年 6 月份开始的。6 月 8 日中共中央发出组织力量进行"反右"斗争的指示,《人民日报》发表《这是为什么》的社论,这才开始扭转方向,寻找批判对象。此前,知识界都还沉浸在鸣放的热潮中,《文艺月报》编者在 4 月份发稿时,哪里会有这种先见之明呢?中国的报刊总是要紧跟形势、配合任务的,所以在鸣放时期抢发有新见的文章,在"反右"时则大批自己肯定过的东西,这倒是比较符合当时的办事规律。

事后思之,《论"文学是人学"》受到批判是必然的。因为建国以来一向强调的是斗争和专政,而该文却鼓吹人道主义精神;领导上要求于作家的是做个齿轮和螺丝钉,随着他们所开动的机器旋转,而该文却提倡作家要发扬主观的精神力量,并宣扬艺术的感情因素,简直是背道而驰。所以批判规模愈来愈大,批判文章愈来愈多,形势逼人,逼得连原来支持他观点的朋友也不得不写起批判文章来,否则,就难以自保。而且,当时摆出来的架势,好像还要长期批判下去的样子。这可以从上海文艺出版社出版的《〈论"文学是人学"〉批判集》中看出来,它标的是"第一集",这就是说,还准备出第二集、第三集……但不知怎的,以后又没有再出下去了。后来人们还觉得奇怪的是,华东师大的党委书记左得厉害,在教师和学生中打了那么多"右派",而作为重点批判对象的钱谷融倒没有被扣上帽子。有人说,这是当时上海的主要领导人要在知识界留下几个活老虎,供以后运动中批判用。是否如此,现在也难以查证了。但到了1960年,再度掀起批判高潮时,钱谷融先生又成为重点对象之一,这倒是事实。这回钱先生并没有提供新作,他是被逼着站到祭坛上去的,算的是过去的老账。

1960年上半年,中国作家协会上海分会在上海市委直接领导下,开了四十九天大会,批判资产阶级文艺思想。开始是大家自由发言,后来转为重点批判,上海三所高校各摊派一个批判对象,即:复旦大学的蒋孔阳,华东师大的钱谷融和上海师院的任钧。公开的说法是讲他们在自由讨论中发表了错误意见,所以引起辩论,其实是早有安排的。在自由讨论阶段,有一次休息时,我碰到任钧先生,与他谈起以前曾读过他的大作《新诗话》的事,任钧先生很客气地与我谈论了一会,不料有人汇报上去,第二天系领导就把我批评了一顿,说我向资产阶级学者输诚。当然,这是领导上有意拉我一把,免得我犯错误。但可见上面的预谋已在领导层传达过了。而且,当时钱先生还不是作协会员,作协开什么会本来与他无关,而这次会议不但通知他参加,而且生怕他不去,还由学校用小汽车送他去,实在是非要他去踩地雷阵不可。待到作协会上一动手,华东师大校内立即响应,而且比作协批得更厉害,直批得钱先生十二指肠大出血,还不肯罢休。

这次作协大会的特点是,发动小将来批判老将,从高校调集了许多青年教师和学生到作协去参加会议,并让他们担任主攻手。当时,批判钱谷融先生的重点发言者是他的学生戴厚英。戴厚英是一门小钢炮,言辞锋利,发言很有轰动效应。但钱先生始终面带笑容,并不动怒。他很清楚,这些上阵的学生,本身也只不过是工具而已。直到很多年之后,他与我谈起这位叛逆的学生时,仍带着宽容的笑意,而且还很赏识她的才华——他所不习惯的,只是当时她作批判发言时,竟直呼其名,连"先生"的称呼也不用,令人听了很不习惯。但这事,后来也就释然了。1996年戴厚英遇害后,一家出版社要我编一本关于她的纪念集,我考虑到钱先生与戴厚英这层特殊关系,请他也写一篇,他一口答应,并很快寄来一篇深情的悼文。这就体现出钱先生的气度,着实令人感动。

反右运动和1960年的批判高潮之后,许多学者文人都搁笔不写了,而本来不大写文章的钱先生,却于一年多后在《文学评论》上发表了《〈雷雨〉人物谈》。它那优美的文笔和对人物感情世界的细致深入的剖析,使读者倾倒。《文学评论》肯发表这位固定批判对象的文章,是与广州会议之后的宽松气氛有关,但是不久,上面又号召说阶级斗争要年年讲、月月讲、天天讲,《〈雷雨〉人物谈》自然也就谈不下去了。这组文章,直到70年代末才续写完毕。"文革"结束后,上海文艺出版社要恢复"中国现代文学研究丛书",向钱先生组稿,但钱先生仍不紧不急地慢慢写,直到1980年才出书,在恢复后的第一批丛书中是出得比较迟的。

"文革"虽然已经结束,学术界、文艺界已对钱先生表示出欢迎的态度,但在他供职的学校里,领导上似乎对他仍持有成见。1978年恢复评职称时,这位学术影响很大的老讲师,仍旧没提上副教授。校外的朋友和后辈学人都很为他不平,但钱先生自己倒很坦然。大概由于外界意见实在太大,到1980年第二次评职称时,校方就将钱先生直升为正教授了。从1943年在交通大学做教员(讲师待遇)算起,他一共做了三十八年讲师,这在教育史上也算是一项难得的纪录。

这之后,钱先生的境遇比较好些。虽然仍有人指摘他是资产阶级学者,但随着社会影响的扩大,校系领导对他是愈来愈器重了。校方曾经要他出任系主任,他坚辞不就。他知道自己的秉性不宜做官,还是清风明月,读书讲学为好。此后他的主要工作是带研究生,从硕士生带到博士生。此外则利用开会讲学的机会,到处走走看看,仿佛是山野散人,而这,正是他少年时代所企慕的生活。

钱先生带研究生是从做讲师时就开始了。按照教育领导部门的规定,必须要有副教授职称,才能申请做硕士生导师,但他还在讲师的位置上,许杰先生就邀他合带研究生。本来,升不上副教授,他完全可以拒绝带研究生,但他为人随和,而又感激于许杰先生一向对他器重,所以也就答应了。这一带,又带出名了。在他门下出来的硕士生和博士生,成材的很多。殷国明、王晓明、吴俊、杨扬、李劼、许子东、戴光中等学术新秀,都是他调教出来的。我对钱先生说:"真是名师出高徒啊!"钱先生却说:"应该倒过来说,是这些名徒把我抬高了。"我请教钱先生带研究生的经验,钱先生说他没有经验可言,"带研究生是来料加工,主要是由于来料好,所以才能出成品。"这话自然也有道理,选料是非常要紧的。但钱先生身教言教,也的确起了很大的作用。他的研究生谈起钱先生来,都是非常敬重的。钱先生对待学生也和蔼若朋友然,但也并不放松对他们的要求。有一次,钱先生要我参加他的博士生学位论文答辩会,在这种场合,导师每每要为研究生多讲好话,但他却严厉地批评起学生来了。他批评一位研究生借口参加学术会议,多次往香港跑。钱先生说:"香港这种地方,多去有什么意思?把做学问的时间都浪费掉了!"听说,他还在一次答辩会上更严厉地批评另一位研究生,因为那位研究生很聪明,但却不用功。这正是他对于研究生爱护的地方。

看来,钱先生在宽容后面还有严格的一面,在飘逸之中仍不失法度。这就是为什么他很欣赏卧龙上人那句名言"宁静而致远,淡泊以明志"的缘故了。

自我的疏离与回归
——记王道乾先生

我最初知道王道乾这个名字,是由于他翻译的那本法国人 J·弗莱维勒编选的《马克思恩格斯论文学与艺术》。20 世纪 50 年代我上大学期间,大家对于学习马克思主义文艺理论都很认真,但汇集出版的马恩论文艺的书籍还不多,所以王道乾同志翻译的这本书给人印象至深,而他本人在我辈的心目中,就是一位严肃的马克思主义文艺理论家。

到 60 年代初期,因为内子高云与他一起在上海作家协会文学研究所工作,我才与他有所接触,觉得他原来是个文质彬彬的书生,讲话慢声细气,与当时火热的时代气氛颇有些反差。有一次在作协食堂吃饭，戴厚英问他为什么不要汤，他说："我不善于喝汤。"戴厚英就嘲笑他讲话太斯文，说连喝汤也有什么善于不善于，不如我们年轻人说话干脆。说得他也笑起来了。

但调侃归调侃，文研所里的年轻人却都愿意与道乾同志亲近。那时，所长郭绍虞是挂名不管事的，两个副所长叶以群和孔罗荪都是大忙人，所里的业务工作实际上都是王道乾这位学术秘书在管。他很关心年轻人的业务成长，注意对年轻人的培养，年轻人也很愿意与他讨论问题。我和高云的最初几篇鲁迅研究论文，都是先得到他的肯定，由他编发在《上海文学》上——当然，还有以群同志的赏识和支持——这是我们终生难忘的。戴厚英的第一部长篇小说《诗人之死》，开始写作时只是一种宣泄感情的需要，并没有想到出版，也是道乾同志看后，要她修改出来的。没有道乾同志的肯定和鼓励，可能就没有戴厚英这个作家，她大概把这部小说稿束之高阁之后，仍旧搞她的理论研究去了。

我们虽然都很喜欢道乾同志，与他也有相当的接触，自以为对他有所了解，但其实对他的心路历程却毫无所知。直到"文革"结束之后，他回到原来的审美情趣中去，翻译了韩波（按：又译兰波）的散文诗和杜拉斯的小说，表现出另一面的才能，我们这才知道他的心灵道路其实是颇为坎坷的。

道乾同志在昆明读大学时，原来是个现代派诗人。据他的老友汪曾祺回忆说，他们住在一起时，王道乾"正在读兰波的诗，写波特莱尔式的小散文，用粉笔到处画着普希金的侧面头像，把宝珠梨切成小块用绳穿成一串喂养果蝇"。其浪漫情调可想而知。他的喜欢现代派诗歌,一方面是由于他本人的诗人气质使然,同时与昆明的文化环境有关。当时虽然是抗日战争相持阶段,物质生活非常艰苦,但西南联大的精神生活仍很丰富,学术气氛非常活跃,不但有国内一流学者的讲课,而且还有国外运来的新书,并请了英国新批评派学者燕卜荪来讲授《当代英诗》,所以青年学子对于西方现代派诗歌颇不陌生,他们受其感染,自己也试作起来,九叶诗派的好几个诗人就是在这个氛围中养成的。道乾同志虽然读的是中法大学,但因与西南联大相近,同学之间常相来往,感染这种气氛也是必然的。

道乾同志也写了一些新诗,出国时都交给一位朋友,这位朋友将其诗作陆续发表在报刊上,但此时道乾同志兴趣已经转移,却连发表了的诗作也懒得收存了。最近他的儿子在那位朋友的指点下,辛苦地为他收集散见于旧日报刊上的诗作,听说已收集到二百多行。我从中录出一首,可以约略窥见当年诗人王道乾的风貌:

香　　料

在她眼里永远追寻一个流泪的原因,
在她奢华的香气里永远感伤时光破碎,
冰冷手臂挂在我肩上眼与手,
因此都迷失于音乐里古代的灾难。

一个女人的命运像烟卷燃着;
我的鞋踏着地板寻求限制;
写着字和画着花纹的玻璃门开了又闭上,
时间与香气从印有字和年代的瓶中流出。

>从她的美态我永远追索痛苦的根苗,
>寒冷的身体以凉手传达一个暗淡的将来;
>音乐在舞的深处召唤召唤焦急到极点,
>我的同伴渐气化消失在失望的空中。

道乾同志留学法国,是在1947至1949年。这时,国内局势正在起着天翻地覆的变化,这不能不在这些远渡重洋的学子心中激起波澜。巴黎虽是艺术之都,但战后共产党的力量也相当强大,正是在那里,道乾同志加入了法国共产党——不过,这个党籍,中共并不承认,也不予转党,道乾同志是到了1957年重新申请加入中国共产党的,此乃后话。但此时,他的思想却的确起了很大的变化。从他留法时代好友熊秉明的回忆文章《我所认识的王道乾》中,我们可以看到他思想转变之彻底。王道乾说:"生活根本不需要艺术。""生活与艺术绝对不能相联。""我希望我做一个查票员甚于希望做一个'我'。我对我过去并不懊悔。我只是一笔抹杀,我想清明地哭泣我的过去。""我宣布:我之舍弃艺术完全是我成功的表现。"道乾同志是真诚地捐弃旧我,走向革命了。1949年10月,新中国刚宣告成立,他就迫不及待地踏上归国之途。

但是,刚成立的共和国政府一切都尚未就绪,教育部还未做好接待归国留学生的准备。幸亏旧日的熟人巴金、萧珊夫妇帮忙,介绍他到华东局文化部工作,后转入上海作家协会,这才安顿下来。在作协,他担任《文艺月报》(后改名为《上海文学》)编辑部主任兼理论组组长,后升任执行编委;60年代初,文学研究所成立后,他又担任所学术秘书。这些都是经常性的工作,还有一些临时性的任务,比如,作协的什么汇报材料,要他定稿;某首长要出国了,要他起草讲话稿,这些事限时限刻,常常需要通宵赶写,非常吃力。而更使他不能适应的,是运动一个接着一个,还必须写表态批判文章。他虽然翻译过马克思、恩格斯论文学艺术的著作,但却没有学会写批判文章,所以写起来非常吃力,而且总是写不好。在"文化大革命"前夕,大张旗鼓地进行文艺批判的时候,别人多多少少都发表过几篇批判文章,道乾同志也接受了任务,但写来写去,总写不出来。这种事,实在与他的性格相去太远了。也可见思想改造之难,紧跟形势之不易。

不久,"文化大革命"开始了。在藏龙卧虎的上海作协,道乾同志虽然不属重点整肃对象,但作为还没有改造好的资产阶级知识分子,接受批判,靠边改造的命运是难免的。而另一方面,倒也免去了写不出批判文章的苦恼。作家协会是个敏感地带,在"文革"前后的十多年间,真是乱哄哄你方唱罢我登场。有些人打倒了又爬起,有些人爬上去又跌倒。道乾同志在一旁观察思索,他虽然不明说,但心中的激荡肯定不比1948年前后为小。这样,"文革"结束之后,经过新的思想解放运动,他又逐渐回归到自我。

"文革"结束,作协文研所也解散了。道乾同志被分配到上海社会科学院新组建的文学研究所去任副所长。这时政治运动的浪潮虽然消退了,但商品大潮同样冲击到学术领域中来,青年人仍旧坐不下来做学问。道乾同志沉稳的性格、扎实的学风,不适应于快速多产的需求,他仍旧颇为悖时。但毕竟约束少了,自由度大了,他可以坐下来读一些他喜欢读的书,做一些他喜欢做的事。于是,年轻时代的审美兴趣又抬头了,他重新回到西方现代文艺中去。他翻译了普鲁斯特的论著《驳圣伯夫》、翻译了韩波的散文诗《地狱一季》、翻译了杜拉斯的小说《情人》和图尼埃的小说《礼拜五》等。他将当年的诗情和此后几十年的人生阅历都融入了译笔,自然译得深沉、老练而且富有诗意,远非泛泛之辈所能及。

道乾同志不作包装,不事炒作,在沸沸扬扬的商业世界里,对自己的译品作低调处理。但仍有一些读者在万丈红尘中发现了珍品。青年作家王小波、孙甘露、赵玫都谈到从道乾同志的译作中吸取了养料。特别是王小波,极其推崇道乾同志的译笔,称其"文字功夫炉火纯青","无限沧桑尽在其中"。他在《我的师承》一文中声称,他在文学上师承的就是查良铮、王道乾这两位翻译家的文字:"查先生和王先生对我的帮助,比中国近代一切著作家对我帮助的总和还要大。现代文学的其他知识,可以很容易地学到。但假如没有像查先生和王先生这样的人,最好的中国文学语言就无处去学。"

我赞赏王小波不随流俗,独具只眼的识见。在这浮躁的文坛学界里,炒得很热的未必是好作品,而上乘之作却往往默默无闻。这就只有靠读者自己放出眼光来寻找了。

道乾同志默默耕耘,不求闻达。他走过一段曲折坎坷之路,又回归到了自我。他可以做一些自己想做的事了。年轻时代的诗情虽已一去而不复返,但他还可以用写诗的笔来翻译别人的作品。这是他晚年的乐趣,也是他对中国文化的贡献。但可惜天不假年,他还有许多想做而未做之事,还有许多译好的作品未及整理出版,就被癌症夺去了生命,哀哉!

市嚣声中听雅乐
——记辛丰年先生

我认识辛丰年先生,是由于他儿子严锋的中介。严锋在复旦攻读博士学位期间,与我的博士生巫志南同屋。那一年,我请了王公治兄给我的研究生开书画鉴赏课,严锋也来旁听。有一天,志南对我说:严锋的爸爸从南通来了,就住在复旦,他很懂音乐,能否请他给我们讲一次音乐鉴赏课?我听了很高兴,欣然同意。我一直想扩大研究生的知识面,提高他们的艺术鉴赏力,但研究生的经费实在少得可怜,无力支付讲学费,故正设法请一些既有真才实学而又能免收讲学费的各艺术门类专家来为他们开讲座。但我没有音乐界的朋友,正苦于找不到"义讲"音乐课的人,有这样一位专家送上门来,自然正中下怀。我立即要严锋去与他父亲商量,安排时间为研究生讲课。但过了两天,严锋来说,他父亲不善交际,怕见生人,一听说要他给研究生讲课,就逃回南通去了。我听后,也只好笑笑作罢。那时,我还不知道他就是经常在《读书》杂志上发表谈乐随笔的辛丰年。

我很喜欢辛丰年的谈乐随笔。虽然他自称是"一个乐迷的门外谈",但思路开阔,见解深刻,而且别有会心,比起"门内人"的专业话语来,更令人爱听。当这些谈乐随笔结集成一本《如是我闻》时,我特地向研究生和青年朋友加以推荐。不料他们所知比我更多。他们告诉我,辛丰年就是严锋爸爸的笔名,而且还说了许多辛丰年的趣事。严锋的一位本科同班同学对我说,他有一次到南通去,严锋不在,他与严锋爸爸一起听音乐,一直听到深夜,肚子饿了,两人就下阳春面吃,因为辛丰年别无其他食物可以待客。但吃着阳春面听西洋古典音乐,也是别有一番风味。辛丰年身居陋巷,安贫乐道,唯以听乐和读书自娱。我听后大感兴趣,即要严锋谈谈他父亲的事——其时,严锋已留校任教。

但严锋说,他父亲的事,他也知之不详,因为他父亲不大肯对家人言说往事。他还是从姑母处知道,父亲他们小时候,家里很有钱,祖父是孙传芳手下的一名军官,1926至1927年间,丁文江在上海主政时期,曾任上海戒严司令兼警察局局长,不但在上海拥有花园洋房,而且还在南通老家置地建房,很是阔气。1927年下野之后,就在上海做寓公。因为家里有钱,故请有家庭教师来教育子女,国学家兼书法家王蘧常先生就在他家执教过。后来严锋父亲回到南通上学,日本侵略军占领南通之后,实行奴化教育,他不愿意接受,就离开了学校,所以学历只是初中肄业,后来的文化学识全靠自学,包括英语和俄语的阅读能力。但他从小喜欢音乐,什么钢琴、小提琴、古琴、二胡、笛子,全都玩过。1945年初,他和几个兄弟姐妹都受了革命思想影响,抛弃了优裕的生活条件,冒着风险,跑到苏北去参加新四军。解放战争时期,随军打到福建,后来就在福建军区工作。"文化革命"期间,因为不肯紧跟,就被翻出家庭问题,予以整肃,开除党籍、军籍,遣送回乡劳动。平反以后,恢复了党籍,但他不想再回部队,就提前离休了,终日读书听乐,自得其乐。与他同时参军的人后来都官做得很大,生活条件很好,但他并不羡慕,安之若素。

严锋说,他很爱他的父亲,不但因为母亲早逝,父亲在极其艰难的条件下把他和弟弟抚养成人,而且他父亲还很注意他们的文化教育和性格培养。他一直记得小时候跟着父亲在农村劳动时,每天晚饭后父亲带着他在田野里散步,给他讲述历史故事的情景。有一次,他忽然提出要看电影《夏伯阳》,乡下无处可看电影,也找不到剧作的译本,父亲特地从俄文原本中译出文学脚本,给他一个人看。他觉得有这样爱他的父亲,真是幸福,农村生活条件差一点,也就不在意了。

听严锋谈了这些往事之后,我对辛丰年先生更感兴趣了,很想认识这位高士。但是,辛丰年蛰居南通,难得到上海来,而我又为俗事所拘牵,无暇到南通去,我们除了通过严锋互赠著作之外,就一直没有见过面。这回,因为要为《文学报》开《学人心迹》专栏,我想把辛丰年列入自己的描写对象,这才下决心要严锋陪我到南通去拜访他。

我们到达严家时，已经是午后。出来应门的正是辛丰年本人，他上身穿一件深蓝色中山装，下面是黄色旧军裤，黑色布鞋，鼻梁上架一副现出一圈圈磨痕的深度近视眼镜，头上戴一顶鸭舌帽，帽边挂出的头发全都白了，除下帽子来，就看到头顶已经谢发了。整个样子，活像一名五六十年代农村小学教师。要不是他儿子介绍，绝对想不到站在我面前的就是学养丰厚，思想深刻，文笔潇洒，深受当今青年读者喜爱的谈乐者。严锋事后对我说，今天因为待客，所以他特地穿了一件好衣服，平时穿的还要差些。有一次，他到外地看朋友，那位朋友客气，给他买了二等舱回程船票，他穿一身旧衣服，还用小扁担挑一担书，船上服务员无论如何不让他进二等舱，硬要将他往统舱里推。后来大概是办了交涉，才坐上二等舱回家。

但是，一坐下来交谈，这位貌不惊人的小老头就显出他的智慧来了。他的历史知识很丰富，特别是对于太平天国史，更是深有研究；他对中国现代文学也很熟悉，对许多作家都持有自己的看法，而特别崇拜鲁迅，他说他长期研读鲁迅，还准备写一本有关鲁迅后期生活与当时文化思想关系的著作。我看他书桌上放着新近出版的《西方美术风格演变史》、《古典艺术》等书籍，问起来，才知道他对中西绘画都很感兴趣，也花过不少工夫；而书架上还摆着全套的《马克思恩格斯全集》，这是他平反后拿到补发复员费的当天就去买下，也是用小扁担挑回来的。他的住房不大，在一幢老工房的底楼，二室一厅，小儿子夫妻住一间，他自己住一间，书房兼卧室并兼听音室。我以前在什么报上看到过一篇报道，说音乐发烧友们往往要花几万块钱来买音响设备，每一个部件都很讲究，连导线都马虎不得,而且还要在家里营造一个考究的听音室,不但里面不能乱放家具,就是四壁的材质也有一定的要求。但辛丰年的房间是水泥墙、地砖地,挤满了桌椅、床铺及各色书架,因为书多,壁上还做了吊书橱,从回音的角度上说,反射是极不规则的。而且音响设备也很差。他是从单声道收音机、老式录音机、立体声收录机、简单的CD机,这样一路听过来的,直到最近他儿子严锋拿到一笔译书的稿费,这才花了四千元给他买了一套自己组配的音响。对于辛丰年来说,这就是最高级的设备了。

我问他:"这样差的设备,不影响你听乐吗?"他说:"设备由差到好,这叫渐入佳境。如果用过很好的音响设备,再用差的,就不行了。"严锋说:"有些年轻朋友买了很好的音响设备,叫我爸去听,他不敢去,怕听过好的音响,回来再听差的就乏味了。"辛丰年又说:"我们这里,周围环境也嘈杂,邻居们要赚钱,在家里开了白铁店、摩托车修理行,经常敲打个不停,有时再加上装修房子的电钻声,就更热闹了。"严锋悄悄地对我说:"我爸爸也真能适应环境。有时他正在听音乐,突然从外面传进一下金属敲打声,他会说,这一声敲打能融入音乐;或者说,这一声不能入乐。他全身心都沉浸在音乐里了。"

辛丰年就是在这样嘈杂的环境中,用这样简陋的音响设备,自得其乐地欣赏着音乐,并且写出引人入胜的谈乐随笔来。"问君何能尔?心远地自偏。"他有一种宁静的心境和一副极佳的"音乐的耳朵",故能于各种杂音中欣赏雅乐,在并不完善的音响中细辨各种乐声。

他不求闻达,淡泊自守,也少与人交往。在他生活了大半辈子的南通老家，人们并不知道辛丰年是谁。有一次，外地有几个爱乐者慕名来访，但不知辛丰年住在何处，想当然地找到了市文联。文联领导是辛丰年的老朋友，但却没有听说过辛丰年这个名字，问遍周围的人，也都说不知道。来访者提供了种种信息以供辨析，他们才想到："辛丰年会不会就是严格？"这才把来访者送到严家来。

辛丰年生活清苦，身体却很好，思维也很清晰。我去拜访时，他已是七十五岁的老人了，还陪我走了很多路，一起去参观张謇故居，晚上又一起听音乐，并回答我提出的许多问题。我想，这也许正得益于他那脱俗的宁静生活罢。辛丰年从不为写作而写作，他是在有会心、有见解之后才动手的。我想，他一定还会写出很好的新著来的。

焦桐琴传清越声
——记刘衍文先生

1956至1957年间,书店里相继出现了好几种中国学者自己撰写的文学概论著作,用以取代前几年流行一时的苏联同类教材。这些作者都是全国各大学的文艺理论教师,而且多数在北京大学文艺理论讲习班中经过苏联专家毕达柯夫口耳传授,在理论体系上有着同一个来源。只有其中一位,情况有些特殊,他原是一名自学成材的中学教师,刚刚被升调至上海教师进修学院任教。他就是刘衍文。作为一名中学教师,他很少有与学术界交流的机会,而这所教师进修学院,当时还不大正规,也尚未与高教界"联网",所以在学术上,他可以说是一无依傍,独来独往。但是,他的《文学概论》倒很风行,而且被译成了英、日、俄诸种文字。

我经同学的指点,在复旦附中左近曾见到过他一次,只因他已出名,怕有趋附之嫌,所以没有上前打招呼。当时只觉得他神采飞扬,像一颗上升的学术明星。但不久就听说他被打成"右派"分子,从此,这颗新星就陨落了。待到二十多年之后再见到时,他已是头发花白,满脸风霜的小老头。但是精神很好,而且健谈。虽然历尽磨难,而童心犹存,还有着种种不平和种种想法。

我曾问他1957年间事,是否因为出了书,有了名,而遭嫉恨之故?他说,倒也不是,主要原因还在于向支部书记提了意见的缘故。在那年月,因为人治重于法治,而且办事缺乏透明度,一个人的命运往往取决于领导人的意向。所以部门领导人品质的好坏,对属下的命运是至关重要的。还在复兴中学教书时,衍文先生就因胡风案而挨过整。其实,他与胡风毫不搭界,只因复旦大学余上沅教授的夫人陈衡粹女士与他是同一教研室的同事,曾请他到家里去吃过一次饭,后来余上沅在锦江饭店请客,也请了他去,而这两次饭局均有贾植芳先生在座,于是问题就来了。既然贾植芳是胡风集团的骨干分子,你们在一起吃饭,必然有什么勾当。本来这种饭局,领导上未必知道,但有一位教师从陈衡粹口中打听到此事,向上打了小报告,这就备了案。而且事有凑巧,复兴中学一位毕业生此时发表了一篇批判胡风的文章,倒反而被抓了起来,理由是:你早不写文章,晚不写文章,偏偏这个时候写批判文章,肯定是潜伏下来的胡风分子,故意做出姿态来的。这位毕业生被迫无奈,就说是刘衍文叫他写的。这样,问题就十分严重的了。好在复兴中学党支部书记的头脑还算清醒,而且品质也不坏,并不想特别害人。虽然他也曾怀疑胡风集团有意要拉刘衍文入伙,而且还问刘填过表格没有?——他真以为胡风搞了个严密的反革命组织,有计划地发展成员,严格地履行入伙手续。但毕竟因找不到证据,还是放刘衍文过了关。而且运动过后,还让他上调到教师进修学院去。但是,教师进修学院的党支部书记就不同了。因为刘衍文向他提了意见,他就决意要把刘打成"右派"分子。

据衍文先生说,他当时不但对整个共产党组织很崇敬,而且把每个党员都看得很高大。党支部书记身上缺点很多,他认为这有损于共产党的形象,所以领导上号召大家帮助党整风时,他就向支部书记提了意见。不料一旦形势逆转,支部书记就把他打成"右派"分子。批判他时,歪曲原意,无限上纲,这都不用说了,更奇怪的是,有许多言论根本不是他发表的,却都加在他的头上——他简直是支部书记经过艺术加工所创造出来的"反党"言论的集合体了。而且,根本没有他申辩的余地,一申辩就是态度不好,处罚加重。叫他订改造计划,又是每次都通不过,这也是态度不好的证据。他终于被开除公职,发配到里弄生产组里去劳动,二十年里不给一分钱,直到"文化革命"结束后,才给他每天七毛钱报酬,做一天算一天,节日放假或生病不能做,就无钱可拿。五六十年代,他的孩子都还小,他就靠妻子在图书馆工作的工资,维持一家八口的生活。八个人每天总共只能买五分钱的小菜,其艰苦程度可想而知。

而更使他感到痛苦的,不仅是物质生活的艰难,还有精神上所受的折磨。思想汇报当然是要经常写的,一有风吹草动,还要挨训。有一次静安寺要举行庙会,专政组就把这些管制对象找去训话,并问他们对此事有何看法,刘衍文说:"庙会本是封建迷信活动,是不好的,现在政府利用庙会来进行物资交流,这是利用旧形式来从事新活动的好事。"他自以为回答得很得体,却不料训话者大拍台子,骂道:"放屁!政府搞庙会,要你们说三话四!对你们的要求,就是搞庙会时必须老老实实,不准乱说乱动。"直骂得他莫名其妙。到了"文化革命"期间,挨骂,挨打,人格遭受侮辱之事就更加多了,简直无法细叙。直到"文革"结束,情况才有所改变。

拨乱反正期间,由原来的上海教师进修学院扩建而成的上海教育学院,总算想到了这位被放逐多年的教师,愿意调他回校。但待遇仍照里弄生产组的规格:每天七毛钱,做一天算一天。这算是落实哪一门子政策呢?衍文先生当然不能接受。听说后来是特别优待,给了他七十二元五角的工资。但事后仔细分析一下,觉得当初这种做法倒也并不能算是不合逻辑。因为那时还是"两个凡是"思想指导,所谓"乱",指的是"文化革命"期间所搞的有些措施,这是要"拨"转过来的,至于"文革"以前十七年中所做之事,则认为是"正"的,必须回到那里去。既然刘衍文的"右派"身份是十七年间定的,七毛钱一天的工资还是后来才给的,当然都是不能动的。

好在历史很快又向前推进了。1979年下达了中央关于"改正错划右派"的文件,次年,衍文先生的"右派"问题也得到了改正,他恢复了原来的工资级别。虽然二十三年的工资不再补发给他了,但每月一百五十七元五角的工资还是恢复了。

这在当时知识分子中,还算拿得比较多的。

"改正"之后,衍文先生就重理旧业。不过他已不想再搞文艺理论了,就逐步转向了古典文学。不久,他的长子刘永翔在华东师大获得硕士学位,留在古籍整理研究所工作。他们父子俩合作著述,我所见到的先后有三本书:《文学的艺术》、《古典文学鉴赏论》和《袁枚续诗品详注》,都写得很扎实,材料丰赡,见解独到,学术价值很高。

我问衍文先生:"你在劳动改造的二十三年中,晚上还能看看书否?"他说:"时间都荒废了。一则劳动太吃力,二则也无书可看。我最心痛的是家藏三万册图书都被抄走。到'文革'时期,连《毛选》也不让我看,说你这种人不配看《毛选》,只留给我一本《毛主席语录》,说多读语录就能改造思想。"衍文先生在复出后,很快能在古典文学研究上做出成绩,一则是由于他的毅力,二则也得力于他青年时代打下的基础。

衍文先生家贫,但很聪颖,读中学时就常在报刊上发表文章,以稿费来补贴学习费用。也因此而受到同乡前辈余绍宋先生的赏识。余绍宋是民初时期的高级政法官员,是有名的书画家和方志专家,其时正主持浙江省通志馆,就把衍文先生招致到馆中。这是个人才荟萃之处,衍文先生在此受到了很好的古典文化的熏陶。这使得他在学问荒芜了二十三年之后,还能重理旧业,很快就做出可观的成绩来。

更加难得的是他的儿子刘永翔。衍文先生被打成"右派"时,永翔还只是个十岁儿童;而不到二十岁,"文化革命"又开始了。物质和精神上的困顿,可想而知。他后来在一封用四六文体写成的书信中自叙道:"初为失业之徒,长逾七载;后作赁佣之保,始值一钱。尘海相轻,泪河久竭。"但他在劳动之余,还是向父亲学习古典文学,而且自信"石犹可炼,桐未全焦",于是在"文革"结束之后,即以同等学力考进华东师大古籍所,为徐震堮先生的研究生,"从此置身庄岳之间,学步邯郸之市。"永翔学业进步很快,不久即在学界崭露头角,而且深得学术大师钱锺书先生的赏识。1982年永翔在《文史知识》上发表短文《"折枝"新解》,即引起钱先生的注意。钱锺书在《说李贺〈致酒行〉"折枝门前柳"》一文的附言中写道:"刘永翔同志的《"折枝"新解》精细准确,更使我感觉兴趣。我因中华书局要求,正改订旧作《谈艺录》。在新添的论释李贺诗的几节里,恰好有一段可为刘文帮腔助兴,特此抄送。"永翔看到这一附言之后,自然欢欣雀跃,就写了一封骈体书信以致谢意。钱锺书看了,大为赞赏,回信鼓励道:"发函惊叹。樊南四六,不图复睹。属对之工,隶事之切,耆宿犹当敛手,何况君之侪辈?"后来还给衍文先生一信,说:"前与贤郎通问,惊叹其学博词弘……后乃知家传有自,故根底深厚,两世长者,方可以说诗谈艺。"时代给予了新的条件,使永翔大有发展的天地,而且颇有青出于蓝而胜于蓝之势,这也是衍文先生晚年一大快慰之事。

我尝悲叹衍文先生被剥夺的时间太多了,不然,在学术上定有更大的成就。不料衍文先生却说:"那也未必。当年我虽然被打成右派,其实在思想上却是受左的影响很深的,每次运动都跟着走。批判电影《武训传》时,我写了文章;批判胡适时,我也写了文章;反胡风运动,我虽然被当作嫌疑犯整了一通,当时只感到自己冤枉,但并没有从根本上醒悟过来,所以

1956年我写《文学概论》时,几乎每一章节都以胡风为对立面,批判他的观点。这一方面固然是为了撇清干系,另一方面也还是要紧跟形势。如果不被打成右派,我当然会写更多的文章和著作,但肯定愈来愈左,到头来,不过是废品一堆,而且还会起不好的作用。我没有陈寅恪、钱锺书先生的水平,他们在政治上和学术上都有自己的见解,能够自持,不跟着左的思潮走。而我却没有抵御能力!"

这倒是很实在的话。它道出了在这一时代中,知识分子左右为难之苦。

失之东隅，收之桑榆
——记章培恒兄

一

章培恒现在是名满学界的人物，一提起他来，人们都知道是复旦大学杰出教授、古籍整理和文学史研究专家。但我始终没有忘记他原是一名政工干部，做过中文系党的领导工作，是我的顶头上司。

培恒兄比我高三级，但我于 1953 年入学时，他们这一届因当时国家建设人才短缺，已经提前毕业，他则因为生病休学，延至 1954 年 1 月份毕业，我们还同过半年的学。章培恒年纪虽轻，但入党很早，1949 年 5 月还在读中学时就做了中共地下党员，那时，他只有十五岁。

20世纪50年代初期,高校党员人数很少,他有这么一点资历,毕业之后,就留校担任中文系的教师党支部书记——那时,系一级尚未建立总支部,只设教师支部和学生支部,并由党委委托教师支部书记联系学生支部,所以培恒兄也就在领导全系的工作。

只是,在当时,系里的事情还是由系主任做主,所以教师支部书记没有后来总支书记那样的权威。再加上培恒兄又是个书生型的党员,讲话常带幽默感,喜欢开玩笑,简直不像个共产党的领导干部。事实上,我们也没有把他当作领导看待,还只当他是高班同学。有一位潘行恭同学,曾用施荆的笔名在《人民文学》上发表过一篇描写大学生活的小说,其中一个人物就以章培恒为模特儿,从中大致可以看到这位支部书记当年的丰采。

虽然他身上的知识分子气味比较重,但复旦党委还是很欣赏他,仕途前景看好。因为他的记忆力强,思路清晰,汇报工作时,不用看本本就能把中文系的情况说得清清楚楚。有一次党委副书记王零询问中文系在学生中发展党员的情况,问得很仔细,对52级同学更是一个人一个人地问过去,章培恒刚听过团支部书记的汇报,印象尚新,所以能够随口说得出来,王零一听,大为赞赏,认为他是个难得的干部人才,于是着力加以培养。不料到得1955年,风云突变,由于胡风案件的牵连,他却变成了审查对象,从此走上了另一条人生道路。

二

章培恒其实并不认识胡风,他的涉案,是由于他的老师贾植芳的关系。贾植芳先生有过与国民党政权斗争的历史,受过他们的迫害,坐过他们的监狱,又帮共产党做过一些好事,所以在建国初期还算是一位进步教授,担任复旦中文系现代文学教研室主任的职务,领导着方令孺、余上沅这些知名教授。他所讲授的"俄罗斯—苏联文学"、"中国现代文学"和"鲁迅研究"等课程,深受同学的欢迎。他又热情好客,乐于助人,所以经常总有一批青年学子围绕在他的周围,章培恒也是其中之一。贾植芳先生因投稿而认识胡风,后来成为相知的朋友,胡风案件一起来,他自然在劫难逃,在《人民日报》所公布的《关于胡风反革命集团的材料》(先称"胡风反党集团")中,被指为胡风集团的骨干分子。而中国的办案,一向有所谓株连法,于是,凡与贾植芳先生接近的学生都遭了殃。

当时只听说,章培恒的问题是向贾植芳通风报信,泄漏了党的机密。后来我问过培恒兄:你泄漏了什么样的重要机密呢?他说:"我曾说过:批判胡风,是中央的决定。"但这算是什么机密呢?只要不是政治白痴,谁都看得出来,这么大的阵势,若不是中央决定,能发动得起来吗?真是欲加之罪,何患无辞!

不过,他还做了另外两件事,那真是不识时务之极,应该算是他的"严重罪状"了。

一是《文艺报》和《人民日报》在1954年12月份发表了周扬在中国文联主席团和中国作协主席团扩大联席会议上的讲话《我们必须战斗》,这是全面批判胡风的信号,大家都在认真领会,仔细辨察,紧紧跟上,以免犯错误,而章培恒却不能同意周扬的无理批判,写了一篇反批评文章,投给《人民日报》。

《人民日报》当时大概还不想钓这种小鱼,所以文章没有发表,倒寄给他十块钱的退稿费。那时大学生一个月的伙食标准是十二元五角,这笔退稿费不能算少。章培恒把退稿费用掉了,但政治上却被挂上了一笔账。

二是他还写过一篇文章,批评《文艺月报》上晓立对于路翎小说《洼地上的战役》的批评。这篇文章没有投出去,但却把内容告诉给老同学王聿祥。王聿祥很欣赏章培恒的见解,回到他工作的新文艺出版社之后,就把这事讲给社里的编辑刘金听,刘金的革命警惕性很高,马上写了一篇《感情问题及其他》来批判这篇没有发表的文章,而且还以此为书名,赶出了一本书,并在附记中进行政治上纲。新文艺出版社被称为胡风派的老巢,当时对这个问题特别敏感,马上把材料转到复旦来,当然也成为章培恒的一条罪状。王聿祥在肃反运动中也遭到审查和处分,既因他与贾植芳、耿庸有所来往,也与他的这类思想观点有关;后来在反右运动中,又被划为"右派"分子。

从这两件事看,章培恒虽然做着政治工作,其实却完全不懂政治;虽然担任了党支部书记的职务,但并不懂得党内的"吃饭规矩"——这"不懂吃饭规矩"的说法,是王零在训斥手下干部时常用的,这种训斥,被看作是对手下干部的爱护。

章培恒当时是满脑子的自由、民主思想,什么事都想进行平等的学理讨论,真是一个书生气十足的人。而且,他个性倔强,没有想通的事决不肯转弯,因此在政治风浪中翻船也是必然的。

1955年5月15日贾植芳被抓进去之后,领导上就要章培恒写检讨。但章培恒还没有从文艺论争的思路中醒悟过来,并不把它当作一回事。不久,党委副书记王零到章培恒家找他,说车子就在下面,我们一起到高教局去开会。到得高教局,王零就把他交给局领导舒文。舒文叫他留在高教局写检讨,由复旦人事处的人陪着。这就是说,章培恒已失去自由了。两三天后的一个晚上,他们又用小汽车将他载到一个公寓里。因为车子拉着窗帘,看不清外面的景物,所以不知道到了什么地方。但凭他作为一个老上海的感觉,大概是在建国西路一带。公寓相当高档,比家里舒适,虽有两个人看管着,但在生活上还受到优待,饭由他们打来吃,可以叫他们买东西,还可以一起打扑克。但毕竟处于被隔离状态,生活的优待并不能给他带来好心情,所以他在写检讨之余,大抵一个人玩"过五关"的游戏,不知是为了解厌气,还是想要推测自己未来的命运。

这样的过了十来天,又把他送回复旦,当然是继续检查。但他觉得已经没有什么好写的了,就大看其《红楼梦》。看着看着,忽然对贾宝玉、林黛玉的年龄感起兴趣来,于是就偷偷地写了考证文章。文人的笔,本来就不是写检讨用的,写了这么多天言不由衷的检讨,厌烦已极,转而写学术文章,当然是很愉快之事,得意之余,就与别人吹了起来。当时还在运动高潮中,自然很快就被汇报上去,成为对抗审查的罪状。

那时的办案,不是法律办案,而是运动办案,政策办案。所以并不是事情交代清楚之后,就能根据法律条文来结案的,而是要等待运动的结束,等待处理政策的下达。虽然章培恒的问题并不复杂,其实也并没有违犯法律,但总要说他没有交代清楚,一直拖到运动后期才能处理。1955年11月,复旦党委将章培恒定为胡风分子,开除出党。后来又把他的材料送到市里,上海市委反胡风运动领导小组则将他定为"受胡风影响的人"。按上面的这种定性,章培恒是可以不开除党籍的,但党委分管这一工作的人没有把新的结论告诉章培恒,使他无从就党籍问题提出申诉。估计杨西光、王零等复旦党委的主要领导,对此事的来龙去脉也不很清楚,所以他们虽从爱才的角度出发,想要把章培恒重新发展入党,却不能根据新的结论来恢复他的党籍,而他们要将他重新发展入党的意图,又遭到一位工农出身的党委常委——后提为党委副书记的葛林槐的坚决抵制,一直没有实现。章培恒是直到1979年才得以恢复党籍。当时的风气是"左"比"右"好,"左"是革命的,"右"是反动的,即使是党委主要领导有着保护之心,有时也要避开"左"的锋芒,以免伤着自己。

三

章培恒被定为胡风影响分子并被开除出党之后,当然做不成领导干部了,就从中文系调到图书馆去工作,在期刊室整理期刊。后来图书馆成立了一个参考研究室,就把他调到这个室去搞古籍编目。室主任吴杰是日本史专家,但他治学范围很宽,在版本目录学上也有很深的造诣,章培恒在他的指导下,参加《古籍简目》的编纂工作,其中"经部"和"史部"中的方志部分,都是章培恒编的。而且还编过一份德国诗人海涅的年谱。在这里,章培恒打下了版本目录学的基础,开始了对中国古典文学的系统研究。

章培恒原来所学甚杂，基础也并不扎实，转来转去，转了很多专业。他在中学里读的是商科，但又并非出于内心的喜爱，只是为了录取的方便。他父亲要他到上海中学读书，那时上海中学是分科的，分为四科：文科、理科、商科和普通科，其中商科最容易录取，他就考了商科。校长孙福熙是他父亲的表哥，事先说好，进去之后再帮他转科，但入学后孙福熙却说是他搞错了，学校规定是不能转科的，连自己的女儿也无法转，当然只好作罢。章培恒读了一年商科，觉得实在没劲，"成本会计"这门课还考不及格，不愿意再混下去了，只好退学。当时各类私立大学很多，也容易进，他进了民治新闻专科学校，但读了不久，又觉得自己不适宜搞新闻采访，不想再读下去。恰好这时民治新专要并入复旦大学，也就不存在转学的问题了。但复旦方面认为民治的学历不正规，教务长周谷城提出要验证学生的中学毕业文凭，不交文凭就要考试或留一级。章培恒在上海中学没有读毕业，当然没有毕业文凭，他又不愿意考试或留级，就转到上海学院读中文系二年级。好在上海学院既不向他要文凭，考试也形同虚设，他就这么混进去了。但在上海学院读了半年，他又不想读下去了，要求退学，想去读医科。校方不同意，没有退成。这时，他生了肺病，就休学养病，养了不久，恰逢全国院系调整，上海学院也并入复旦大学。章培恒说他实在与复旦有缘，跑来跑去，还是跑到复旦来了。

章培恒原先并不是一个很用功的学生，在上海学院时，他就不大去上课，经常到地摊上买书看。那时正是一个大变动时期，卖出来的书很多，书摊上什么书都有，他也就什么书都读。章培恒不像那些标榜家学渊源的学者，自称有扎实的国学童子功，他的学习，倒是从白话文入手的。他在建承中学读初中时，语文老师孔彦英（茅盾的内弟）说："你们好好念白话文，白话文念通了，学文言文是很容易的。"所以章培恒那时读的是白话文，到高中之后再念古文，倒也不觉得有什么困难。做书摊读者时，则是白话、文言兼而读之。直到后来，他还认为：训练逻辑思维，学文言不如学白话。

进入复旦之后，章培恒仍是一边养病，一边学习。那时中文系的课程侧重于古代文学和古代汉语，但同学们受了时代思潮的影响，却普遍重视现代文学和俄苏文学，贾植芳先生之所以深受同学的喜爱，既由于他个人的魅力，也与他所教的课程有关。章培恒喜欢独立思考，常提出一些常人未见的问题，所以很受古代文学教师的注意，朱东润先生在他的自传里，还特别提到章培恒独特的课堂提问，可见印象之深。但章培恒更喜欢现代文学，受贾植芳先生影响更深些。那时，他的学术志向是要从事三项专题研究：一、鲁迅研究，二、胡风文艺理论研究，三、屈原研究，前两项就属于现代文学范围。

但现代文学离现实政治太近，鲁迅虽然不会倒，而鲁迅研究却仍是是非之地，胡风已经被打倒，他的理论当然不能再研究了。章培恒只能转向古代文学研究，在图书馆里搞版本目录，倒也并不浪费时间，版本目录学正是古代文学研究必需的基本功。

复旦党委的主要负责人杨西光、王零还是爱惜章培恒的，没有让他在图书馆待多久，到1956年10月，就把他调回中文系做教师,准备在业务上培养他——虽然他还在图书馆兼了一段时期的工作。

所以章培恒回系之后,日子倒也并不难过。当然,有了那么大的政治包袱,总要冷冻一段时期,才能起用,这倒给他留出一段读书时间。刚开始时,让他做蒋天枢教授的助教。蒋先生是陈寅恪的学生,强调打基础,要求扎扎实实地做学问,他给章培恒订了个三年读书计划:第一年,读《资治通鉴》和《说文解字》;第二年,校点《史记》,读《尔雅注疏》;第三年,校点《汉书》,读《尔雅义疏》;同时在这三年内还要看一些版本目录学方面的书籍。三年后再校点《后汉书》、《三国志》,读《方言》等等。蒋先生说:你把基础打好后,研究先秦两汉也行,研究元明清也行。

章培恒在蒋先生的指导下认真读书,真是到了"两耳不闻窗外事"的地步,连1957年春天那么热闹的大鸣大放,他也莫知莫觉。因为当时他基本上不看报——只在包饭的小饭馆里吃饭时,随手翻翻饭馆里订的《劳动报》,而《劳动报》是不登鸣放文章的,所以他没有受到鸣放气氛的鼓舞。有些规定要参加的会议,他当然不得不参加,但他那好表示不同意见的脾气倒帮了他的忙。一次,赵博源发言道:"现在用人,反而不如过去科举时代,考科举凭本事,现在要政治审查。"章培恒就接上去说:"科举考试之前也要审查的,并不是报了名就能考,如奴才的儿子、戏子的儿子都不能考。"到得反右阶段,章培恒自然是有些人注意的对象,在领导层讨论时,他的老同学、中文系党总支副书记蔡传廉就引证上述发言,汇报说:"章培恒还是有抵制的。"这样他就过了关,仍旧"囚首垢面"而读诗书。那时他胡子不常刮,头发也不常理,属于鲁迅所说的"长毛党"一类,显得很老态,我们同辈青年教师戏称他为"章培老",或"培老",他也似应非应,一笑置之。倒是现在真的老了,却没听见有人称他为"章老"或"章培老"。

四

但他闭门读书,也只读了两年。"大跃进"开始之后,他的蓬门又被敲开了。那时复旦将一批老教授当作白旗拔了下来,把一批青年教师推上了教学第一线,章培恒自然也在其内;而文科各系又发动学生大编教材,要青年教师投入其中,章培恒自不能幸免,他参加了《中国文学史》和《中国近代文学史稿》的编写工作,特别是后一本书,他协助主持其事的鲍正鹄先生,做辅导工作并参与统稿,花了很大的力气。当时所编的教材虽然都是以学生编写组的名义出版,但章培恒借此机会熟悉了中国古代文学史和近代文学史的部分资料,并对一些问题作了思考,也有所收获。后来,那篇产生了很大影响的文章《关于李伯元评价的几个问题》,就是这种思考的结果。

由于章培恒在教学和集体科研的活动中表现出色,他的政治待遇也随之发生变化。复旦党委开始起用他了。1963年搞"小四清",他下乡没有几天,就被调上来参加杨西光领导的上海市文科教材办公室的工作,《文学基本原理》和《中国历代文论选》的审查报告就是他起草的。接着而来的两期"大四清",他也总共只参加了半年。复旦党委并指示中文系总支,要重新发展章培恒入党,所以总支书记徐震就特别器重他。

1966年3月,章培恒在《光明日报》上发表《关于李伯元评价的几个问题》一文,不久,《解放日报》和《文汇报》都加上按语加以转载。当时从上面传下来的消息说,两报的按语是根据毛泽东就章文的批示精神写的,虽然外界不知道毛泽东批示的内情,但报纸上这种做法,在当时确是少有的,而按语的口气也非同一般,所以章培恒的影响就很大了,复旦也就更有理由来重用他。章培恒被树为复旦文科又红又专的标兵。

章培恒是一个很重感情的人,杨西光、王零如此器重他,当然很使他感激。后来,在民间舆论上对杨西光在复旦的整人行为和霸道作风多所谴责时,他却撰文赞扬杨西光的政绩,也确是他的真情实感。人本来就是复杂多面的,政治人物更加如此,培恒兄从自己的经历和感受出发,对杨西光的积极面看得多一点,也是人之常情。

但复旦党委还来不及重新发展章培恒入党,"文化革命"就开始了。那个时候,杨西光、王零自身难保,当然顾不及章培恒了。重点培养章培恒,则成为他们"招降纳叛"的罪行之一。后来,在"清理阶级队伍"运动中,章培恒成为被清理的对象,打入了劳改队,跟"牛鬼蛇神"们一起劳动。好在那时的打击面很宽,无论是劳改对象或清理对象,都是阵容浩大,各人所受的压力也相对地减小了。但后来,将他与谷超豪、华中一三人作为白专典型,拉到全校大会上去批斗,就相当触目了。但白专典型有如臭豆腐,闻闻有点臭,吃吃还是香的。所以这样的被批斗,也并不太难堪,以致在批斗会上,章培恒还有闲情来观察场景,由他们和主批对象王零之间的阵势排列而联想到旧戏舞台上兵将列阵的架势,谷超豪则还能在心中发出这样的感慨:"中国的重理轻文真是到了无孔不入、无药可救的地步,连分配白专道路的代表名额,也是理科两个,文科只有一个。"

而且,这种批判会,往往预示着审查的结束,接下去就是安排使用。谷超豪、华中一是安排到理科大批判组,章培恒则参加五七文科试点班的教学工作。上面认为这个试点班办得不错,接着就正式招收工农兵大学生。当时正处于文化荒芜、知识饥渴时代,工农兵学员的任务虽说是"上、管、改",但他们总还想要学点东西,所以对有学识的教师还是欢迎的。他们与章培恒相处得不错,这样一直到"文化革命"结束。

五

"文革"结束,章培恒的命运完全改观。特别是在胡风集团案平反,他恢复党籍之后,复旦党委提拔和使用起来,就没有什么顾虑了。1979年10月,章培恒被派到日本讲学一年,这在当时算是殊荣。更加难得的是,为了使他在讲学时能够有个高职称头衔,复旦校方特地要学术委员会为他单独先行评审,提升为副教授,而在次年9月他回国之前,又在正常评审的一轮中,将他提为正教授。这在复旦是比较特殊的,当时我是校学术委员会委员,参加了这两次评审会议,印象较深。在赴日讲学之前,章培恒又出版了他多年积累之作:《洪昇年谱》,他在日本讲学也产生了很大的影响,为复旦争了光,这使复旦领导很高兴,学报上还有专门的介绍。

我国惯例,凡是一个人出了名,就一定要给他个官当当,这才显得领导上的重视。章培恒回国之后不久,就当上了中文系副主任,隔了一年光景,又接任系主任。那个时候还没有普遍推行干部年轻化的制度,这样的职务一般是由老教授担任的。"文革"结束后我系第一任主任是朱东润先生,那时他已八十开外了,不过他是"文革"前的系主任,"文革"初期被打倒,现在官复原职,带点恢复名誉的意思。不久就由常务副系主任胡裕树先生接替。胡先生当时也已有六十多岁,上任之初发表施政演说时,还说要朱老"传、帮、带",虽属谦虚之辞,亦显惶恐之情。现在这个职务一下子传给四十多岁的章培恒,在当时就算是大胆的举动。朱老还特地对我说:"我们把这么重的担子交给培恒,我是信任他的,相信他一定会做好系里的工作。"

当时章培恒在学术界已经是个忙人,本来说要设个常务副系主任来处理日常事务,但是并未实行,而章培恒大概也不愿做挂名系主任,他想有所作为,要实行改革。

记得他上任不久,曾对我说:"现在有些课程质量不高,同学很有意见,我想请你们几位受同学欢迎的教师多上点课,我将我有权支配的奖金集中起来,把你们的工资加到副教授的最低水平,好吗?"那时实行的还是1956年制订的工资标准,上海属八类地区,副教授最低工资是一百五十六元五角,而我虽已当上了副教授,工资还只有八十多元。能加将近一倍的工资,当然是大好事,但当时每人的奖金不过是几块钱,要集中多少人的奖金来加在我们身上啊,这在长期吃大锅饭的地方,能行得通吗?所以我当场就拒绝了,笑着说:"你想把我们放在炉火上烤啊！我可不想被烤焦掉，宁可不拿这个钱，还是少上一点课，与大家一样的好。"这个计划也就没有实行。

还有一次，章培恒忽然问我："你与范伯群、曾华鹏关系怎么样，能相处吗？"我说："他们是我师兄，关系一向很好。你有什么事？"他说："我想把他们二位调到复旦来，再把你调到现代文学教研组，加上这个组原有的潘旭澜，你们四个人合作搞一个学科点，再培养几名青年教师，力量就很强了。"我一听，连声叫好，催他赶快办。培恒兄也是说干就干，但是事情却并不顺利，最后是卡在人事处，曾、范二位没有能调进来，这个计划又流产了。

另有一件事情倒是被他办成的，这就是从系里调出四位教师，支援其他高校。本来，人员流动在复旦是常事，留下的助教不一定都长期在复旦工作，而且还不时向新建的高校支援教授、讲师，几乎每年都有，各系都有。但到"四清"和"文革"期间，这种正常的人事流动却被冻结住了，只有贬谪性的"四个面向"之类。所以这四位教师的调出，震动很大，意见纷纷，章培恒也受到很大的压力。严重超编、人浮于事的教师队伍也就无法整顿下去了。

系主任任期满了之后，章培恒不愿再干下去了。那时，国务院古籍整理出版规划小组已经恢复，国家教委高校古籍整理研究工作委员会也已成立，他是这两个机构的成员，并担任了后一个委员会的副主任。古委会拨下经费来，在复旦成立了古籍整理研究所，章培恒就专职去做这个研究所所长了。

六

　　中国是有着古老文明的国家,但这古老文明却把一些人教得非常圆滑,不敢讲真话,不肯担肩胛,不能主持公道,特别是有了一官半职之后,更是谨小慎微,有时明知不是那么一回事,也不敢对上级讲一点不同意见。但章培恒却有些不同,他虽然读了不少古书,而且当上一个所谓"中层干部",但还具有是非之心,而且敢于讲话。在他当中文系主任时,有一位调到本校别的单位的教师,忽然扬言我在整他,据说是他要求调回中文系,而被我顶住,想把他赶走。我很惊讶,就去当面质问他:"我以前有权整人时,有没有整过人?有没有整过你?"他说:"没有。那时,你对我是很照顾的。"我说:"在那个整人的环境下,又有整人的权力,我都没有整过人,现在是什么时候,我怎么会整你呢?我现在不担任任何职务,又有什么权力整你呢?不要听别人挑唆呀。"他听了倒也点头称是。但不久,在别人挑唆下,他还是说我整他,而且告到校长那里。校长谢希德不但听信了,而且在一个干部会上下令追查此事。真正与此事有关的一位干部,当场不敢吭声,章培恒却站出来说:"此事与吴中杰无关,他不当干部,无权参与这类事。这件事是我处理的。我拒绝那人回中文系是有根据的。不久前系里人事调整时,我与总支书记等一起找他谈过话,希望他回系工作,他不肯回来,当时就说好,现在不回来,以后就不能再回系工作了,他本人表示同意。我现在就在执行这个协议办事。如果订好的协议不能执行,以后我还怎么工作?"谢希德知道真相后，也就不再说什么。事后我得知此事，就对培恒兄发感慨道："我们的校长还是个科学家呢，头脑怎么这样糊涂？这件事只要按逻辑推理就可明白的，还要搞什么追查！"培恒兄却说："老兄，这只能说明你自己头脑糊涂。你想想看，如果我们的干部都能有清楚的思辨能力，我们的学校不老早就办好了吗！"这一下，倒批得我无话可说了。

但有时章培恒也并不进行正面抗辩，而用迂回战术。有一次，研究生院从文理科各请了几位教授组成专家小组，审查各系上报的优秀博士论文，准备向市里推荐。中文系上报的论文中有一篇是研究胡风文艺思想的，理科一位教授发言道："胡风事件虽然是个冤案，但胡风的文艺思想还是有问题的，这篇论文不宜推荐。"章培恒当然不同意这种看法，但他自己并不直接发表意见，却把皮球踢到我的面前，说："吴中杰教授是这方面的专家，请他发表意见吧。"我对胡风文艺思想其实并无专门研究，但他既然这样说了，我也不能不说几句。我说："我以前受1955年批判运动的影响，也以为胡风的文艺思想是错误的，前几年因为研究中国现代文艺思潮，重新看了胡风一些著作，发现他的许多理论观点，都是从鲁迅那里来的，比如他的'精神奴役创伤'论，就是从鲁迅的'国民精神劣根性'理论中衍化出来的，只是提法有所不同。而且送上来的这篇论文我看写得也还不错。"那位理科教授听了我的发言后忙说："既然胡风的观点是从鲁迅那里来的，那当然没有问题。"这样，那篇论文就通过了，后来还评上了上海市优秀论文。不过，章培恒这次踢皮球，也确实有他的不得已处。他是受胡风案牵连的人，自己不便出面主持公道，他读过我的《中国现代文艺思潮史》，知道其中有一篇谈胡风现实主义理论的文章是持上述论点的，所以把我推出来说话，达到辨明是非，保护学生的目的。

章培恒无论是当中文系系主任，还是当古籍所所长，有了一点小权，倒并不用来为自己谋利益，却愿意帮别人解决困难。特别是对于青年教师，他很肯提携帮困。这里举两件我直接有过接触之事。

一是帮中文系青年教师陈尚君把夫人调入复旦，解决两地分居问题。

那时，陈尚君还是助教或讲师，他的夫人在郊县工作，两人不能生活在一起。有一天晚上，贺圣遂到我家串门，偶尔谈起陈尚君为此而苦恼的心情。内子高云说，他们国际文化交流学院还有空额，她可以向院长老蔡推荐一下。小贺那天聊得很晚才走，但不一会却带着陈尚君回来了。原来小贺从我家出去，直接就到尚君处通报，尚君得到这消息很兴奋，连夜来落实此事。我说："老蔡是我的老同学，我知道他的脾气。高云去推荐，他是会考虑的，但老实说，我们的面子还不够大，此事最好叫章培恒再出面关照一下，那就十拿九稳了。"大家点头称是。第二天，尚君就来告诉我："章先生说，不必去找老蔡，他们古籍所还有空名额，可以调入。"不久，尚君夫人就调入复旦古籍所，尚君也可安心做他的学问了。后来我与培恒兄谈起此事，他说："你还不知道老蔡做事一向按部就班，而这件事却要抢时间。我们的政策多变，我怕一慢，就调不进来了，所以赶快去调，总算解决了问题，再迟一些，就不行了。"

二是为古籍所中年教师争取高职称名额之事。

有一年，我到金华浙江师范大学讲学，他们正要聘请章培恒做客座教授并兼一个研究所的所长，已经联系得差不多了，听说我与章培恒能对得上话，就要我打电话去促进一下。培恒兄在电话里说："我准备在复旦办离休手续，到浙师大去做专职教授。"我一听，乐了，说："你开什么玩笑？"他说："真的！我已打了离休报告。当然并不为浙师大聘请事，主要是因为这次评职称校方只给我们所一个教授名额，而我们这次至少必须上两名，所以我决定退下来，腾出一个教授名额来让年轻人上。"我说："好，有侠气！不过复旦是不会放你的。"因为在他身上有许多资源。除了古委会的职务之外，他当时还是国务院学位委员会学科评议组的成员，又担任着各种基金会、评奖委员会的委员，连古籍所的经费也是冲着他拨下来的，他要走人，完全可以把这个所带走。果然，复旦不同意他离休，只同意他到浙师大兼职。但教授名额却给古籍所增加了两个。有人说，章培恒这着是险棋，如果复旦校方果真同意他离休怎么办？以我对培恒兄性格的了解，到那时，他是真会办了离休手续到浙师大去工作的。

正因为章培恒肯为青年人办事，所以在他的周围，就有不少追随者。他俨然成为青年学子的领袖。

七

章培恒很有豪情，喜欢喝酒，而且酒量不小，至少我从来没有看见他喝醉过。他在70年代末曾经发表过一篇文章，说他酒渴难耐而身边缺钱，只能买七块钱一瓶的尖庄酒来解馋。

以前我在有关曹雪芹研究资料里读到过"酒渴如狂"的描写，原以为这只是艺术家的夸张之辞，读了培恒兄的文章，才知道确有酒渴之事。我问他怎么养成喝酒习惯的，他说他祖母喜饮，在他幼小时就常用筷子沾酒给他尝，再加上他父亲开有酒坊，取酒非常方便，所以他从小就能喝酒。

改革开放以后，知识分子之间的交往渐多，大家一起喝酒的机会也就多了起来。上世纪80年代初，中山大学吴宏聪教授到上海开会，贾植芳先生、培恒兄和我一起请他在复旦招待食堂吃饭，已经喝过几瓶啤酒了，培恒兄又去买了两瓶加饭酒，宏聪先生不知绍兴老酒的后劲足，初尝之下，觉得度数不高，也就放胆大喝起来，不料喝得大醉，吐得一塌糊涂。他回广州之后，贾先生还写信去慰问，消息泄漏出去，被吴师母知道了，就把吴先生狠狠教训了一通。

但培恒兄说，吴宏聪先生本来就不会喝酒，喝醉了没有什么稀奇，他最得意的是与何满子一起喝酒，何先生三次败阵，而何先生在文人学者中是以善饮闻名的。第一次也是吴宏聪先生来沪，章培恒请客，何满子先生等作陪，喝的是绍兴黄酒，这回宏聪先生有经验了，不敢多喝，何满子先生却喝得大醉。但何先生不服气，说他是专喝白酒的，不能喝黄酒，所以醉了不能算数。第二次，他们喝的是竹叶青，何先生又喝醉了。竹叶青是白酒，但有些甜味，何先生说，他是不喝甜味酒的，所以也不能算数。第三次是电视剧《三国演义》剧组请一些专家提意见，朱维铮带了一斤董酒，他们请何满子先生一起饭后小酌，董酒既是白酒，又无甜味，应该合何先生胃口的了，但何先生过来一看，说：你们怎么没有菜光喝酒？没有菜，我是不能喝酒的。这次是不战而屈人之兵，培恒兄洋洋自得。

我的情况与培恒兄恰恰相反，我母亲自己不喝酒，也不让我喝酒，所以我从小没有酒量。培恒兄觉得我不会喝酒是一大缺点，有一次在酒宴上，一位青年教师问他："吴中杰老师好打抱不平，是否可算大侠？"他说："可惜吴中杰不会喝酒，他不能算江湖大侠。"培恒兄声言要培养我的酒量，而且倒真是实行起来，不断教我喝酒。有几次，已是深夜了，他忽然叫人打电话来，说外地某出版社有朋友来，要我过去商量出版计划，我过去一看，外地出版社朋友确是有好几位在座，不过不是商量什么出版计划，而是一起喝酒聊天。但无论他怎么培养，我的酒量仍旧毫无长进，这很使他失望。直到后来，培恒兄生病了，一喝酒就发病，所以只好戒酒，有时朋友聚会，他看着我们喝酒，自己只好喝黄瓜汁和矿泉水。我想，这要有相当的毅力，才能克制得住酒瘾，但也一定是很痛苦之事。不过他倒是坚持住了，做到了滴酒不沾。

八

但培恒兄的发病，并不完全是因为喝酒之故，主要还是工作太忙。他办事认真，不肯马虎，所以做得很吃力。有些人当了教授之后，就不肯上本科生的课程了，做了系主任，更是喜欢指挥别人去做，培恒兄却是"身先士卒"，在教学和科研上都做出榜样。到古籍所之后，虽然没有本科生的课，但他仍坚持给研究生上课。而且事必躬亲，不肯让助手代劳。大约在 80 年代末的有一天，我听说培恒兄心脏发病，就到他家去探病，我以为他正躺着静养,但进去一看,他却坐在凌乱的书房里埋头校对《全明诗》第一卷。我说:"你这算是养病啊!校对的工作,为什么不让所里的青年人来做呢?"他指着一首诗给我看,说:"像这句诗的错误,不是熟悉背景材料是校不出来的。我总要自己校一遍,才能放心。"

类似的事情还很多,我就提醒他:"食少事烦,岂能久乎!"他却说:"这些工作堆在身上,不做也没有办法。"这真是"人在江湖,身不由己"啊!果然,后来终于总爆发了。他小便经常见红,住院一检查,是前列腺癌。我听说之后,忙到医院去看他。在进门之前,我提醒自己:在癌症病人面前,应忌讳说"癌"字。但一见面,他马上告诉我,他得的是前列腺癌,而且详细地告诉我他发病的情况,检查的经过,讲得很坦然,真乃通达之人也。

但在养病方面,他却并不通达。他用一种药物控制住病情之后,仍旧紧张地工作。除本职工作之外,还有许多临时性的工作。有一次,市里委托他起草一份文学方面的发展规划,他仍是自己开座谈会,自己写计划书。我说:"你能否放手发动群众,让你的助手们来做?"他说:"我们所里的人,对古典文学还内行,但对其他学科却并不熟悉,还是我自己来吧。"又有一次,星期天下午三点钟,我到他的办公室拜访他,他正在与两位青年教师一起修订古代文学研究中心的规划。见我进去,就说:"对不起,我还没有吃中饭,我一边吃一边聊天吧。"他吃的是面包夹奶酪,没有小菜。我说:"你这么干,不要命啦?"他说:"研究基地要复查了,规划不赶快搞好不行啊!"

培恒兄领衔申请到古代文学研究基地,对复旦是一大贡献，但对他本人，却是一个大包袱，背得太沉重了。我有时想，像培恒兄这样受到领导器重，到底是一件好事呢，还是一种负担呢？

不过，在我们这辈人中，人生道路是很难自己选择的。我曾对培恒兄说："如果没有1955年的事，你大概会沿着总支书记、党委副书记这条阶梯一路上去，现在说不定当上什么大官了，但却做不成学问，成不了学者。"他说："这也未必。后来那么多的政治运动，凭我这种脾气，肯定不能过关，总有一次要跌跤。如果1955年不跌倒，说不定以后会跌得更惨。"这话说得不无道理，看来，他也只能走学者这条路。

北邙山上一片叶
——记叶鹏兄

经历过许多磨难之后,老同学们有机会相聚,总是怀恋50年代中期上大学时的日子。这并非单纯的怀旧,而是因为那段时期对于知识分子来说,的确有值得怀念的地方。

虽然1952年的思想改造运动,已经伤害了不少知识分子,单就复旦中文系而言,就有人上吊,有人跳黄浦,有人从此不再上课——许多教师的心里都留下一道道伤痕。但到我们在1953年入学时,大部分教师都已重新被起用,而且因为第一个经济建设五年计划上马,国家急需大批人才,因而对教育还比较重视。评级定薪之后,一级教授的工资有三百六十元,六级副教授也有一百六十五元五角,比起二三十年代教授的实际工资来,虽然降低了不少,但较之当时其他行业,却仍然高出许多。当时一般职工的工资只有几十元,即可以养家糊口,如果一家有近百元的收入,就算相当富裕的了。所以教师——特别是教授,的确可以算是令人羡慕的职业。由于经济建设的需要,领导上也鼓励学生学好文化知识来为祖国效劳。那时,我们真是抱着一片赤诚之心,努力学习,对于前途充满着信心。

在这种氛围之中,有钱的哥儿和有权的干部在人们心目中都没有太高的地位,而学习成绩出众的同学却随处受到青睐。在我们班级中,有几位同学家中是很有些钱的,日子过得相当特殊化——当然是就当时的水平而言,但却没有引起人们的羡慕;有一位苏北老区来的同学,常常摆出一副老革命的架势,以改造者自居,结果是没有人去理睬他,弄得他很孤立。而最受人注意的倒是浙江海边来的一位才子——叶鹏。叶鹏能写会画,文思敏捷,在温州读中学时,就在报纸上发表过文章,入大学不久,即以优异的学习成绩赢得了同学们的尊敬。——这里所谓优异的成绩,并非指每门功课都达到五分(当时学习苏联记分法,用的是五分制)的全优者,盖因那时的风尚是重在实际的研究能力,尚无全优成绩的意识,所以对于追求门门五分的"全优者",倒反而有点瞧不起的意思,觉得他们没出息。叶鹏的成绩并非全优,但他悟性极高,理论思维能力很强,在一年级时写的读书报告,就显示出相当高的水平来。

当时正处于社会转折期,许多同学家里经济状况都不佳,无钱供子弟上学。好在吃饭是公费的,穷学生还可以申请每月二至四元的零用钱,我和叶鹏都是靠这几个钱来应付日常费用的。虽然手头紧一点,但日子还是过得相当愉快。那时候的伙食标准是每月十二元五角,已经使我们吃得非常满意了,每餐除了划卡领取的荤素菜之外,还常有随便取用的黄豆肉骨头汤,上海同学对此往往不屑一顾,而我和叶鹏等几个外地同学则聚在一起,一碗又一碗地大吃起来。所以大家体重都增加了许多。我们班有一位王克起同学,是市级运动员,每天课外活动时总要抓住我和叶鹏,还有一位单桂茹同学,陪他一起跑步。运动之后,胃口大开,记得有一次吃馒头,我与叶鹏、阿桂,每人吃下九至十一个二两馒头,克起自然吃得还要多一些。——那时学生食堂吃饭不定量,可以随便取用,亦是一大快事。

在衣着上,叶鹏似乎比我们好一些。因为他母亲做裁缝,手艺很高,除了中山装之外,还给他用旧呢料翻造了一件呢大衣,穿起来很像样。但是里面的毛线衣是破的,袖口不断地掉线,叶鹏又不会织补,只好把掉下的毛线圈成一团,塞在袖子里。有一回几个人一起上街,大家边走边聊,正吹得高兴,叶鹏袖子里的毛线团忽然掉了出来,拖在马路上,拉得很长很长,大出其洋相。好在此事除了周围几个要好的同学知道之外,别人并不知晓,所以并不影响他在女同学面前的形象。

当然,主要由于他的才华,而非衣着,叶鹏周围很有几个对他表示好感的女学生。但他在温州中学读书时早已谈上恋爱,对象姓李,考上了清华大学,所以叶鹏在一二年级时,除了用功读书之外,还忙于写情书,每周总要写一两封,我们开玩笑说,他的笔头是靠写情书练出来的。那时,他真是陶醉在幸福里。大概是在二年级暑假快结束时,李女士托我们班一位北京同学给叶鹏带来一把很漂亮的玩具挂刀,叶鹏问我们象征着什么,我们一看,都说是情况不妙,对方是要斩断情丝了。但叶鹏硬说是"抽刀断水水更流"。这当然是他自我安慰的话,不久,这场恋爱也就结束了。经过一段时期的感情沉淀之后,叶鹏这才与低班的一位女同学好了起来,而后来却又产生出许多感情的波澜。

我们二年级的暑假放得特别迟,因为这时碰上了一场大的政治运动——反胡风斗争,和由此引发的全国性的肃反运动。这件事对于我们这些少不更事的青年人很有些震动。虽然我们当时还缺乏判断力,对《人民日报》的"编者按语"是绝对相信的,但毕竟因为周围的人被卷进去了,总难免有所惶惑。贾植芳先生是我们所尊敬的老师,忽然变成了反革命分子,而且很有几位业务拔尖的学长,因为与贾先生接近而受到了牵连:系教师党支部书记章培恒被开除党籍;施昌东被抓进了监狱;范伯群和曾华鹏也受到处分,并分配到外地去了。这种情况,在叶鹏的心中引起的波澜自然更大些,因为施昌东是他在温州中学时的老同学,关系十分密切,而范伯群和曾华鹏又与他一起编《红色信号》墙报,很是投契。这些学长才气横溢,风华正茂,是我们心目中的学习榜样,现在却都成了问题人物,一下子的确难以接受。

好在这局面很快有所改变。章培恒重新安排了工作——当然只能做业务工作,不能再做党的工作了;范伯群、曾华鹏在《人民文学》杂志上发表了合作的长篇论文《郁达夫论》,并寄了一本给叶鹏——我记得他们还在扉页上题了一句鲁迅

《伤逝》中的话:"我也还未忘却翅子的扇动,虽然比先前已经颓唐得多……"过了一段时期,施东昌也出来了,不久也在刊物上发表了论文。不但如此,而且整个形势都起了很大的变化:党中央发布"向科学进军"的号召,反对个人迷信,提倡独立思考,接着,又提出了"百花齐放,百家争鸣"的文艺、学术方针。这些方针政策,对知识分子是极大的鼓舞,学术空气一下子活跃起来。

在这样的气氛中,叶鹏的心情也随之而开朗,而且大有英雄用武之地了。1956年10月,他在《文艺月报》纪念鲁迅逝世二十周年的专号上,发表了《论〈阿Q正传〉》——这是他三年级的学年论文。这篇论文的发表,引起了很大的反响,给叶鹏带来的喜悦是无可名状的。它在叶鹏的眼前展开了似锦的前程,而且,一下子拿到一百多元的稿费,对于一个每月只有四元零用钱的穷学生来说,简直是发了一笔大财。叶鹏虽穷,但并不吝啬,除了自己添置一些衣物以外,赶快给家里寄钱,还买了很多东西请客,让我们同宿舍的人分享。而且,他也没有陶醉在成功的喜悦里,倒是很能够掌握时机,乘胜追击。他马上将二年级的学年论文《论陶渊明》和一篇读书报告《叙事诗的发展与〈孔雀东南飞〉》也修改出来发表了,并写了其他一些文章,影响自然愈来愈大。

当年的学人远没有今人那么多产,特别是青年人,发表一篇论文已属不易,接连发表几篇,难免就会引起别人妒忌。在那年月,突出的人才总没有好结果的,何况叶鹏身边还有一个女朋友,两人同进同出,一对才子佳人,自然更加惹眼。于是当风向突变,由鸣放转为"反右"时,在我们班级里,叶鹏就首当其冲了。关于叶鹏被打成"右派分子"的缘由,有种种说法,他的妹妹叶文玲还以这段生活为素材,写成一部长篇小说:《无梦谷》,引起轰动;而另一方面,对此又有所非难。其中是非曲直,说来话长,留待他日细叙吧。我这里要说的,只是在批斗叶鹏时,抛出来的一条最严重的材料——他说:"有些苏联专家其实只不过是胡萝卜,可我们却把他当成了象牙。"这自然是极严重的"反苏"罪行。其实,叶鹏只不过把话说得早了一点,数年之后,在全面展开反对"苏联修正主义"斗争时,对苏联的揭露,就远远不止这些了。这使我想起了鲁迅在《文艺与政治的歧途》一文中所说的,文艺家感觉灵敏,有时说得太早,就引起政治家,甚至社会上的人讨厌,必欲除之而后快。

"右派分子"被定为敌我矛盾,叶鹏一入此劫,自然就没有好日子过了。他被分配到河南省,省里将他分到洛阳地区,地区将他分配到孟津县,县教育局将他分配到北邙山上一所乡村初级中学教语文。这对于一个全国重点大学毕业的高材生说来,已经是够委屈的了。不料三个月后,反右运动推到孟津,情况又起了变化。领导上对他说,根据上级指示,"右派"分子不能教语文,问他能否改教代数,他不是数学系学生,不敢揽此活计,就说:"教小学算术大概还能凑合。"于是他被调到一所乡村小学去教算术。一直教到1962年,他摘掉帽子之后,才调到孟津二中去重教语文课。

即使在这样的环境中,叶鹏也并没有灰心。他住在小学旁边一间被烟火熏染得乌黑的烂窑中,用报纸糊了墙壁,用土坯和苇席砌成书架,将他从复旦带来的一千多册图书摆开来做学问。他还在这排书架前拍了一张照片,并在背后题诗云:

"一瓢红薯一瓢秋,半间明月半间书。"这既是现实生活的写照,也是以颜回自况的明志。就在这样的环境中,他写成了三十六万字的《鲁迅小说研究》,八万字的《朱自清论》,八万字的《曹禺论》,还有一种电影文学剧本:《辛弃疾》。可惜,在"文化大革命"开始时,都被付之一炬。

时间虽然已经进入20世纪中叶,但在中国这块土地上,株连之风却仍绵延不绝。叶鹏被打成"右派"分子,株连了很多人。同班同学王克起,因向叶鹏通风报信,也受到处分;叶鹏教初中时的四名学生,曾帮忙推车送书到他要去的小学里去,即因"帮右派推车"罪,不准升学;而受影响最大的则是他的妹妹叶文玲。文玲从小聪明,读初中时,就在刊物上发表小说。她一直崇拜大哥叶鹏,想要像大哥那样考上复旦或北大中文系,将来成为一个文学家。所以我们读书时,她经常给叶鹏写信,叶鹏也常将她的信和照片给我们看,我们都很喜欢她,她也就成为我们宿舍大家的小妹。叶鹏被定为"右派",文玲也被学校勒令退学,先是到海边农场劳动,后来又做幼儿园的阿姨,日子非常难过。直到1962年,叶鹏摘帽回家,才将她带出来嫁给在郑州一所中学教书的王克起。所以文玲对我说,她是大哥做主许配的义气婚姻。但克起真是肩负重担,任劳任怨的好丈夫,他们后来有了三个儿女,这一家子就靠克起做中学教师这一点微薄工资,生活了很多年。

大概是"曾经沧海难为水"的缘故吧,到了"文化大革命"的恶浪起来时,叶鹏虽然照例要受到冲击,但他心里却很平静。当他的校长受不了戴帽游街的污辱,而痛不欲生时,叶鹏倒反而劝他要看得开些,说是戴高帽子自古有之,屈原的"冠切云之崔嵬"就是。甚至当那些无知的学生受了"革命"热情的驱使,把他从复旦带来的藏书和十年辛苦写成的手稿一本本丢入火堆焚烧时,他也无动于衷,冷静地靠在门框上观看。——他已经出离愤懑了!接下来是无穷无尽的批斗和劳动处罚。叶鹏说,那时长期劳动的结果,他几乎连一些常用字也不认识了。有一次,他们在一所学校旁边劳动,休息时,有一位伙伴从窗口上看见一本署名"安平生"的学生作业,来问叶鹏:"宝盖头下面的一个女字怎么读?"叶鹏想了半天,竟想不起来了。后来问一个走过来的学生:"你们班有个叫啥平生的?"才知道这"安"字的读音。这真是中国知识分子的悲哀,也是中国文化的悲哀。

"文革"结束,叶鹏的命运才有所改变。不久,他即调往洛阳师专。1979年秋天,我到西安开会之前,曾对复旦党委组织部长李庆云说,我要过洛阳去看叶鹏。李庆云当年是中文系党总支书记,对叶鹏是了解的,就说:"叶鹏是个人才,我们现在正要用人,你看能否把他弄回来?"我拿了这把尚方宝剑,就去与洛阳师专的书记和校长谈判。书记和校长一起请我吃饭,很客气地对我说:"叶鹏老师是在他右派问题尚未改正之前,我们去调来的,这说明我们是识才的,以后还要重用叶老师。很感谢你们复旦大学对洛阳的支援,还希望复旦以后继续支援我们,给我们再输送人才。"这一席话,说得我哑口无言。而且,叶鹏也对我说,在这种情况下,他实在不好意思硬要走,只好等以后再说了。

这以后呢?洛阳师专乃至河南省领导果然重用叶鹏,不过,压在他肩上的主要是行政工作的担子,而不是学术研究的担子,给他安排的是行政职务和荣誉职务,而不是读书写作的条件。于是,他由普通教师做到教研室主任,由系主任做到校长,后来还被选为全国人大代表、省政协常委,等等,在河南省,以至在全国,都有相当的知名度。叶鹏也全心全意地办学,把洛阳师专办得很像样。1988年,洛阳师专被国家教委表彰为全国优秀师专,叶鹏本人也获得1994年度曾宪梓教育基金奖。但是,他心里总觉得还是缺了点什么,因为他总是记挂着他的文学研究。虽然他忙里偷闲,尽量抽空写作,近年来已出版了两本文学评论集:《文学和风帆》、《文坛掠影》和一本散文小品集《秋林扫叶》,还主编了两本教材,但离开他对自己的期望值,还差得很远。而校长的担子毕竟很重,不能不全力以赴地工作。这样,他内心就充满矛盾。

叶鹏曾对我说,他这一辈子可以划成四个阶段,或者说,四个二十一年:第一个二十一年,是生长和读书阶段;第二个二十一年,是受苦受难阶段;第三个二十一年,全部贡献给了洛阳师专;到时退下来之后,希望再能活上二十一年,这个阶段当静心地研究学问,写出像样的著作来。——他还是想接续青年时代的文学梦啊!但是,毕竟年纪不饶人,叶鹏老矣,近年来身体已经大不如前了,1997年还到上海来装了心脏起搏器,他不复能像年轻时那样意气风发了。好在他晚年有个医生夫人在身边,她是他的中学同学,对他具有监督能力,可以督促他休息。

我想起鲁迅赠日本歌人的一句诗,在此借来送给叶鹏:"我亦无诗送归棹,但从心底祝平安。"

集体项目磨半生
——记顾易生兄

顾易生因和王运熙联合主编三卷本《中国文学批评史》和七卷本《中国文学批评通史》而出名。论起年纪来,顾易生比王运熙还大两岁。但是,对王运熙,我得称他为先生,而与顾易生,则互相称兄道弟了。盖因学校里的叙长幼,有如和尚寺院中的排辈分,不在年龄大小,而以进山门先后为序,此所谓"论资排辈"是也。运熙先生年龄虽比顾兄略小些,但他教过我们年级一个小班的写作课,我就得以师礼相待;而顾兄在复旦读研究生期间,我已经做青年教师了,后来他毕业留校,也与我们一起参加青年教师学习小组,遂视为同辈兄弟。

其实，顾兄出道很早。1940年，他还只有十六岁时，就开始在中国通商银行工作了，1947至1951年，他又在职攻读东吴大学法律系，学的是国际法专业。1952年全国银行实行公私合营，顾兄被调至中国人民银行总部高级干部训练班做辅导员，后来又转至私人业务局做教育工作，并编过内部业务刊物。应该说，建国初期，他的工作还是稳定的。但他总感到不合适。因为他过去学的是商品经济中的银行工作，而50年代搞的是计划经济，两者相距甚大；他在东吴大学所学得的国际法学业，则又因当时海岸被封锁，国门紧闭，也无用武之地。他当时曾做诗自嘲，其中有句云："学成绝技是屠龙"，说的是实情。不但如此，这些国际法知识，有时还会给他带来麻烦。有一次，在全国讨论美国关于中美关系白皮书时，新华社发布的学习文件中说："美国是最早强迫中国给予治外法权的国家之一"，而予以谴责，顾兄指出："治外法权"是指外交官、国家元首、政府首脑等可以不受所在国的法律管辖，而享有各项特权，这是各国共同享受的权利，不能算作不平等条约；"领事裁判权"则规定帝国主义国家在别国的所有侨民都不受当地法律的管辖，而由本国领事按本国法律处理，这才是对弱小国家主权的侵犯。所以，此处的"治外法权"一词，应改为"领事裁判权"方才合适。但这一根据国际法常识而提出来的正确意见，却不被接受，一位领导同志悄悄地告诫他：不要再提这样的意见了！——不过他也没有说，这几篇以新华社评论员名义发表的评美国白皮书的文章，都是毛泽东所写。但这种告诫，实在使人想不通。好在那时大批判之风尚未盛行，否则，情况就很不妙。

渐渐地，顾兄想到要转行了。

但是，转到哪一行去呢？他比较感兴趣的，也比较有基础的，是文学。这与他小时候的家庭教育有关。顾兄的父亲顾诒谷，是中国银行史上知名的银行家，前清京师大学堂出身。因为收入丰厚，且又酷爱文史，所以在儿子的教育问题上投入颇多，一面送他们上正规学校读书，一面又请了国学专家到家里教他们读古文，请了画家来授水墨山水，再请了英国教师来教英语。顾兄在九岁之前就读完《论语》、《孟子》，还读了不少唐诗，且已能做古诗；十岁，开始读《左传》和《通鉴纪事本末》之类。后来虽然工作得早，但业余仍喜玩玩文史，所以进中文系是不成问题的。恰好，那时我国全面学习苏联，也要招收副博士研究生——相当于现在的硕士生，顾兄就在1956年考入复旦大学中文系做研究生，先从刘大杰先生，大杰先生生病后，转由朱东润先生指导。1959年毕业留系工作时，正值持续跃进的岁月，全国各高校正在大搞其集体项目，顾兄自然就被卷进了集体编书的热潮中去了。

集体编书热潮是在"拔白旗，插红旗"运动和"多快好省"这条总路线的背景上掀起来的。当时的领导认为："修正主义，或者右倾机会主义，是一种资产阶级思潮，它比教条主义有更大的危险性。"所以在"反右"运动之后，仍必须进而对知识分子的学术思想进行批判。于是又有1958年的双反运动，而且还把老教师作为资产阶级白旗拔掉，再把刚毕业不久的青年教师推上讲台，作为红旗插上。因为这些青年教师是新中国建立后由共产党自己培养起来的业务人才——虽然若干年之后，这些自己培养起来的人才又都被当作新的资产阶级知识分子来反掉,此乃后话。既然老教师是白旗,那么,他们所写的教材当然也是资产阶级的东西,不能再用的了,必须重新编写出革命的教材来。但是,著书立说,包括编写教材,是需要丰厚的知识积累的,哪能一蹴而就?而当时正是各行各业都要创造奇迹的时代,文教战线自然不能例外。复旦提出了"边干边学,在战斗中学习"的口号,这就使得白手起家编教材的做法有了理论根据。个人编写教材是不行的,那是个人主义,属于被反之列;而且,个人写书必然旷日持久,那是"少慢差费"思想,与"多快好省"的总路线相对立,更加不合时宜。所以当时适应时势的做法必然是集体编书,而且那时的许多校系领导是南下干部,他们把战争中大兵团作战的方法带到了文教战线,于是,以学生为主力军,再搭配上一些青年教师,组成一个个编写小组,夜以继日地干了起来,确也轰轰烈烈。那时,复旦园里每天晚上都是灯火通明,而且常常是通宵达旦,场面甚为壮观。

在文教战线上最先做出成果来的,是北京大学中文系,他们的两卷本红封面的《中国文学史》轰动全国高校。复旦起步比北大略迟,但颇有后来居上之势,他们推出配套成龙的系列教材,表现出更大的气势。那几年,复旦中文系出版了三卷本《中国文学史》、一卷本《中国近代文学史稿》、二卷本《中国现代文学史》,还有一卷本的《中国文艺思想斗争史》,从古到今,恰好配成一条龙。本来还有一些其他教材,如《鲁迅评传》、《文学概论》等,都已编写成稿,《中国文学批评史》则已排好校样,后因形势的变化,就没有能够出版。《文学概论》的稿子后来归并到以群主持的《文学基本原理》写作组去了,大概因为底子太差,他们在后记里连提都不屑一提。

学生们虽然干劲很大,但毕竟基础较差——这也难怪,因为有许多同学还没有学到这门课,或者刚开始学习,就"边干边学"地编写起教材来了,自然不能写出个所以然来,这就需要中青年教师从中起作用了。《中国近代文学史稿》基本上就是鲍正鹄先生的研究成果,是他按照自己的思路和见解指导学生写出来的。其他的教材,也安排了中青年教师把关。顾易生是搞古典文学的,自然就被分配到《中国文学史》编写组中去,他负责先秦、唐五代和宋以后的诗文部分。我问他搞集体项目有何体会,他说:"搞集体项目就是包办代替。最难的还不在于自己执笔的部分,而在于代别人改稿。不改,拿不出去,改多了,别人又有意见。不过,搞集体项目也有它的好处,有成绩有贡献虽然都是学生的,但有错误也是集体的,个人责任小一点。当然,学生的水平也不能一概而论,有些人的确写得不错,如张瀛、黄任轲,还有其他几位——只可惜张、黄二位被打成了'右派分子',张瀛后来又被成打'反革命分子',终于自杀了。"

顾兄说,尽管是搞集体项目,但他还是尽量写出自己的见解来。如宋代的王令,是个有特色的诗人,但过去文学史上都不提,刘大杰先生的《中国文学发展史》中也没有写,他在复旦集体编写的文学史中为他写了一节,与王安石合成一章。后来北大文学史修订本中也加上去了,中国科学院文学研究所的《中国文学史》也写了。又如,以往的好多文学史,都把王禹偁、柳开说成是反对西昆体的,并赞扬他们是反对形式主义的现实主义者。学生执笔写的初稿,也是据此流行见解来写的,他经考证,发现他们死在《西昆酬唱集》出版以前,不可能去反对西昆体,就把它改过来了。

尽管学人们都知道,学术著作总是学者个人长期沉潜探索的成果,恩格斯还曾特别指出,即使要弄清一些具体的细节,也需要多年静心的研究。在文科的学术领域里,以大兵团作战的方式来搞集体项目,显然不符合学术研究的规律。但是,集体项目一旦搞开了头,就很难收势。因为它适应了各方面的需要:对于领导来说,有个班子在搞,看得见,摸得着,抓得起,而且容易抓出成果来,出的成果又多又大,汇报上去也好看些,易于显出领导成绩来;对于学术带头人来说,手下有个班子一起搞,总比个人长年累月地苦干要轻松些,出成果也要快得多——尽管其深度远不如自己个人沉下来搞;而对于另一些还不能独立从事著作活动的人说来,附骥于集体项目,自然也有好处的;到后来,又加上便于申请科研经费等原因。于是,几十年来,尽管形式有变,而集体项目总是绵延不绝。——当然对集体项目也不能一概而论,有些项目由于工程太大,涉及面太广,大抵也便于由集体来搞,如辞书、图集、资料等,虽然此类项目历史上也有很多是由个人完成的。

然而这样一来,却就苦了像顾兄这样有独立研究能力的学人——他们长期被缚在集体项目上了。

"大跃进"之后,出现了一个国民经济调整时期。相应地,文教领域也要作些调整。当初热情地夸赞学生解放思想、白手起家编教材的中央大员周扬,又受命来纠正这种做法了。虽然仍旧脱不出集体编教材的思路,但方法有所改变——变为主编责任制。他请出一些有声望的专家学者做主编,再由主编点名调一些老中青学人组成编写组进行工作。阵容较前强大，编写出来的成果当然也比大跃进时代的产品要好得多了。

顾兄先是参加朱东润先生主编的《中国历代文学作品选》，负责选注先秦两汉魏晋南北朝部分；接着又参加刘大杰先生主编的《中国文学批评史》和郭绍虞先生主编的《中国历代文论选》，从中做了许多工作，不必一一细叙。"文化革命"之前的几年中，他就为这些集体项目忙得不亦乐乎，也就没有多少精力再写自己的著作了。他的专著《柳宗元》和另几篇学术论文，还是在做研究生时写的。

"文革"结束之后，百废俱兴。在教改问题上，领导上首先要抓的事情之一，是组织人力来修订上述这些教材。这自然少不了顾易生这样的强劳力。《作品选》和《文论选》的修订，他都参加了；刘大杰先生去世，《批评史》的修订工作就落到他和王运熙的肩上，他们组织了另几位同志一起修订出版了三卷本《中国文学批评史》。这之后，他与王运熙先生从事一项更大的学术工程：主编了七卷本的《中国文学批评通史》。虽然此时他们已经成立了中国文学批评史研究室，可以说已是一支专业队伍，但由于时势不同了，各人都需要个人独立的学术成果来申报技术职称，再用以前这种打统仗的办法，是难以行得通的了。于是他们采取分卷写作、分卷署名制，各人所写之卷单独成书，合则成为一个集体大项目，分则是个人的学术成果。这是集体项目在新形势下的一个新发展。在这个大项目里，顾兄与别人合写了两卷：与蒋凡合写了《先秦两汉文学批评史》，与蒋凡、刘明今合写了《宋金元文学批评史》，他们都写出了自己的创见，这才是他自己的著作。

现在，这项大工程已经完成，而且得了什么大奖，但是，顾兄也已年逾古稀矣。1996年，顾兄准备搬家，偕同夫人到舍下参观，顾兄对鄙书房中环墙而立的顶天壁书橱很感兴趣，我劝他乘搬家之便，也在书房中造一圈这样的壁书橱，而且极言其藏书量之大和用书之方便。但顾大嫂在一旁却断然地说：不造大书橱了，他已经老了，搞完手头的项目，不能让他再写书了。

我总觉得，像顾兄这样的学识才具，本是可以作出更大的学术成就来的，而他这一生，一半时间耗在银行里，一半时间泡在集体项目中，实在有些可惜。但顾兄却很坦然，他在给我的一封信中写道："弟自'混入'复旦，长期在集体研究中混日子，亦有失有得。上面交的任务，风云变来变去，统稿改稿方面固然消耗不少气力，做了许多无益之事。但也使懒惰如弟者被迫去读一些书，思辨一些问题，发现一些材料，提出一些自己见解。弟性殊懒，甘居中游。有次某君采访询及：'为何如此淡泊名利？'弟答以：'何敢说淡泊，名利谁不要，只是懒于花精力去争取罢了。'但其文章发表时记弟之言，内容略同，而语气大变：'我（用弟第一人称）不想把太多精力花费在这方面。'好像弟有什么大事要干似的。这叫做'画犬类虎'也。"这段话既写出了顾兄的心态，也表现出他的风度，故引录出来，作为他的一个自我写照。

命运的纤夫
——记施昌东兄

在我的同辈学友中,施昌东是早慧者,也是早逝者。他虽然出道很早,但历尽坎坷,就像一个纤夫,背着沉重的命运之舟,拼命挣扎着前进,刚绕过暗礁险滩,已来到平坦的河段,却由于用力过甚,自己也倒了下去。

施昌东是浙江温州一个农家孩子,从小替人放牛、砍柴,本来是读不起书的,因为他聪明好学,家里只好勉力支撑,供他上学。小学毕业之后,因为交不起学费,他上了不要学费的简易初级师范,但伙食费仍无法支付,只好自带山芋干充饥。读完简易师范,他仍想上学。但这简易师范不设英语课,与普通高中衔接不上,它的文凭是不能报考高中的。施昌东就向别人借了一张普通初中的毕业文凭去报考。"施昌东"本来不是他的名字,而是这张文凭主人的名字,从此,他就改用这文凭主人的名字,而舍弃了自己的本名——施昌骥。改名不改姓,这在乡下人看来本是小事一桩,何况还同是昌字辈呢。却不料从此背上了一个历史包袱。原来发放这张文凭的学校,是托洛茨基派的老巢,而这张文凭的主人,则是托派分子。在五六十年代,托派分子就等于是反革命分子,问题是十分严重的了,而施昌东长期背着托派嫌疑犯的名分却浑然不知。直到1955年他被卷入胡风案件,新账老账一起算,这才知道有这么回子事——但听当过复旦中文系教师党支部书记的章培恒兄说,在这之前,施昌东的托派嫌疑问题其实是已经审查清楚了的,当时只不过是借此名义将他逮捕,来审查他的新问题。而照我国的办案惯例,既然重新开始审查,那么老问题也总要重新翻出来再过一遍的。待到一切问题都查证清楚,他在监狱里已经关了一年了。

施昌东在复旦大学读书时,业务很冒尖,深得任课老师贾植芳先生的赏识。他读三年级时,就在当时影响较大的《文史哲》杂志上发表美学论文:《论"美"是生活》,而且发在头篇,同学们的羡慕就不用说了。接着,他又在贾植芳先生的指导下,写了近二十万字的书稿《鲁迅美学思想》和几万字的毕业论文《朱自清论》。并且应《文汇报》之约,在该报发表了十几篇谈"美"的连载文章。正当他在学术界崭露头角,颇有飞腾之势时,一场劫难临头了。这就是声势浩大的反胡风运动。开始时,人们还以旁观者的身份看热闹,当《人民日报》上发表了周扬的文章《我们必须战斗》之后,还不待那三批材料出来,大家就赶快起来,响应号召,投入战斗,大会小会,不断地声讨、批判。施昌东也写了批判文章,发表在《文艺月报》上,而且还与姚文元一起,被封为上海理论战线上的两名新生力量。姚文元由批判胡风起家,从此青云直上,飞黄腾达。而施昌东这颗新星在闪了一下之后,立即被打落了下来。其时,贾植芳先生被定为"胡风反革命集团"骨干分子,施昌东和他同班几个受贾先生赏识的同学,也都被定为胡风分子或胡风影响分子,虽然他们都并不认识胡风。施昌东因有托派嫌疑这根辫子可抓,问题更加严重,还被关进了监狱。后来,姚文元在"文化革命"中进了中央文革小组,权倾一时,炙手可热,而施昌东却在复旦受批斗,进劳改队,真是相差天比地了。我们几个知道一点历史情况的老同学偶尔谈起,很感慨世事沧桑,说施昌东当时若不被打下来,现在或许也是什么中央首长,我们还得学习他的文章,领会他的讲话精神。但徐鹏兄说:"塞翁失马,焉知非福。爬得愈高,也许跌得愈惨。"果然,没有几年,我们又集队游行,欢庆打倒王、张、江、姚"四人帮",而施昌东兄则在我们的游行队伍里,一起欢呼。我与徐鹏兄刚好走在一起,重新提起当年的话题,于是相视而笑。

　　昌东兄在监狱里关了一年光景,又放了出来,说是从宽处理,并且恢复了共青团的团籍,留在中文系资料室工作。他又开始写文章,并且发表了《试论浪漫主义创作方法》、《论悲剧的艺术特色》、《鲁迅论讽刺》等文,心态慢慢地调整了过来。但是有一个心结,他始终解不开:为什么与贾植芳先生接近一点,就被关到监狱呢?所以,当1957年整风运动中领导上鼓励鸣放时,他就站起来提意见了。他说:我是共青团员,好比是党的儿子,小孩子犯了错误,父母教训一下是应该的,但为什么要打得那么重呢?——他原以为说的是自家人的话,却不料"反右"运动一开始,这就成了反党言论,他也随之被打成"右派"分子。

在领导上看来,施昌东属于屡教不改,问题是比较严重的,应该发配到西北边疆去改造。好在中文系党总支书记李庆云富有同情心,且有爱才思想,他说:现在经常要出墙报,中文系没有会写美术字的人,施昌东能写会画,就留在系资料室做卡片吧,也可以帮忙出墙报。这样总算把他留了下来。此后施昌东兄就在资料室里,白天做资料卡片、抄写墙报,晚上则开夜车研究他的美学,摘帽之后,又发表了一些美学文章,而且与他的老同学潘富恩一起发表中国哲学史研究论文。虽然有些左派看得眼红,时不时地要加以挑剔、批判,但总支书记取宽容态度,事情也就马马虎虎地过去了。

在那段时期,政治统帅一切。一个人的政治情况也必然要影响到他的婚姻情况。昌东兄在大学读书时,原有一位同班女同学与他要好,她的业务也很拔尖。别人都说才子佳人,他们则是一对才子才女,很是相得。但在昌东兄关进去的一年里,情况发生了变化。因为施昌东的问题被说得十分严重,前途渺茫,对方也不知要等他到什么时候,无奈之中就与别人结婚了。待到昌东兄出狱,回到学校,对方跑来看他,两人抱头痛哭。但此时木已成舟,也无可挽回了。不久,昌东兄重新站起来,再在报刊上发表才气横溢的文章,又有一位才学很好的女士倾慕他的才华,与他相爱起来。当然,在他成为"右派"之后,这段情缘也就中断了。后来,在"文革"结束,施昌东成为著名的美学家之后，有些描写施昌东的报告文学，对这两位女士颇多指摘，我以为是大可不必的。在我看来，这两出爱情悲剧，皆由特定的政治情景造成，并非女主角的思想品质不好之故。当然，我很钦佩俄国十二月党人妻子们那种勇敢坚韧的行为，但在中国，何能容得下这种勇敢坚韧性格的存在？

后来，朋友们也为昌东兄介绍过几个对象，但或则嫌头上有帽——"摘帽右派"也仍是一顶帽子，或则嫌他太穷，均未谈成。最后，范伯群兄听说他们同班同学张兄有一位小姨子待字"川"中，就带了昌东兄去找张兄。这位张兄是老上海，家住城隍庙附近，平时好孵茶馆听说书，伯群兄挤进茶馆，把他拎了出来，与他商量昌东兄的婚事。张兄听多了说侠讲史，办事很有豪侠之气，当场一拍胸脯，就把小姨子许配给昌东兄。但这位小姨子远在四川南充做养路工，结婚之后，两人天各一方，过的还是单身生活。直到昌东兄发现胃癌，开刀后需人照料，才请郭绍虞先生帮忙说项，把她调到上海来。昌东兄名气响了之后，有些报刊的报道中把这段姻缘写得非常美满，这或者是出于美好的愿望，或者是一种补偿心理的反映，致使文章落入才子佳人戏的俗套，其实与事实是很有距离的。他们是在特定情况下结合的，既缺乏婚前的感情基础，在文化水平上又相距太远，尽管昌东兄非常迁就，但总是难以协调。这其实是某种政治情势给昌东兄带来的婚姻悲剧，何必硬要将它改编为才子佳人戏呢？昌东兄病危时的情况和他逝世后的事实，就更加证明了这一点。

昌东兄第一次发胃病是在崇明干校。那时我们二人都患胃出血症，虽然不准回家休养，仍需在干校劳动，但毕竟林彪刚摔死,整个政治结构在重新调整,对我们也比较宽容一些,允许干些轻活,还可自己弄些方便面吃。我的胃出血很快止住了,昌东兄出血量不大,却总是时隐时现,不能全好。后来进一步检查,却查出胃癌来了。开刀之后,医生说他只有三个月的寿命,但施昌东的体质好,又有顽强的精神支撑着,倒是恢复得很好。不久,"四人帮"垮台,接着是"右派"改正,他非常兴奋,于是又大干起来。好在他的美学研究从未中断过,积有许多稿本,这时,他一本本地整理出来,先在上海文艺出版社出版了四十万字的《"美"的探索》,接着又在中华书局出版了《先秦诸子美学思想述评》、《汉代美学思想述评》,又与潘富恩合作出版了几本中国哲学史论著。并且在病重之际,还挣扎着写出了三十多万字的自传体小说《一个探索美的人》。在与癌症搏斗的七年中,他整理和写作了七本著作,表现出惊人的毅力。但终因劳累过度,癌症三度复发,在1983年去世,终年只有五十二岁。

昌东兄本来就是一个很有雄心壮志的人,自期甚高,虽经多年的压抑,而仍奋斗不息。新时期开始以后,在他面前展现了广阔的前景。而且恰好在复苏的学术界,出现了一阵美学热,他的《"美"的探索》一书出版较早,因而影响也较大。这情况反馈到昌东兄脑际,更加激发起他的创造热情。他不但扶病写书,而且要建立自己的美学体系。当时很有些报刊把他奉为中国第几派美学体系,炒得很热。但是,曾几何时,不但这第几派美学体系早已被学术界抹去,而且连施昌东这个名字也逐渐为人们所淡忘,甚至在他的母校,也没有几个人还记得起他了,虽然他逝去的年头还并不太远。

坎坷的人生道路
——记戴厚英女士

一

1997年8月,戴厚英遇害一周年之际,她的女儿戴醒带领全家回国来为她母亲扫墓。戴醒说,她很想为她母亲出版一套比较完备的文集,以资永久的纪念,但她远在美国,无法料理此事,因此,想委托高云和我来编辑文集并联系出版事宜。我们与厚英是几十年相交的老朋友,她的惨死景象永远无法在我们的脑子里抹去,为她做点纪念工作,使她的作品能够更好地流传,是义不容辞的。此事得到了厚英家乡的安徽文艺出版社的支持,我们商定出版一套八卷本的《戴厚英文集》。

厚英生前曾经出版过不少书：有长篇小说、中短篇小说集、散文集、自传，其中有些在文坛上还引起过强烈的反响。但她有些作品是在香港出版的，大陆上没有发行过，如《往事难忘》、《风水轮流》、《空中的足音》、《戴厚英随笔集》；有些则尚未结集出版，如许多散文和一部分短篇小说；还有自传下册《做人·作文·我的故事》，则是从她的电脑里调出来的未完成稿，现在都收在这套八卷本文集中。对于大陆上广大的读者来说，这里有将近一半的内容还是新鲜的。

由于篇幅的限制，散文只能出一卷，所以有所删落；她的评论文章大都写于"文革"以前和"文革"之中，用她自己的话说，那些都是脑袋还没有长在自己脖子上，作为别人的写作工具时所写的东西，观点当然是"左"的，这是当时的社会思潮所致。这些文章，对研究者来说，自然具有历史资料的意义，但对于一般读者，则已无阅读价值，所以本文集没有收入。以后如有人编辑出版《戴厚英研究资料》，倒是应该收入她的理论文章的，因为这些文章毕竟反映了她青年时代的思想轨迹。

二

戴厚英生于1938年3月，安徽颍上县人。在她出生的前一年，抗日战争爆发。所以她一生下来，就面临着民族的深重灾难。她是在母亲的怀抱中、在独轮车上"跑反"长大的。

厚英的祖父是一个破落户子弟。因为祖上做过武官，门前立过牌坊，所以他思想上永远背着一个"光荣门第"的包袱，治家亦颇专制。但随着时代的变迁,戴家的光荣是一去不复返的了,他只能靠经营土布为生。到厚英父亲这一辈,就成为正式的生意人。但经营的也不是什么大生意,而是乡镇上的小杂货铺。

在当时的中国,特别是在农村,这样的家境也就算是相当不错的了。所以作为一个女孩子,厚英还能够上学读书,而且从不缺少学习用品。当然,这与厚英从小聪明也有关系,她的大姐就没有这样的福气。

厚英在上学之前,就由祖父教育认识了许多字,所以一入学,学习成绩就比较突出。而且,她还有一个特点:思维敏捷,口才出众。他父亲常把她带到人前去显耀,让她与大人辩论,每每获胜。她在小学六年级时,获得全校演讲比赛第一名,背着获奖的蓝布书包,很是引人注目。厚英的中学时代是在建国初期度过的,那时,政府常常要学生配合政治任务开展宣传活动,并以此来衡量他们的政治积极性。不但土地改革、镇压反革命、抗美援朝、三反五反等大运动要配合宣传,而且反投机倒把、实行婚姻法等政事,也要组织宣传队。这些工作,厚英当然是很积极地投入,她成为一个革命宣传员,秧歌队、腰鼓队、演剧队,都少不了她。她那时演过很多戏:《白毛女》、《赤叶河》、《血泪仇》、《刘胡兰》……演得有声有色。这些活动虽然耽误了不少读书时间,但也进一步培养了她的口才和工作能力。

厚英少年时代形成的性格特点和才干,对她一生都有很大影响。她的敏捷思维能力和出众的才华,有助于她取得很大的文学成就;而过于要强的个性和不肯让人的锋利言辞,又使她难以处理好人际关系。

性格即命运。厚英一生坎坷的命运,既取决于时代的风涛,也导源于她自己的性格。这就是她为什么把自己的自传上册取名为《性格·命运·我的故事》的缘故。

三

1956年,厚英考进了华东师范大学中文系。在这里,她经历了阶级斗争风雨的试炼。

厚英是做着作家梦走进大学中文系的。她入学的那一年,正是建国后文化界学术空气最祥和的时候。中共中央召开了关于知识分子问题会议,周恩来总理在他的主题报告中强调了知识分子的进步性和他们在社会主义建设中的作用,并且发出了"向科学进军"的号召。接着,毛泽东主席又提出了"百花齐放,百家争鸣"的文艺学术方针,鼓励文人学者进行鸣放。知识分子感到了春天的气息,他们卸下了思想改造运动以来背上的思想包袱,一下子变得活跃起来。

在这样的环境中,厚英觉得自己的前途充满了希望。她和许多同学一样,认真地响应党的号召,努力向科学进军。听课之余,她天天到图书馆抢位置,面对着那么多从来没有见过的古今中外书籍,更加感到知识的饥渴。她狼吞虎咽地阅读,那一年的确读了不少书。而且阅读兴趣也转变了。从建国初期的爱读解放区作品和苏联文艺,变为沉迷在十八、十九世纪西欧和俄罗斯的艺术世界中。在这里,她不但领略了欧洲风情,而且还接受了他们的民主思想。

这种民主思想与她原有的倔强性格相结合,就加强了她的自我主体意识。

然而,好景不长,风云多变。鸣放不久,事情就起了变化,"反右"斗争开始了。一些民主党派的头面人物和知识界人士,经过多次动员才下定决心参加鸣放,因为他们被号召要积极帮助共产党整风。却不料这是一个"阳谋",目的是引蛇出洞。转瞬之间,他们的鸣放就被指责为反党反社会主义的"右派"言论,报纸上用大字标题、大块文章来进行揭露、批判,学校、机关则不断地召开辩论会、批判会,要把他们批倒、批臭。

对于报纸上揭露的那些全国性大"右派",厚英不甚了解,当然是相信报上所说的。但对于身边所发生的事,她却产生了疑惑。许杰是她们的系主任,而且是知名的进步作家,当时还担任民主同盟上海市委副主任,白发苍苍,老成持重,平时深受同学们的爱戴,现在却被指责为编造谎言攻击校党委。开始还有为他辩护的大字报,他自己也表示以人格担保,他所说的是事实,而党委在公布他的发言时,歪曲了原意;但党委书记却站出来说,他以党性担保,党委绝对没有歪曲许杰的原意,于是批判升温了。一边是系主任,一边是党委书记,一边以人格担保,一边以党性担保,两者之间,到底应该相信谁呢?厚英困惑了,许多同学都困惑了。她和两位同学一起写出大字报,要求党委书记和许杰教授在大草坪上进行公开辩论,以明是非。这种西方式的民主思想,大概就是她大量阅读欧洲文艺作品所受的影响,真可谓"中毒"不浅也,其实它并不适合我们的东方国情。我们所奉行的,是《红楼梦》中的哲学:不是东风压倒西风,就是西风压倒东风。辩论云云,只不过是装装样子,实际上并没有平等发言的权利,因为民主只不过是手段,而不是目的,为了要达到揪出"右派分子"的目的,就不允许对手有摆出事实进行申辩的余地。既然党委书记出来说话了,许杰的"右派"命运也就无可逃遁。于是戴厚英这张要求党委书记和许杰面对面辩论的大字报,就把自己处于十分被动的地位。

好在她们的领导没有将厚英向右面推,而是往"左"面拉,这叫做"争取中间派"吧。被争取的戴厚英,赶快向"左"转,积极投入斗争。以她言词的锋利,批判起"右派言论"来,当然就显得咄咄逼人了。她因此得了"小钢炮"的称号。这一方面是为了"将功补过",所以要表现得格外积极些;另一方面,也是她喜欢出人头地的性格使然。

但正当她在学校里端正立场,积极地投入"反右斗争",并且引起了人们的注意时,她的后院却出了问题。在安徽老家,她那老实巴交的父亲也被动员参加鸣放了,因为对统购统销政策提了一点意见,被打成了"右派分子";她的叔父则因所工作的店家失窃,被诬为"监守自盗",申辩不清,被迫自杀了——后来虽然抓住了盗贼,但人死不能复生,给家属留下了无可摆脱的悲哀。这两件事,对厚英的打击当然很大。现在摆在她面前的是两条路:要么从此消沉,要么以更革命的姿态来表现自己。消沉不适合戴厚英的性格,而且当时愈来愈左的形势也不允许她消沉,因为一消沉就会沉入深渊。形势逼得她只有向"左",紧跟。何况,在当时不断地反右派、反右倾和反对修正主义的政治思想教育下,青年们都以为只有"左"的思想才是革命的。

就在这样不停顿地向"左"转的形势下,厚英度过了她的大学生活。

四

然而,就在厚英即将从大学毕业的时候,又发生了一件影响她此后生活道路的事。

1960年2月25日,中国作家协会上海分会召开了以"高举毛泽东思想红旗,批判资产阶级文艺思想"为主题的会员大会。这个会,开了很长时间,到4月13日才宣布闭幕,称之为四十九天会议。

据当时的传媒报道说,这个会议是为"贯彻上海市委文教会议的精神"而召开的,是"社会主义建设事业迅速发展和社会主义革命愈益深入"的表现。这就是说,这次四十九天会议是当时中共上海市委策划的,是1957年那场运动的继续。

如果说,那时把1957年的"反右运动"看作是一场两个阶级两条道路的政治思想斗争,那么,1960年的批判运动,就是有意把这场斗争引向学术文艺思想领域。会议初期,也是以讨论的方法来"引蛇出洞",到了一定时候,就大张旗鼓地进行批判。大概是因为有了1957年的经验教训之故,从一开始,作家们的发言就很谨慎,但还是确定了批判的重点对象,所根据的主要不是他们的发言,而是他们原有的论著。而且,批判对象的选择,也采取平均分配办法:三所有中文系的高校各出一名。复旦大学——蒋孔阳;华东师大——钱谷融;上海师院——任钧。为了壮大声势,市委宣传部又从三所高校调了许多学生和青年教师来参加会议,这大概就是后来在"文化大革命"中大规模使用的以"小将"来冲击"老将"的办法。戴厚英就是被调来参加作协大会的"小将"之一,而且因为她能言善辩,还被选作重点发言者,安排在大会上批判她的老师钱谷融先生的人道主义观点——钱先生在1957年鸣放期间,发表过一篇影响很大的论文:《论"文学是人学"》,是宣扬人道主义思想的。

厚英的发言很受领导的赏识,她被作为三名"文艺理论的新生力量"之一,写入大会纪要,登载在中国文联的机关刊物《文艺报》上,立即名扬全国文艺界,她的"小钢炮"的名声也更响了,而且在毕业之前几个月,就借调到上海作家协会文学研究室工作。当时从复旦、师大、师院三校各借调两名毕业班学生到作协,六人之中只有戴厚英一个人是非党员。他们毕业之后,当然也就正式分配到那边工作了。这个研究室,后扩展为文学研究所,所长是复旦大学中文系教授郭绍虞先生兼任,但老先生不管事,实际上是两位副所长叶以群和孙罗荪领导工作。这个研究所并非真正的学术研究机构,它设置的目的,是为了给上海市委宣传部做文艺哨兵,所以日常工作是阅读当前的文艺书刊,编写文艺动态,在此基础上再写一点文艺评论。用当时的流行语言来说,就是:这里是培养战士的,而不是培养院士的。但刚从高校出来的青年与长期在宣传部门工作的干部有着不同的思维模式:他们有较多的独立意识,而缺乏唯命是从的观念;他们始终眷念着学术性强的研究论著,而相对地轻视时效性强的评论文章。他们还为此而受到批评。

五

这时,由于持续跃进的结果,我国的社会物质生活陷入了极度困难的境地。公开的说法是,由于三年自然灾害和苏联逼债造成的,而且,尽管大家都吃不饱肚子,但领导上做起报告来仍旧说是形势大好,愈来愈好。人们耳闻目睹,且有自己切身的感受,自然有着不同的看法,但大家都不敢直说,因为一说出实情,便是反对"三面红旗",也就是反党反社会主义。但厚英从安徽探亲回来,却熬不住把那边虚报产量饿死人的事讲了出来。这当然要受到批评。党支部书记找她谈话,叫她不要乱讲。她回到宿舍却捂着被子大哭,说:"这是真的啊!"她实在弄不清真实情况与政治需要之间的关系。

好在,在物质生活困难时期,阶级斗争的弦稍微松了一松。所以厚英虽然被认为有思想问题,但并没有因此而挨整。而且,由于文艺批判的同时放松,这些文艺哨兵们也有机会坐下来从事学术研究了。厚英原来分工阅读戏剧电影方面的报刊,现在她就准备研究莎士比亚和关汉卿,并且做了许多笔记。

但是,经济形势一有好转,政治运动又开始了,而且照例是大批判开路。这回是先批判阶级斗争熄灭论,目的是把阶级斗争的火焰煽得更旺。文艺界当然又是首当其冲。先是批判两部电影:《北国江南》和《早春二月》,接着批判"中间人物论"、"时代精神汇合论"、"现实主义深化论"、"形象思维论"

等,一路批判下来,一直到1965年11月,姚文元发表批判新编历史剧《海瑞罢官》的文章,揭开了"文化大革命"的序幕。

要进行文艺批判,当然需要打手。于是这批文艺哨兵又被驱上了战场。开始是将写作任务布置到研究所和学校,后来为了便于指挥,干脆调集一批人马,组成写作班子。上海这个写作班子开始叫"未定文稿编辑部",下分文学、历史、经济和自然辩证法四个组,属于华东局宣传部领导。1965年石西民部长调到中央文化部之后,新任的上海市委文教书记张春桥,就把编辑部中从上海借调去的人员撤出,另行组建了"上海市委写作组"。这个写作班子下分历史、文学两个小组。文学组的人员是从各个单位调集来的:市委宣传部、上海作家协会、华东师大、上海师院,也曾到复旦中文系调人,但复旦说他们自己要组织写作班,不肯放人,遂作罢;而历史组的人却都是来自复旦,他们将复旦原有的"罗思鼎"写作组整个都搬过来了。文学组的组长是叶以群,戴厚英就是他从作协带去的。

写批判文章与学术研究有所不同,学术研究是根据原始材料研究出自己的见解来,而写批判文章则需根据上峰的指示行事,执笔者只不过是一架写作工具而已,上面叫批判什么就批判什么,上面定什么调子就吹什么曲子,无独立性可言。那时,厚英在写作班子里颇写了不少文章,有个人写的,有合作写的,用她自己的话说,就是充当了打手的角色。

这个写作班子后来渐渐地神秘了起来,那是在历史组(罗思鼎)接受了为姚文元批判《海瑞罢官》提供写作材料的任务之后。但这时,厚英已经随同叶以群下乡参加四清运动去了,文学组的组长改由徐景贤担任。

海上学人

1966年3月,厚英被派遣到北京参加批判田汉的写作班子,那时北京还是彭真领导时期。但两个多月后,即调回上海,回到作家协会参加"文化大革命"运动,从此就没有再回到写作组去。后来,写作组在徐景贤的带领下起来造反,成立了市委机关革命造反联络站,成为一种权力机构,后又组成上海市革命委员会写作组,显赫一时,那已经与戴厚英无关了。

六

在"文化大革命"运动中,厚英的经历更为曲折。开始时,她响应领导的号召,坚决保卫上海市委,而且还走出机关,与北京南下的红卫兵辩论。当时,采取此种态度的人很多,其实也是"反右"运动以来的思维定势使然。后来人们发现,最高领导是支持造反的红卫兵的,于是,除"牛鬼蛇神"而外,一下子大家都变成了造反派。造反司令部林立,造反司令多得就像时下的公司经理。作协分会文学研究所的青年人还算比较谦虚的,他们只成立了一个战斗小组,从毛泽东诗词里借来一个名字,叫做"火正熊",戴厚英被推为组长。后来,在联合掌权时,她也因此而列入领导班子,为作协上海分会革委会的"第四把手"。但不久,却因为参加第二次"炮打张春桥"事件,而处于挨整的地位。——其实,她也只不过是听命于第一把手胡万春,到街上去刷了几条标语而已。

这时,厚英真是祸不单行。她在单位里受批判的同时,家庭里的危机也爆发了。厚英和她的丈夫原是中学里的同学,可谓青梅竹马,后来一同到上海读书,一个考进华东师大读中文,一个在同济大学学建筑,毕业之后,厚英留在上海作协工作,男的则分到安徽芜湖。那时强调统一分配,没有讨价还价的余地。结婚之后,特别是有了小孩之后,厚英多次要求调动工作,愿到芜湖去与丈夫团聚,但是不获批准,说是革命工作需要她留在上海,她只好把孩子送回老家去请父母代为抚养。分隔时间一久,夫妻间感情就疏远了,以致出现了裂痕。后来,丈夫有了外遇,提出离婚要求,厚英无论怎样委曲求全,也不能挽回他的心意,只好离婚了事。这对厚英的打击很大。后来又发生了与闻捷谈恋爱引起的风波,闻捷因此而自杀,这使她的精神几近崩溃。

闻捷是著名的诗人,50年代一曲《吐鲁番情歌》,引得无数青年叫好,厚英对他的诗歌自然也是赞赏的。后来闻捷调到上海,厚英在作协见到过他,无非是读者看作家,谈不上认识,更无交往。她们的认识,是在"文革"中期,闻捷在隔离审查期间,及至闻捷妻子跳楼自杀,厚英奉命到隔离室告诉闻捷此事,由劝慰而交往,则交往而产生了感情。在厚英,一半是出于对闻捷命运的同情,一半是出于对他才华的欣赏;在闻捷,则既有知遇之感,又有共同情调的激发,于是他们在下到干校之后,就热烈地相爱起来了。

厚英在这种时候敢于去爱一个还没有审查结论的人,是要有几分勇气的,而闻捷在自己还未"解放"之时,敢于不顾一切地去爱,也很不简单。说他们是诗人气质、浪漫情怀也可,说他们想冲破重压追求自由也可,总之,他们是不顾一切地相爱,公然在许多"五七战士"的眼皮底下共同用餐,一起散步。但是,他们实在爱的不是时候。五七干校原非谈情说爱的场所，而是思想改造的地方，在这里相爱，遭到非难是必然的，何况又是这样两个是非人物呢？于是始则风言风语，继而有人打小报告，终于弄到张春桥发话，说这是"阶级斗争新动向"，而且工宣队出面干预，强行拆散这对恋人，并对闻捷进行批判。闻捷接受不了这个现实，愤而自杀了。这对厚英是一个巨大的打击，她昏昏沉沉在床上躺了七天七夜，才度过了危机。

然而这一打击，却使厚英在思想上走向成熟，使她对世道人心有了比较透彻的了解。这倒有助于她日后的文艺创作。

到了"文革"后期，"四人帮"为了在上海扩大文艺阵地，又起用了一些知识分子，厚英也是其中之一。她先被派到文艺理论教材编写组，后至《摘译》编辑部，接着又被调到电影组，某作家执笔的《苍山志》，她就参与过讨论和审定。然而这样一来，在打倒"四人帮"之后，她又进了学习班，被要求"说清楚"。在这种场合，粉饰自己者有之、推诿责任者有之、加油加醋揭发他人者有之，厚英不想这样做，只想实事求是地把事情说清楚。然而不知何据，审查者硬要指派厚英为"四人帮"上海写作班的骨干分子，厚英说她根本就没有进过这个写作班；审查者说她还有重要问题没有交代，厚英说她已将事情说清楚，没有什么再好交代的了，因而拒绝再写材料。于是出现了顶牛状态，长期僵持着，最后只好"不做结论"，实际上是不了了之。

接着，是重新分配工作。上海作协文学研究所早已于无形中解散，当年的伙伴们都已转到别的单位工作，她当然也必须离开作协。开始，她联系了上海戏剧学院，戏剧学院也表示愿意接纳，但有人去一撬，就告吹了。这时，复旦中文系对她表示欢迎，她就进了复旦大学。只是那时她还住在作协，离复旦很远，当复旦在虹口开办分校时，她就转入了复旦分校。后来，复旦分校与别的学校合并为上海大学，她就成为上海大学文学院的教师。

就在等待分配工作的空闲中，厚英开始了文学创作。

说起来也多少带点偶然性。厚英本来是准备继续从事理论研究工作的，她已重新开始阅读莎士比亚与关汉卿，并且学习英语。这时，高云和我打算撰写一篇评论闻捷的文章，高云写信要厚英提供一些有关闻捷的资料，不久，她就寄来一封长信，密密麻麻地写了四本练习簿，写她与闻捷相识相恋，以及闻捷被迫自杀的过程，感情十分真挚。——这就是在厚英遇害后，由复旦大学出版社出版的《心中的坟》。据厚英后来在她的自传中说，因为写这封信，"我的感情一下子调动起来，汹涌澎湃，不能自已。我躁动不安，时不时地自个儿流泪，不论在什么场合。我觉得我还有许多感情需要倾吐，那些练习簿容纳不下了。于是，在把那些练习簿寄给女友之后，我继续写起来。"这就是她的第一部长篇小说《诗人之死》。

开始，她只是要在纸上倾吐感情，并没有想到要出版，后来受到一些朋友的鼓励，这才认真地修改起来，交付上海文艺出版社，列入了该社的出版计划。但是，在作品打出清样，准备付印时，却出现了意想不到的麻烦。还是因为有人撬，而且弄到权力者插手，这本书就是不能出版。倔强的厚英一定要向出版社和出版局讨个说法，而社、局领导却始终无法说出个正当的理由来。事情就这么僵持着。这时，改革开放较早的广东地区一家出版社听说此事,却打电话给厚英,表示愿意出版这本书。但是,此书的纠葛尚未了结,上海文艺出版社听说了这个情况,又表示想出了,厚英不能贸然抽回,但她又不愿拂广东方面的好意,于是花了两个月的时间赶写了第二部小说:《人啊,人!》,这本书在当年(1980年)年底,就由广东人民出版社出版了。而第一部小说《诗人之死》,则到1982年,才在福建人民出版社出版,其间仍少不了中国人惯用的一个"撬"字,只是福建方面不予理睬,也就罢了。

其实,《人啊,人!》的出版也不顺利。上海"有关方面"听说广东要出版戴厚英的书,又是打电话,又是写信,设法加以阻止,好在广东出版局的领导和出版社的编辑们都很有法制观念,他们认为,戴厚英既然是中华人民共和国的公民,而且还是大学教师,那当然有出版自己著作的权利,现在出书的阻力那么大,就应该加快速度把它出版出来。所以这本书从开笔到出书,还不到一年时间,在当时的出版界可算是高速度的了。

如果说,戴厚英写《诗人之死》,是由于抒发胸中郁积着的感情的需要,其表现方法还是传统现实主义的,那么,《人啊,人!》的写作,则是对人生经过认真反思的结果,在思想观点上来了个一百八十度的大转变,由批判人道主义而宣扬人道主义,同时,在艺术形式上也吸收了许多现代主义手法。人道主义和现代主义,在当时都是十分敏感的问题,所以小说出版以后,一方面在读者中大受欢迎,另一方面,也就被某些人抓住了"把柄",成为新一轮文艺批判的靶子。发动这场批判的当然是上海某些人士,由于气候适宜,很快就推向了外地;不但进行思想批判,批判文章、批判大会、批判班子,应有尽有;而且还采取了行政措施,免去了她教研组长的职务,剥夺了她上课的权利。当时的压力不可谓不大,但并没有压垮戴厚英。她认为自己没有错,就是不肯检讨。如果说,以前她是听命于上面的指挥棒,只不过是一架写作工具,那么,现在她要放出自己的眼光,保持独立的个性了。而当她认准了一个道理时,她是决不会回头的。她在她的散文中多次引用苏轼的词句:"莫听穿林打叶声,何妨吟啸且徐行。竹枝芒鞋轻胜马,谁怕?一蓑风雨任平生。 料峭春风吹酒醒,微冷,山头斜照却相迎。回首向来萧瑟处,归去,也无风雨也无晴。"这既表示了她要冒着风雨行进的决心,也表现出她对前途的憧憬。

毕竟时代不同了,群众也有自己清醒的头脑,已不再像过去那样盲从,所以,批判的声势虽然造得很大,但同情她的人却也很多:有本校的师生,有外面的读者;有熟悉的朋友,也有素昧平生的好心人。厚英有一篇散文《风雨情怀》就是写两位素不相识的女性,在她最困难的时候,如何写信慰抚她,而当她处境一有好转,就远引而去。这真是伟大的情怀,也可见人心之向背。我们现在就将这个篇名作为戴厚英散文集的书名,表示我们对这种情怀的赞赏。

广东的朋友一直对厚英非常支持。为她出书,给她提供养病之所,还邀请她到汕头大学做客座教授,让她受伤的心灵有一个休憩之所。

七

有趣的是,这种声势浩大的批判,不但没有把戴厚英批倒批臭，反而扩大了她的影响，使她的名声更大了。短短几年之中，《人啊，人!》就重印十次，总印数不下于百万册；而且被译成了英、法、德、俄、意、日、韩等许多语种。《诗人之死》也翻译到国外去了。这大概是发动批判运动者始料所不及的罢？

当然，厚英的影响并不能完全归功于批判。重要的，还是她的作品敢于直面人生，说出了大家的心里话，能够启人思考，所以才能与读者心心相印。要不然，那几年被批判的人着实不少，为什么有些人不能产生持久的影响？

厚英本来并不打算继续写小说，原计划在写了《诗人之死》之后，就重新从事学术研究。但出书的风波，批判的刺激，迫使她继续把小说写下去。对厚英的大规模批判有两次：第一次开始于《人啊，人!》出书之后的1981年，第二次是在"清污"运动的1983年。以前的确有许多人被批判的棍子打闷了，不再发声，但厚英却是愈挨批愈写得多。还在第一次批判高潮中，她就着手写作知识分子三部曲的第三部：《空中的足音》，接着又写了《流泪的淮河》三部曲的前两部：《往事难忘》和《风水轮流》，还有其他一些作品。从四十岁开始写《诗人之死》到五十八岁遇害，短短十八年创作生涯中，她一共出版了七部长篇小说，两部短篇小说集，两部散文随笔集，半部自传，还有一些未出版的遗稿。她的写作不可谓不勤奋。

戴厚英不是那种玩文学的写手，也不是顾影自怜的煽情者，她是一位社会责任感很强的作家。她的作品，有一个贯穿的主题，就是对人性的呼唤，对人格尊严的维护。这里所说的人性和人格，并不是抽象的东西，而是渗透在中国人民生活中的具体品格。因此，对于人性美的追求，就必然与对社会丑恶现象的揭露和谴责联系起来。这种揭露和谴责,绝不是在中国人脸上抹黑,而恰恰是作家爱国情怀的表现。正如老作家萧乾在他的悼念文章里所说,戴厚英是一位"爱国的乡土作家"。厚英在国内是一个尖锐的社会批评者,但在国外却处处维护中国人的尊严,决不允许洋人或假洋鬼子对中国进行污蔑,也不允许手握某种基金使用权的洋学者来耍弄中国作家。我很欣赏《得罪了,马汉茂!》这篇散文,它表现出一个中国作家的骨气。

厚英深深热爱着她的家乡,每年寒暑假都往家乡跑,有着割不断的乡情。她关心着故乡的一草一木,关心着故乡人民的生活。她想在故乡办学,提高乡亲的文化水平,为此,她还曾草拟过一份《支援乡村教育的计划草案》。1991年,安徽发生巨大水灾,她知道后,坐卧不宁,立即到处呼吁,发动募捐,并亲赴灾区,参加救灾工作。这些,都可见她对这块土地爱得多么深沉。

厚英晚年寻找精神上的依托,先是耽读老庄,继而钻研《圣经》,最后是在佛典中找到了归宿,并且做起居士来了。但她的学佛,并非看破红尘的结果,倒是想进一步悟透人生。因而,她并没有脱离社会,倒是对社会有着更透彻的了解。她还想写很多著作,我相信她一定会比以前写得更加深透。

但是,谁能料到,就在她的思想愈趋成熟的时候,她的生命却戛然而止了。

她是被杀害的。杀害她的凶手是她中学老师的孙子,一个来沪打工,求助于她的乡人。时间是1996年8月25日下午。与她一同被害的还有她的侄女戴慧。

一个因呼唤人性的觉醒、因鼓吹人道主义而受到批判的作家,却死在一个灭绝人性、惨无人道者的手下,我们的社会应该作何思考呢?

(本文是为安徽文艺出版社出版的《戴厚英文集》所写的序言)

附录一

办学理念与学术精神
——从鲁迅在北大当讲师说起

鲁迅是北京大学文化营垒中的健将,是蔡元培校长所器重的人物,而且被反对者指为"北大派"。他自己也觉得被派进这派里去,并没有什么不好,说是:"我虽然不知道北大可真有特别的派,但也就以此自居了。"但是,他在北大教学多年,却始终只是一名讲师。这使后人感到困惑,于是议论纷纷。

前些年有文章说,鲁迅在别的学校能当教授,在北大只能当讲师,这是因为北大的要求高,言下之意是说鲁迅的学术水平不够。后来在"百年北大"纪念活动中,又有文章说,北大只给鲁迅讲师职称,是因为任期短的缘故。其实,这些看法,都是犯了以今例古的错误,很经不起推敲的。

以学术水平而论,鲁迅并不比别的教授差。而且许多教授,特别是那些新派人物,进校担任教授之初,似乎都没有什么学术著作。他们的学术著作,如胡适的《白话文学史》(上册)、《中国哲学史大纲》(卷上),周作人的《欧洲文学史》,刘半农的《中国文法通论》,都是在教学过程中产生的,用现在的标准来衡量,都是属于教材一类。鲁迅的《中国小说史略》也是根据讲义整理而成,但其学术水平之高是公认的,连后来因道不同而明显对立的胡适,也始终不否认其独创性。当时在学术水平上受到非议的,倒是陈独秀——当然大半还是出于政治上的原因。因为陈独秀非常激进,要拖出四十二生大炮来轰击旧物,难免遭恨,别人就攻他在学术上没有专长,不配当教授和学长。于是有几位语言学教授站出来为他辩护,说是陈独秀一向研究小学,且写有专著,只是还没有出版而已。这场风波也就平息下去了。陈独秀对文字学素有研究是不假,但直到他离开北大,专著都还没有出版。陈独秀的去职,并非由于学术上的原因,而是被人抓到了别的把柄。这位先生文化思想虽然激进,但在生活上却不检细行,是八大胡同中常客,别人抓住这一点,说不配为人师表。这使蔡元培很感为难,无法为之辩护。因为其时他已组织了进德会,其中就有不蓄妾、不嫖妓的约定。但蔡元培还是保了陈独秀,只要他辞去文科学长的职务,仍保留其教授职衔。后来陈独秀因为要搞政治活动,就连教授也不做了,此乃后话。

可见鲁迅在北大没有当上教授,并非因为学术水平的关系。

那么任职期限呢？鲁迅从1920年8月从北大中文系主任马裕藻手里接了聘书，到1926年8月离京，整整在北大任教了六年，开设了"中国小说史"及"文艺理论"课程，并担任北大研究所国学门委员会委员等职，还为北大设计过校徽，指导过学生的文艺社团和刊物，参加过种种活动，总之，任期不能算短，关系不能算浅。但他始终只是个讲师。而别的许多人呢，一进北大，就是教授头衔，其中周作人是鲁迅的二弟，当初更无名气，还是鲁迅介绍给蔡元培的。1917年4月，周作人到北大找蔡元培时，因为是在学期中途，无法排课，蔡曾要他到预科教国文，周作人不就，再安排到国史编纂处，到了9月4日，新的学期开始时，周作人才接到文科教授的聘书。可见任教期限亦非定职的根据。

鲁迅在北大只能当讲师，显然另有原因。这原因，就在于蔡元培的教育改革和办学方针。

北京大学是由前清京师大学堂延续下来的，保留有京师大学堂的许多陋习。蔡元培受教育部电召回国，准备出任北大校长之际，就有许多朋友劝阻，说北大太腐败，进去了，若不能整顿，反于自己的声名有碍。蔡元培是抱着整顿北大的决心去上任的。京师大学堂是培养官员的学校，用现在的话来说，就是干部培训学校，初办时所收学生，都是京官，所以学生被称为"老爷"，常有带着听差去读书的，而监督及教员都被称为"中堂"和"大人"，可见整个学堂官气十足。北京大学的学生从这些京师大学堂"老爷"式的学生中嬗继下来的风气是，平日对于学问没有什么兴会，却很注重毕业后的出路，所以对于专门研究学术的教员不见得欢迎,而对于前来兼课的政府要员,尽管他们时时请假,而仍旧欢迎得很——目的是寻找阔老师做靠山。蔡元培认为这是科举时代留下来的劣根性,必须革除,他到校后的第一次演说,就说明"大学学生,当以研究学术为天职,不当以大学为升官发财之阶梯"。要打破旧有观念,首先要整顿师资队伍。他解聘了那些不学无术的教员,包括一些兼职的官员和滥竽充数的外国教员。这自然会引起风波。据他自己在《我在北京大学的经历》里说,当时有一名法国教员要控告他,有一名英国教习竟要英国驻华公使朱尔典来同他谈判,他不答应,朱尔典出去后说:"蔡元培是不要再做校长的了",他也不予理睬。可见当时矛盾之尖锐,也可见蔡元培改革决心之大。但对于有真才实学的教师,则无论属于哪一个派别,无论有什么样的政治倾向,他都表示欢迎。于是一方面聘请了提倡新文化的陈独秀、胡适、李大钊、钱玄同、刘半农、周作人等人,另一方面则留任了张扬旧学的辜鸿铭、黄侃、陈汉章、林损等人。刘师培虽然政治上大节有亏,但因为旧学有根底,还是聘用了;梁漱溟资历甚浅,没有上过大学,但因为学有专长,破格聘为讲师。一时间,在北大校园内,西装与马褂纷呈,各派学人并存,人才极一时之盛。至于鲁迅,蔡元培一向很佩服他的学问和识见,还在民国元年出任教育总长时,就把他招至教育部任职,但也正因为鲁迅是教育部的官员,他在北大是兼职而非专任,所以只能当讲师,而没有教授的名义,这就是原因所在。但这并不妨碍鲁迅的学术地位和他在北大所发挥的作用。——据说,这种兼任教员只有讲师名义的规定,直到50年代初才被改掉,因为其时大学讲堂又需要为政府官员开放,"兼任讲师"的名义太不好听,就转而认为蔡元培的规定为不合理了;而办学的理念一变,聘任的规定一改,人们以"新"的眼光去看"旧"事物,也就觉得鲁迅当年就"兼任讲师"之职,是由于学术水平不够了。

蔡元培出任教育总长时,曾发表过一篇《对于教育方针之意见》,文章开头就说:"教育有二大别:曰隶属于政治者;曰超轶乎政治者。"他认为前者是专制时代所派生,而后者则为共和时代之产物。他是主张学术独立,思想自由的,所以他出长北大之后,就推行兼容并包主义,只要言之成理,持之有故,各种见解都可发表。于是新旧两派在学校里就斗得很厉害,据说黄侃每次上课,总要先骂一通胡适,这才正式讲学;新派也不示弱,我们只要看看鲁迅和钱玄同等人在文章中大骂国粹派,就可以想见一斑。北大的学术空气也空前地活跃起来,它之成为全国的学术中心,并非由于前清皇上的钦定,而是由于蔡元培推行新的教育方针的结果。

但是,到蒋梦麟、胡适主持校政时,情况就起了变化。他们虽然也接受了不少西方民主教育,但襟怀远不及蔡元培开阔,排斥异己、培植私人势力之风渐起,干出了许多与蔡元培办学方针背道而驰之事。如:解除了马裕藻中文系主任之职,要由文学院院长胡适兼任;把黄侃、林损等对立派陆续排挤出北大。这实际上是削弱了北大的力量,磨损了北大精神。

但蔡元培所开创的北大精神,在中国仍产生了巨大的影响。它造就了一代独立的知识阶层,培养了一种自由的学风,有力地推动了我国现代化进程。后来由于种种原因,五四时期的北大,只成为历史的胜景,供人景仰而已。但仍有许多知识分子为这个理想境界而斗争。比如，1925年鲁迅等人支持女师大学生运动，1938年朱光潜等人在四川大学反对教育部委派CC系特务头子来做校长，就都是为"教育自由"所做出的努力。这些斗争虽然取得了局部的胜利，但在当时中国的大背景下，最终还是失败了。女师大后来还是合并了；而朱光潜也终于挡不住政治压力，在国民党政府作出学校"长"字辈都要入党的规定下，只好加入了国民党。而这一切，留给人们的却是无穷的深思。

顾影看身不自惭
——周作人的晚年心态

这里所谓周作人的晚年,是指从1949年1月26日周作人被保释出狱,到1967年5月6日在北京去世,即从六十五岁到八十三岁这段时期。

1949年1月,辽沈、淮海、平津三大战役都已结束,共产党胜局已定,解放军饮马长江,南京政府眼看就要垮台。正是在这样的形势下,以汉奸罪被判徒刑的周作人才得以获释。但这时,南京城里已是人心惶惶。周作人出狱的那一天,居停主人就连夜逃往上海,丢下周作人一个人住在他的房间里。好在第二天,周的学生尤炳圻父子来接他赴沪。但车站上也是一片混乱,周作人是在尤氏父子的帮助下从车窗里爬上火车的,不吃不喝,不拉不撒,在火车里待了二十四个小时,这才到得上海,情形颇为狼狈。

到上海后,周作人在尤炳圻家寄寓了一百九十八天。这段时期,对周作人来说,最重要的事情是考虑何去何从。解放军占领上海前夕,胡适过沪逗留,曾两次约见周作人,都被他回绝了。胡适又托人转告,建议他去台湾、香港,并保证他有教授职务,也不为他所接受。但这并非周作人对共产党有认识、有感情,也不是什么爱国情怀,故土难舍,而是别有原因。前几年,有人将周作人的下水与共产党的地下工作挂在一起,那是曲为之辩,殊属不伦不类;又说是共产党向他做过工作,叫他不要走,那也没有什么根据。不错,周作人曾经多次帮助过李大钊的后人,那是属于私人情谊,而非对于主义的信仰。周作人与共产党领袖毛泽东也有一面之缘,但那是多年以前的往事了。那时,周作人是北京大学名教授、新文化运动的风云人物,毛泽东只是一名北大图书馆管理员,受新文化运动洗礼的新青年,所以毛泽东到八道湾拜访周作人,是表示仰慕之意。而现在,毛泽东已成为胜利之师的统帅,周作人则戴着汉奸的帽子刚从监狱里保释出来,情况已是今非昔比。共产党虽然事事与国民党对着干,凡是国民党反对的它就拥护,凡是国民党拥护的它就反对,但是,对于被国民党判过刑的汉奸,则是不会奉为上宾的。何况,周作人一向与共产党领导的左翼文艺运动相对立,现在,共产党即将取得全国胜利,又会如何对待他呢? 这实在是难以预料之事。周作人并非不想离开大陆,事实上,还在出狱之前他就通过尤炳圻写信给台湾的林炎秋,说他获释后,想到台湾,托他设法安置。后来他之所以没有接受胡适的建议,也没通过别的途径到台湾去,那是因为:一则,他认为胡适说话不大可靠,说过的话会忘记;二则,他对国民党政府完全失望了,觉得如果离开大陆,难免会像流亡的白俄一样,要做白华,甚至会成为政治垃圾。——这些想法,后来在书信和回忆文章里,他自己都有所追述。他也曾考虑在上海安家,但是要在上海租赁房屋来安顿这么一个大家,经济上实在不胜负担。好在北京总还有房子可住,几经权衡之后,他还是决定回北京去。

周作人于1949年8月14日回到北京,10月18日搬回八道湾旧居。住房解决了,但衣食还是一个大问题。周作人自从担任北大教授之后,虽然收入一向颇丰,但他治家无方,听凭太太羽太信子挥霍,向来没有什么积蓄。加以定罪之后,家产大都被没收,这就必须为谋食而虑了。以他现在这种身份,教书是不相宜的了;有人劝他卖字,他自忖并非书法家,也未必会有多少人来买;剩下来只有一条路,只能卖文为生。好在周作人在文坛上熟人尚多,别人也还愿意帮他的忙,于是,他一面翻译一些作品,一面就给报刊写散文。周作人本是散文大家,而且见多识广,读书甚多,可写的东西自然不少,但当时乃兄鲁迅的地位正隆,而其早期生活又只有他最为了解,正属奇货可居也。周作人于1923年与鲁迅决裂后,一直与之处于对立的地位,鲁迅逝世时他只马马虎虎写过两篇文章,就拒绝别人的约稿,说是以他的身份,是不便于写此类文章的。这些话,他自然不会忘记,但是,为了吃饭问题,也就顾不得身份关系,顾不得以往的声明了,就在《亦报》上大写起有关鲁迅的文章来,后来结集起来,以周遐寿的名字出版了两本书:《鲁迅的故家》和《鲁迅小说里的人物》。这些文章，自然很有资料价值，但是为了多拿稿费，也就难免搀进不少水分。直到1956年纪念鲁迅逝世二十周年时，他还写了不少有关文章，后以周启明的名字出版了一本书：《鲁迅的青年时代》。

周作人从不肯写纪念鲁迅的文章，到大写而特写，来了一个一百八十度的转变，难免贻讥于世人。许广平就讽刺他当初骂鲁迅，现在吃鲁迅。而此时，周作人实为生活所迫，不得不如此也。那时，他几乎是把他所占有的鲁迅资料当作钞票来使用的。周作人自己也说，他手头掌握的鲁迅资料，好比是有限的钞票，用掉一张就少一张的。所以他不肯轻易示人。曾听唐弢先生说过，他曾经动员周作人把所藏的鲁迅文物贡献给国家，但周作人不肯，他要慢慢地拿出来换钱的。有一次，周作人拿出一些鲁迅文物，即以安排他儿子进北京图书馆工作为条件。

不过，共产党政府对于周作人的生活还是作了安排。先是让他为出版总署译书，后来让他为人民文学出版社译书，都能使他获得一些稿费，那时，是建国后稿费标准最高的时候。1960年起，又以预支稿费的形式，由人民文学出版社每月付给他生活费四百元。这时，教授还属于"高薪阶层"，以上海八类地区而论，一级教授的工资是三百六十元，六级副教授是一百六十五元五角，北京是六类地区，还略低于此数。这就是说，周作人当时的生活费已超过了一级教授的工资，而一级教授在全国是为数不多的。周作人在致曹聚仁的信中，也承认："其实政府对于弟是够优厚的了。"但是，他还是不够开销，靠向香港报刊投稿，赚点稿费来弥补亏空。后来，出版社以他家的病人已经去世,物价已经低下为理由,将周作人的生活费减去一半,降为二百元。当然,这同当时阶级斗争的弦愈绷愈紧的形势不无关系。周作人自然更为窘迫了,他不得不多向港报投稿。但港报讲究趣味性,周作人一向以冲淡为尚的文笔难以适应,稿子常常压着发不出去。好在有曹聚仁等朋友帮忙,总还能不断发表一些文章,四十多万字的《知堂回想录》虽然没有能够在报纸上连载完毕,但在曹聚仁的努力下,也还是出版了单行本。在几年物质生活困难时期,香港的朋友还不断给他寄糖、油、海味和药品等物。周作人的生活水平,比起过去来,当然是降低了很多,手头显得颇为拮据,但比起当时一般的高级知识分子来,还算是较好的了。

对于周作人来说,最难过的还不是生活上的困难,而是心理上的负担。有两件事,对于他说来,一直是解不开的死结:一是和大哥鲁迅的决裂,由兄弟怡怡变为形同参商;二是在日本占领时期担任伪职,抗日战争结束后以汉奸罪被捕判刑。

鲁迅最重兄弟情谊,当年在南京读书时所作《别诸弟诗》就可见他对兄弟的深情:"谋生无奈日奔驰,有弟偏教各别离。最是令人凄绝处,孤檠长夜雨来时。"年轻时,鲁迅一直充当周作人的引路人,后来又为支持周作人的生活而牺牲自己的学业,提早回国谋职。周作人到北大教书,也是鲁迅引荐的。八道湾的房子买下修好后,鲁迅又把主房大院让给周作人一家住,自己则住在前院较差的房子里。五四时期,他们兄弟一同成为新文化战士,二周是并提齐名的。但是,周作人却听信患有歇斯底里症的妇人的谗言,把鲁迅赶出了八道湾,绝情到了极点。从此,二人走着不同的道路:鲁迅继续他的社会改革主张,成为左翼文坛的盟主;而周作人则提倡闲适小品,从叛徒变成隐士,最终堕落为汉奸。现在,鲁迅被毛泽东誉为现代圣人、文化革命的旗手、中华民族新文化的方向,受到人们的崇敬;而周作人,则被视为民族的罪人,受到人们的指责,他在五四新文化运动中的劳绩,也被一笔抹杀了。两个地位原来相等的兄弟,现在一个上天,一个入地,反差实在太大。鲁迅已经逝去,世情的变化他是无从感知了,而活着的周作人,则心态难以平衡。周作人在书信中常对当时的鲁迅研究论著有所非难,而独欣赏曹聚仁的《鲁迅评传》,特别是其中所云鲁迅的思想根本是虚无之说,此尚可说是学术观点的不同,不足为怪,而他对鲁迅坟头所设塑像,说是"那实在可以算作最大的侮弄,高坐在椅上的人岂非即是头戴纸冠之形象乎?"就难免使人感到论者有些心理障碍了。盖世间文人作家的纪念像多多,坐像立像都有,难道都是头戴纸冠乎?周作人因握有鲁迅的第一手材料,写了许多回忆鲁迅的文章,而重新赢得了文学界的重视,但这种附骥于鲁迅之后的存在价值,对于他说来,无疑是一种讽刺。所以,他一方面为了生活问题而不断写作回忆鲁迅的文章,另一方面又决不承认他当年对待兄长的错误行为。此事知者不多,鲁迅又不愿在自己的文章和书信中提起,连日记中也是隐约其辞,不知内情者未必会引起注意。事情本来可以含糊过去,偏偏老朋友许寿裳和鲁迅夫人许广平都在回忆文章中翻出这笔陈年老账,这不能不使周作人感到尴尬和恼怒。

1960年暑假,我和两位毕业班同学到北京进行鲁迅研究调查访问,周作人自然列入访问对象之内,但听说他正为许广平《鲁迅回忆录》中《所谓兄弟》一节所写之事而光火,拒不见客。我们找到他和鲁迅当年的学生,后来与他们双方都有来往的常惠先生带领,这才接受访问。但所谈都是他在书中已经写过的,盖因新的内容他要留着另写文章也。后来读到《知堂回想录》和他给曹聚仁、鲍耀明的信件,知他对此事一直耿耿于怀,说不辩解,而实多方辩解。比如,在《知堂回想录》第一四一节《不辩解说(下)》里,就指摘许寿裳道:"许君是与徐张二君明白这事件的内容的人,虽然人是比较'老实',但也何至于造作谣言,和正人君子一辙呢?"又说:"徐是徐耀辰,张是张凤举,都是那时北大的教授,并不是什么'外宾'。"这里,用语相当混乱,与周作人一向清通的文风大相径庭。其实,当时鲁迅斥退周作人妻子所招来之徐、张等人,是说这是他们周家的事,你们外人不要来插手。这里所谓"外人",是指周家以外的人,并非后来通称外国人为"外宾"者。周作人说他们是北大教授,并不是什么"外宾",显系偷换概念的手法。而且,许寿裳说出一点不同意见,何以就是"造作谣言",就是"和正人君子一辙"呢?周作人说许寿裳是"明白这事件的内容的人",那么,肯定是因为许寿裳深知鲁迅的为人,又长期目睹鲁迅对周作人及其一家爱护关怀之情,这才不信周作人所说的"这事件的内容",而别有看法。至于,周作人在这段回想录后面对鲁迅小说《伤逝》的解析,则仿佛倒是说鲁迅似有忏悔之意了:"《伤逝》不是普通恋爱小说,乃是假借了男女的死亡来哀悼兄弟恩情的断绝的。"这大概也只是周作人自己的感觉而已,文艺界、学术界对于《伤逝》的主题虽有不同的解释,但没有认同此说的,因为研究者从作品中实在读不出这层意思来。对于许广平的文章,他在给曹聚仁、鲍耀明的信中都有所申说,但不作正面辩解,而以"妇人之见",全盘否定之。如说:"她系女师大学生,一直以师弟名义通信,不曾有过意见,其所以对我有不满者殆因迁怒之故。内人因同情于前夫人朱安之故,对于某女士常有不敬之词,出自旧家庭之故,其如此看法亦属难怪。但传闻到了对方,则大为侮辱矣,其生气也可以说是难怪也。来书评为妇人之见,可以说是能洞见此中症结者也。"(1961年11月28日致鲍耀明信)于是一场是非之争,遂化为姒娣斗气矣。

周作人很缺少一点自我批评精神,用时下流行语言说,即是没有忏悔意识。所以对于自己所做的错事,总是不肯承认,而是要找出种种"理由"来硬撑面子。甚至连落水做汉奸这样的大错,也要曲为之辩。1964年7月18日致鲍耀明的信中说:"关于督办事,既非胁迫,亦非自动,(后来确有费气力去自己运动的人)当然是由日方发动,经过考虑就答应了,因为自己相信比较可靠,对于教育可以比别人出来,少一点反动的行为也。"仿佛他之做汉奸,是牺牲自己而拯救苍生似的。这使我们想起了汉奸总头目汪精卫所说的话:"我不入火坑,谁入火坑?"他们正是一鼻孔出气。

周作人在他的《知堂回想录》里,大谈被日本军方御用作家攻击为"反动老作家"之事,说他引起攻击的文章《中国的思想问题》,"是想阻止那时伪新民会的树立中心思想,配合大东亚新秩序的叫嚣";却绝口不提他在各种集会上配合日本侵略者对于"大东亚新秩序"的叫嚣,比如,1942年9月13日他出席伪华北作家协会成立大会,就在书面训词中鼓吹道:"现今世界情势大变,东亚新秩序相次建立,此时中国作家自应就其职域,相当努力","以不变应变,精进不懈,对于华北文化有巨大的贡献。"在这里,周作人文过饰非的态度是十分明显的。同时,他在书信中还时常且那些依附新政权的作家,批评他们的文章是八股腔调,而忘却自己在依附日伪政权时所发的八股腔了。这大概也是周作人要取得心理平衡的一种手段吧!

周作人是在心理失衡的状态中过完他的晚年人生的。但是,孰料在他去世十多年之后,却又重新走红起来,他的著作以各种形式重新编选,重新出版,而且非常畅销。鲁迅热不断的降温,而周作人热却悄然而起。这正应了一句老话:"三十年河东,三十年河西。"当然,这时长眠的周作人也已无从感知了,值得注意的是那些捧周人物的心态。我想,大概有这么几点是值得一提的:

一是逆反的心理。愈是受鼓吹的,愈是要找缺点,愈是被冷落的,愈是感兴趣。周作人落水做汉奸的确是大节有亏,但是他的前期,特别是五四时期,是对新文学有贡献的,过去因其晚节不终,即全部加以抹杀,自然不对,"文革"结束之后,思想获得解放,一些研究者重新评价其功过是非,恢复他在文学史上应有的地位,本是应做之事,但继之愈捧愈高,并曲为之辩,那就是逆反心理作怪了。

二是历史的遗忘。中国近代是屈辱的时代,备受外国的侵略,因而激起了强烈的民族意识。中国的知识分子尽管政见有所不同,且时有学派之争,但民族观念大抵很强,爱国思想很浓,所以过去许多文人虽然也尊重周作人的历史地位,爱惜他的文才，但对他出任伪职，则有所不齿。中国知识分子当初那么欢迎新中国，很大的原因，就是因为它能以独立的姿态在世界上站起来。但时间一久，屈辱的历史就逐渐淡忘，民族意识相对趋弱，对周作人的下水行为，也就不是那么看重了。

三是商业的炒作。现在国内虽然还不允许成立私营出版社，但事实上书商已经很多。书商与出版家不同，他们考虑的不是文化建设，而是营利赚钱。青年人历史观念的淡薄，社会上普遍存在的逆反心理，正是他们任意炒作的好机会。周作人热就与这种商业炒作有很大的关系。

然而，一切政治行为，一切商业炒作，总要随着时间而消退，历史的东西总要还给历史。无论是历史的功绩或者是历史的罪孽，总要由历史来评说。

从表现论到喇叭论
——郭沫若文艺观的变迁

五四时期真是"万类霜天竞自由"的年代。单就新文艺领域而言,就出现了不少社团、流派,并存着许多观点、风格。他们之间虽然也相互指摘,甚至彼此嘲讽,但是,谁也不能挤掉谁,倒是在一定程度上形成了"争鸣"、"齐放"的局面。文学研究会提倡为人生的艺术,创造社标榜表现自我的艺术,还有其他许多社团,各有自己的主张,各有自己的作品,相映成趣,为新文艺增色不少。

在创造社中,表现得最突出的作家,是郭沫若。无论在理论上或是在创作上,他都把表现论推到了极致。他从根本上否认了文艺再现性的功能,把主观意识凌驾于客观现实之上,说是"艺术家不应该做自然的孙子,也不应该做自然的儿子,是应该做自然的老子!"他认为:"生命是文学底本质。文学是生命底反映";"真正的艺术品当然是由于纯粹充实了的主观产出。"并且表示,对于德国表现派"的将来寄以无穷的希望"。同时,他还否认文艺的功利性,赞扬无目的的目的性,说是:"我对于艺术上的功利主义的动机说,是不承认它有成立的可能性的。"(见《自然与艺术》、《生命底文学》及《论国内的评坛及我对于创作上的态度》等文)这段时期,郭沫若的创作也的确是天马行空,任凭主观精神自由翱翔。他立在地球的边上放号,看眼前怒涌的白云,滚滚的洪涛,赞美着力的绘画、力的诗歌,力的律吕。他向常动不息的大海和明迷恍惚的旭光道晨安,他匍行在地球母亲的背上,要求她安慰自己的灵魂。他礼赞太阳,崇拜偶像,歌颂一切革命的匪徒。他抒发自己眷念祖国的情怀,希望古老的祖国像涅槃的凤凰一样,在烈火中再生。——在郭沫若的诗歌中,自我的主观精神,表现出无限的力量。他把自己想象成一条天狗,要把月来吞了,要把日来吞了,要把一切的星球来吞了,要把全宇宙来吞了;他要成为月的光,日的光,一切星球的光,他要成为全宇宙的能的总量。虽然,主观精神这样无限扩张的结果,难免到了"我的我要爆了"的地步,但在人们的个性长期受到压抑的情况下,主观精神的自我扩张,倒也顺应时代的潮流,郭沫若的号叫的诗歌,表现出一种磅礴的气势,颇能打动患有时代苦闷症的青年学子的心。诗集《女神》受到读者欢迎,并在中国现代文学史上占有重要地位,不是偶然的。

但是,中国现代的思想运动实在变化得太快,个性解放思潮还未全面展开,很快就为集团主义和阶级观念所取代,而郭沫若又是一个善于追赶浪潮的人,所以,随着时代思潮的变迁,他的文艺思想也就迅速地变化着。1925年11月,他在《文艺论集》的序言中,就宣布道:"我的思想,我的生活,我的作风,在最近一两年之内可以说是完全变了。我从前是尊重个性,景仰自由的人,但在最近一两年之内与水平线下的悲惨社会略略有所接触,觉得在大多数人完全不自主地失却了自由,失却了个性的时代,有少数的人要来主张个性,主张自由,总不免有几分僭妄。"

从昂首天外到眼睛向下,这自然是一种进步。而将尊重个性、景仰自由与正视民众的悲惨生活对立起来,这就大可不必了。但毕竟郭沫若走进了一个个性毁灭的时代,他为了顺应时代的潮流,保持自己在思想界、文学界的领先地位,只好不惜以压抑个性来接受集体意识。于是,到1928年革命文学论争起来时,郭沫若就提出了与自己以往的文学主张完全相反的理论——"留声机器论"。他在《英雄树》一文中说:"个人主义的文艺老早过去了……当一个留声机器——这是文艺青年们的最好的信条。"我们知道,留声机是以记录和播放某种声音为能事的,此处所谓当一个留声机器,就是要作家扬弃自我,即所谓"要你无我",而忠实地记录下无产阶级的阶级意识,将阶级的声音播放出来。但创造社诸君子无论在转向之前还是在转向之后,有一点却是一以贯之的,即在理论观点上的"要我无你",何况,当时他们还有点"唯我独革"——即鲁迅所指出的那种唯独自己得了无产阶级意识的味道,所以,郭沫若就用了一种威胁的口吻,强迫别人接受这个观点:"你们是以为受了侮辱么？那没有同你说话的余地，只好敦请你们上断头台！"但反对的声音毕竟还有，于是他又写了一篇《留声机器的回音》再加申述，说："当留声机器并不是什么耻辱的事情。""这是我们追求真理的态度。""留声机器是真理的象征。当一个留声机器便是追求真理。"而且还特别强调："但是我的'当一个留声机器'也正是要人不要去表现自我。"

不过，这种"留声机器论"的实践效果似乎并不见佳。1928年上半年，郭沫若在《创造月刊》上连载了几期的小说《一只手》，是很被"革命文学家"所推崇的革命文学佳作，它描写钢铁厂革命的童工小孛罗被机器轧断了一只手，因而激起全厂工人的义愤，终于爆发了酝酿已久的罢工斗争的故事。这部作品传送了无产阶级的斗争意识，是"留声机器论"的艺术范例。但可惜作者缺乏生活实感，根本不熟悉工厂斗争的实情，空泛的阶级意识产生的只是概念化的作品。而且，连这先验的阶级意识也未必很纯正，鲁迅就批评他唱的是老调子："郭沫若的《一只手》是很有人推为佳作的，但内容说一个革命者革命之后失了一只手，所余的一只还能和爱人握手的事，却未免'失'得太巧。五体，四肢之中，倘要失去其一，实在还不如一只手；一条腿就不便，头自然更不行了。只准备失去一只手，是能减少战斗的勇往之气的；我想，革命者所不惜牺牲的，一定不只这一点。《一只手》也还是穷秀才落难，后来终于中状元谐花烛的老调。"(《现今的新文学的概观》)

由于留声机器只能机械地记录和播放某一种声音，而不能用自己的头脑针对具体情况进行具体分析，因而，持此论者在文艺批评上也就容易犯乱扣帽子、乱打棍子的毛病。最典型的例子是郭沫若化名"杜荃"写的批评鲁迅的文章:《文艺战线上的封建余孽》。该文先将鲁迅判定为"资本主义以前的一个封建余孽",而因为"资本主义对于社会主义是反革命,封建余孽对于社会主义是二重反革命",故而论定"鲁迅是二重性的反革命的人物"。最后,又给鲁迅再扣上一顶更大的帽子,说他"是一位不得志的 Fascist(法西斯蒂)"。他给鲁迅扣了这许多可怕的政治帽子,却提不出任何根据。这类文章,实际上是开启了日后文艺批评中乱扣帽子,乱打棍子的先河。然而,也正由于留声机器的职能只是起着记录和播放的作用,所以当声源发生了变化时,留声机器的声音也会随之而产生变化。不久之后,郭沫若对于鲁迅的评价就起了一百八十度的变化。到1936年鲁迅逝世时,他不但在悼念文章中颂扬"鲁迅是我们中国民族近代的一个杰作",而且在中国留日学生举行的鲁迅追悼大会上说:"大哉鲁迅!鲁迅之前未有鲁迅,鲁迅之后有无数鲁迅!"并宣称自己只配做鲁迅的徒孙。——此类易走极端,缺乏具体分析的文艺批评,大抵就是"留声机器论"的弊害。

好在郭沫若也并未处处在执行他的"留声机器论",或者说,在执行"留声机器论"时,有时力度有所不足,在某些作品中并未明显地要宣传无产阶级的阶级意识,而着重于描写某种生活经历,表现自我的"诗与真",因而使得这些作品显示出自己的个性,如他的某些自传文学。而另一些作品虽然有着明显的现实针对性,和强烈的政治意图,但因为是借助于历史事件来表现,同时又融进自身的感情体验,因而也还是有自己的艺术特色,如他的若干历史剧。

但郭沫若在理论上并未放弃他的"留声机器论"。建国以后,他又将这种理论发展成为"党的喇叭论",即宣称要做共产党的传声筒。虽然这种"喇叭论"是明显地违反了文艺规律,也明显地违背马克思主义文艺理论观点——因为恩格斯曾经明确宣布,反对文艺作品"把个人变成时代精神的单纯的传声筒",但是,由于"喇叭论"与当时中共党内的"驯服工具论"相迎合,并把文学的"党性原则"具体化了,所以很得到一些人的赞扬,也产生了相当大的社会影响。

列宁提出"党的文学"的口号,还只是要求文学事业应当成为无产阶级总的事业的一部分,而同时则强调指出:"无可争论,在这个事业中,绝对必须保证有个人创造性和个人爱好的广阔天地,有思想和幻想、形式和内容的广阔天地。"(《党的组织和党的文学》)但是,郭沫若的"喇叭论",则将文学艺术作为宣传党的政策的传声筒,抹杀了作家的创作自由和艺术个性,对当时中国文艺界普遍存在的"写政策、演政策、画政策"的错误倾向,起了推波助澜的作用。

政策是一个政党根据本身的利益对现实事件表示的态度和提出的工作方针,作家则必须对生活持有自己的独立见解,他赞同这种态度和方针,也必须有自己切身的生活感受,才能写出好作品。否则,所写出来的必然是公式化、概念化、标语口号化的东西。而政策又大抵是抽象的条文,以文艺形式去进行宣传,难免会变成图解政策。郭沫若自己就常犯此病。他为了配合政治形势,常常在诗歌中大喊口号,如:"六亿人民,加强团结,坚持原则"(《领袖颂》);"理安在,读《选集》!窍安在,忠党业"(《赞雷锋》);"发扬马列争民主,领导工农夺政权"(《访茅坪毛主席旧居》);"万岁万万岁,领袖毛泽东"(《导弹核武器试验成功》);"人民七亿齐团结,万里长征永向前"(《五十党庆》)。而他的组诗《百花齐放》,则可以说是图解政策的典型。这一组诗,是为配合宣传毛泽东所提出的"百花齐放,百家争鸣"的文艺学术方针而作,共一百零一首,其中除了三首作于1956年之外,余九十八首皆于1958年3月30日至4月8日间十天之内写成,先在《人民日报》上连载,有刘岘的木刻插图。并且很快由人民日报出版社出书。作者的政治热情实在是非常之高,领导上也是非常之重视。但读者其实并不欣赏,而宣传效果也并不见佳。因为这些诗只不过是花种的并不全面的说明书,再加上与现实政治的牵强联系,既缺乏诗意,也未曾阐发百花齐放政策的内在意义。现录一首于下,以见一斑:

牵 牛 花

一大清早我们就吹奏起喇叭:
"太阳出来了,快把干劲放大!"
万只喇叭齐奏,雷霆都喑哑,
吹起六亿人民有如奔腾万马。

倒海排山,不要怕把天弄垮,
人们有补天能力,赛过女娲。
天下已是劳动人民的天下,
提早建成呵社会主义的中华。

这是不是革命诗歌的样板?政治与文艺的关系到底应该如何

处理？这些问题不能不引起人们的思考。但郭沫若以全国文学艺术工作者联合会主席之尊，在党报上连载这样的诗歌，是不是有一种导向作用呢？

鲁迅曾经说过："即使是真的文学大家，然而却不是'诗文大全'，每一个题目一定有一篇文章，每一回案件一定有一通狂喊。他会在万籁无声时大呼，也会在金鼓喧阗中沉默。"（《忽然想到之十一》）这是深知创作规律的确论。然而郭沫若走的却是另一条路子。自从他信奉喇叭论之后，几乎是每一个题目就一定有一篇诗文，每一次运动就一定有一通狂喊。于是，在他的作品中，《庆祝建国十周年》、《纪念党的生日》、《总路线万岁！》、《大跃进万岁！》、《人民公社万岁！》、《二届人大四次会议开幕》、《歌颂"九大"路线》、《上海百万人大游行庆祝文化大革命》、《读毛主席的第一张大字报〈炮打司令部〉》、《农业学大寨》、《工业学大庆》等诗歌；《联系着武训批判的自我检讨》、《三点建议》、《斥胡风的反社会主义纲领》、《彻底反击右派》、《关于厚今薄古问题》等文章，比比皆是。

然而，政治斗争是错综复杂的，政治运动的正确性还需要历史来检验，紧跟政治运动的狂喊诗文，不但缺乏艺术感染力，而且也谈不上什么思想深度，有时，在政治上还会使作者非常被动。由今观之，郭沫若那些配合政治运动的大量的诗文，又有多少能在政治上站得住脚的？虽然，在我国，对于那些紧跟的文章，只要被跟者还站立得住，那是不大会去追究作者的政治责任的，但这样的作者，在读者的心目中也就失却了信任感，还有多少宣传效果可言呢？当然，郭沫若有些时候的政治表态也是出于迫不得已，特别是牵涉自身的问题时，就很难说是自愿的，但政治影响也十分不好。比如，在"文化大革命"即将开始，山雨欲来风满楼之时，郭沫若在人大常委会上公开表态："拿今天的标准来讲，我以前所写的东西，严格地讲，应该全部把它烧掉，没有一点价值。"这当然是迫于形势的违心之言，但在客观上则助长了当时的"横扫"气势，而且为那种否定五四以来文化成果的"空白论"提供了旁证。——既然这位继鲁迅之后被树立起来当作革命文化旗帜的人，都承认自己的作品应予全部否定，那么，别的作家作品就更不必说了。

为了更好地发挥其喇叭的性能，郭沫若有时还要根据领导人的艺术爱好和个人见解来进行文艺批评，包括对古人的褒贬。他在"文革"中对于李白与杜甫的评论，是最典型的例子。因为毛泽东欣赏李白而不喜欢杜甫，郭沫若特地写了一本题为《李白与杜甫》的专著，专门扬李抑杜，以示迎合。本来，扬李抑杜或抑李扬杜，这是个人学术观点的不同，自无不可，但郭沫若急于要迎合上意，所提出来的理由，有时实在过于强词夺理。比如，他在批判杜甫的地主阶级意识，否定茅屋为秋风所破的惨境时，竟说茅屋冬暖夏凉，是很好的住宅。当时我和许多教师正住在干校的茅屋里，深受其夏热冬寒之苦，我们有几个人是在严冬里，冻得缩着身子轮流读完郭沫若这本新著的，读到此处，真是感到哭笑不得。我们说：郭沫若是住在洋房里说风凉话，现在他的房间里正开着暖气，哪知我们住茅屋之苦，最好让他到这里来住几天茅屋体验一下生活，大概就不会再说这样违情暌理的话了。

喇叭论对文艺事业到底起了一种什么样的作用，是应该认真加以总结的。

一个美学家的文学谈
——朱光潜的美学历程

如果说,王国维、蔡元培、鲁迅是中国现代美学的开拓者,那么,朱光潜可算是中国现代美学的重要建筑师。开拓者引进了西方的美学观念,推动了古今美学的嬗变,为中国现代美学的建设奠定了基础。但是,他们生活在时代的转折点上,有很多文化拓荒工作要做,特别是蔡元培和鲁迅,还要为文化革命披荆斩棘,他们的主要精力都没有放在美学上,因而来不及系统地构筑新的美学体系。而比他们略晚一些时候的朱光潜,则可以专于一业,他终生潜心于美学,系统地译介西方美学理论,并且构筑了第一个较完整的美学体系。

朱光潜,字孟实,生于1897年10月14日。安徽桐城人氏。有清一代影响极大的桐城派古文,就发源于他的故乡。朱光潜的父亲虽然教他做策论经义,但他进入中学以后就受到了古文派的教育。因此,他读了很多古书,且做得一手好古文。但那时,新学的影响已经很大,梁启超那酣畅淋漓的文章,使他深为感动,并且促使他窥探外面的世界。1916年冬天,朱光潜中学毕业后,在家乡教了半年小学,便到武昌进高等师范学校。但武昌高师中文系很使他失望,这里的师资力量还不如桐城中学。恰好当时的北洋军阀政府要选派一批学生到香港大学去学教育,朱光潜就应选而去,时在1918年。香港那时是英国的殖民地,整个教育体制是西化的,朱光潜在这里不但补习了英语,而且广泛地接触了西学,这使他的知识结构起了很大的变化,为今后的深造和进行美学研究提供了条件。

1923年,朱光潜从香港大学毕业,到上海吴淞中国公学中学部任英文教员,同时兼任上海大学逻辑学讲师。这时五四运动已经退潮,新文化阵营明显地分化,朱光潜对左右两方面的人物都有所接触,但却尽量回避卷入斗争,他只想通过教育的方法来改良社会。但是,因江浙军阀的战争,他所供职的中国公学停办了,他只好另谋他就。自然,他所能做的,仍是教育工作。因夏丏尊的介绍,他转至浙江上虞白马湖春晖中学教英语。在这里,他结识了对他颇有影响的几位朋友:匡互生、朱自清、丰子恺等,在他们的鼓励下,写出了第一篇美学文章——《无言之美》。白马湖虽然风景优美,但也并非世外桃源,不久就起了一场风波。原因是匡互生想有所改革,却不为专制的校长所采纳,愤而辞去教务主任之职,引起很大的反响。朱光潜支持匡互生,也辞去教职,回到上海。后来,夏丏尊、丰子恺等人也赶到上海,再加上叶圣陶、胡愈之、周予同、刘大白等人,他们创立了立达学园和开明书店。虽然在立达学园开办不久,朱光潜就考取官费赴英留学,但开明书店却与他的一生结下了不解之缘。他长期为该书店的《一般》杂志(后改名为《中学生》)撰稿,而且许多著作都在这个书店出版。

朱光潜是在1925年夏天取道苏联到英国去的。先进爱丁堡大学,选修英国文学、哲学、心理学、艺术史和欧洲古代史。在哲学思想上,受康德、尼采、克罗齐的影响很深,这都是当时的流行哲学。三年修业期满,他又进伦敦大学就读,并在法国巴黎大学注册旁听。1931年再转至德国斯特拉斯堡大学学习,直至1933年他的博士论文《悲剧心理学》通过答辩,获得了博士学位,这才回到国内。他在欧洲滞留了八年。在留学期间,朱光潜除读了许多西洋书籍,研究了许多新的学问之外,还不断写作。他一到英国,就以通讯的方式,在《一般》杂志上与国内青年谈思想修养和人生态度,这些文章于1929年结集成一本书,以《给青年的十二封信》为名,在开明书店出版。这本书以浅近的文字和恳切的态度,赢得了读者的喜爱,印行了几十版,成为一本畅销书。接着,他又于1930年出版了《变态心理学派别》,1932年出版了《谈美》——给青年的第十三封信。而且写成了《文艺心理学》的初稿和《诗论》的纲要,这是他前期的两本代表作。而对于自己的主要著作,他却非常慎重,并不急于出版,回国后作为教材,边教边改,改得比较成熟了,这才付印。——《文艺心理学》是1936年出版的,《诗论》直到1943年才出版。

正是在八年留学期间，朱光潜终于选定了他的治学方向：美学。这个方向的选定，一方面是由于他从哲学、心理学和文学艺术入手，必然会走到三者的交叉点——美学上来，另一方面也是出于一片爱国热忱。正如他在《谈美》一书中的《开场话》中所言："讲美！这话太突如其来了！在这个危急存亡的年头，我还有心肝来'谈风月'么？是的，我现在讲美，正因为时机实在是太紧迫了。……我坚信中国社会闹得如此之糟，不完全是制度的问题，大半是由于人心太坏。我坚信感情比理智重要，要洗刷人心，并非几句道德家言所可了事，一定要从'怡情养性'做起，一定要于饱食暖衣高官厚禄等等之外，别有较高尚较纯洁的企求。要求人心净化，先要求人生美化。"可见朱光潜选定美学为自己毕生事业，目的还是要净化人心，救治祖国，并非完全出于某种学术兴趣。

1933年，朱光潜回国后，任教于北京大学，并在清华大学兼课，教的就是"西方名著选读"、"西方文学批评史"、"文艺心理学"、"诗论"等课程。那时，文艺界有所谓"京海之争"。所谓"海派"，原是指受商品经济影响较深的上海文人，但1928年革命文学运动兴起之后，以上海为基地的左翼文人，也被指斥为"海派"。而"京派"则是指当时聚集在旧都（原为"北京"，时称"北平"）的一批文人，他们追求文学本身的趣味，而与新的革命运动保持一定的距离，甚至处于某种对立的地位。朱光潜由于经历和人事的关系，自然属于"京派"的圈子，而且由于他刚刚回国，没有历史的纠葛，被推出来主编"京派"刊物《文学杂志》。这一经历对他日后的生活影响颇深。

抗日战争时期，他就教于四川大学和武汉大学。抗战胜利后,他仍回北大,任文学院代理院长。在四川,他曾经激烈地反对过教育部派CC派特务头子程天放来做校长,并且写信给周扬,表示想到延安去;但后来被王星拱、陈通伯拉去当武汉大学教务长之后,却又迫于国民党关于"长"字号人物都要入党的规定,还是加入了国民党,并为他们的《中央周刊》写稿,而且被列名为中央监察委员。因为这个缘故,后来被郭沫若在《斥反动文艺》中斥之为"蓝色文艺"。"蓝色"者,指国民党特务机关蓝衣社也。其实,朱光潜与蓝衣社毫无关系。他之被列名为中央监委,无非因为是名流,被拉去当作点缀品,这种事是所在都有,不足为奇的。作为一个学者,朱光潜一生都在教书和写作。除上面已提及的外,新中国建立以前他还陆续出版过许多著作,计有:《变态心理学》(1933年)、《孟实文钞》(1936年,1943年又增订为《我与文学及其他》)、《谈文学》(1946年)、《谈修养》(1946年)、《克罗齐哲学述评》(1947年)。

40年代后期,国际和国内形势都发生了很大的变化。在国际上,由于苏联在反法西斯战争中的巨大贡献,和战后东欧一大片社会主义国家的出现,极大地扩大了共产主义的思想影响;在国内,由于国民党官僚政府的加速腐败,共产党领导下的人民解放军节节胜利,知识分子的思想起了很大的变化。于是,当面临何去何从的抉择时,许多原属自由主义阵营的知识分子都留在大陆。在北平易帜前夕,国民党政府在抢运黄金、文物的同时,也有一个抢运人才的计划。朱光潜是名流,自然属于抢运之列。但是他拒绝南飞,留在北平,迎接解放军的到来。郭沫若的文章,在一段时期内自然给他带来很大的政治压力,好在最高当局着意于搞统一战线,而且主管文艺工作的周扬对他也还比较了解,所以朱光潜的日子还算好过。

但思想改造的冲击是难免的。当时的知识分子都被认为带有旧思想,不适应于新社会,需要加以改造,何况朱光潜有着那样的经历,又从西方美学家吸取养料,建立了自己一整套的唯心主义美学理论,并产生了相当大的影响,当然更是属于重点改造对象。朱光潜对于自己的思想改造倒也十分认真,他深入地学习马克思主义理论,全面检查自己的美学观点,并在1956年发表了自我检查文章:《我的文艺思想的反动性》。文章发表后,照例被一些左派理论家认为不深刻,需要继续进行批判。但不久,这次对朱光潜美学思想的批判运动却演变成为一场持续六七年之久的美学大辩论。这当然与那时"百花齐放,百家争鸣"文化方针的提出有关。"双百方针"的提出,鼓舞了广大知识分子的积极性,可惜的是"齐放"、"争鸣"却总是为"批判"所代替。这场美学讨论可算是个异数,虽然仍旧有人喜挥棍棒,不时飞出一顶"反马克思主义"的帽子扣在别人的头上,但总算还允许别人反驳,所以讨论尚能进行下去。这一方面是因为这场美学讨论始终是在"美"和"美感"、"主观"和"客观"的抽象理论范围内进行,与现实文艺运动关系不大,不像冯雪峰、胡风等人的文艺理论,是直接针对当前文艺问题而发,对文艺界要产生实际影响;另一方面,双百方针既然提出来了,总得要树个样板,在人文学科内,由于上述情况,美学讨论无疑是最宜于做样板的。

作为争鸣的一方,朱光潜本人却是相当认真的。他利用当时所允许的条件,几乎是"有来必往,无批不辩"。——用时下流行的语言说,他是"用足了政策"。当然,他不是强辩,而是本着"坚持真理,修正错误"的原则,坚持着他自己认为是符合马克思主义的观点,修正他已认识到了的错误。并且在这场讨论中,重新建立了自己新的美学理论——虽然别人指责他仍旧是唯心主义的,但他自信自己的美学理论已经建立在马克思主义的基础上了,是既唯物又辩证的理论。作家出版社曾将他1958年以前的论辩文章集为《美学批判文集》,给予出版。

在这场讨论行将结束的时候,朱光潜开始了"西方美学史"的教学和研究工作。虽然他谦称自己过去对西方美学史没有进行过系统研究,但他早年讲授过与此相近的"西方文学批评史",资料是熟悉的。这回他是运用自己新的美学观点来研究,当然又别有一番见解。恰好60年代初周扬受命抓高等学院文科统编教材,就把编写《西方美学史》的任务交给了朱光潜。朱光潜不辱使命,很快写成,于1963年和1964年相继出版《西方美学史》上卷和下卷。大概是由于大跃进时期强调集体编书的余绪,《西方美学史》的上卷还是署"朱光潜主编",到下卷出版时才署"朱光潜著"。从这个细节里,我们也可以看出一点时代的风尚。《西方美学史》是朱潜后期代表作,对我国美学界影响很大,就朱光潜的学术成就说,也是一个重要的飞跃。

但接着,中国又进入了一个大批判时代。毛泽东关于文艺问题的两个指示下达之后,整个文艺界和学术界都展开了批判活动。不过这一回美学界的批判对象不是朱光潜,而是周谷城。批判的重点是他的"时代精神汇合论"。朱光潜不但没有被批判,反而被动员出来批判周谷城。他在《文艺报》上发表了一篇长文,说是要与周谷城对对笔记。但朱光潜的批判是严肃的,他没有乱扣帽子,而是找出了周谷城美学思想的来源,与他进行学理上的讨论。

不过,这种局面没有维持多久,"文化大革命"就开始了。对于知识分子说来,这是一个玉石俱焚的时代,朱光潜自然是在劫难逃。到得"文革"结束时,朱光潜已是七十九岁高龄。但他在八十岁之后,直到八十九岁(1986年3月6日)逝世之前,仍旧笔耕不辍,又出版了《美学书简》(1980年)、《美学拾穗集》(1980年)、《艺文杂谈》(1981年)、《维科的〈新科学〉及其对中西美学的影响》(1984年),并且修订出版了《西方美学史》。此时,朱光潜的思想仍然非常活跃,提出了上层建筑与意识形态的关系等相当尖锐的问题,引起了学术界的讨论。

同时,他抓紧时间修订旧译,并着手新的译作,为中国的美学建设做一些基础性的工作。朱光潜这一生,翻译的西方美学名著很多,如:克罗齐的《美学原理》、黑格尔的《美学》、柏拉图的《文艺对话录》、莱辛的《拉奥孔》、歌德的《谈话录》、哈拉普的《艺术的社会根源》,以及晚年新译:维科的《新科学》。他可以说是为中国的美学建设,贡献了一生的精神,真是"春蚕到死丝方尽"!

朱光潜虽然是美学专门家,长于思辨,但却不是一个学究式的人物。他关心社会生活,喜欢与青年对话,谈修养,谈美,谈文学,非常贴近现实。这本《谈文学》,就是这位美学家与一般文学爱好者的谈话。它不是系统的文学理论专著,但有内在的连续性;它不是文学入门书,但许多地方是为初入门者说法；它不摆理论文章的架子，但因为作者具有深厚的学理修养，所以写得很有理论深度，只不过作者的文风一向是深入浅出，再加上文中有许多自身学习文艺的甘苦之言，所以读起来很有亲切之感。

本书是作者在抗日战争后期所写，具有当时文坛的现实针对性；但它属于作者前期作品，也必然带有前期的文艺思想印记。但是，攻击时弊的文章，只要此种弊病尚存，它就会保持自己的生命力。比如，在《文学上的低级趣味》中，"关于作品内容"方面，作者批评了五种类型："第一是侦探故事"，"其次是色情的描写"，"第三是黑幕的描写"，"第四是风花雪月的滥调"，"第五是口号教条"；"关于作者态度"方面，也批评了五种态度："第一是无病呻吟，装腔作势"；"其次是憨皮厚脸，油腔滑调"；"第三是摇旗呐喊，党同伐异"；"第四是道学冬烘，说教劝善"；"第五是涂脂抹粉，卖弄风姿"。这些批评意见，至今仍值得思考。当然，对于朱光潜的这种批评，当时就有人持反对意见，目前更会有许多人不能接受。特别是在作品内容方面的第五条和作者态度的第四条中，朱光潜否定文艺的实用目的，反对将文艺作为宣传工具，长期以来就被革命文学家作为批判的靶子。其实，细审朱光潜的议论，倒是不无道理的。他认为艺术创造是一种内在的自由的美感活动，而教训人则是道德的或实用的目的，这两桩事不能合而为一。"一箭射双雕是一件很经济的事，一人骑两马却是一件不可能的事，拿文艺做宣传工具究竟属于哪一种呢？从美学看，创作和欣赏都是聚精会神的事，顾到教训就顾不到艺术，顾到艺术也顾不到教训。从史实看，大文艺家的作品尽管可以发生极深刻的教训作用,可是他们自己在创造作品时大半并不存心要教训人;存心要教训人的作品,大半没有多大艺术价值。"可见朱光潜并不否认文艺有教育作用,只是反对存心以文艺作品去教训人。这种见解是符合艺术规律的。虽然政治家们总喜欢以文艺为宣传工具,但一旦被存心当作宣传工具,作品也就失却了艺术感染力。鲁迅早就说过:"发抒自己的意见,结果弄成带些宣传气味了的伊孛生等辈的作品,我看了倒并不发烦。但对于先有了'宣传'两个大字的题目,然后发出议论来的文艺作品,却总有些格格不入,那不能直吞下去的模样,就和雒颂教训文学的时候相同。"(《三闲集·怎么写》)可见深知艺术三昧者的意见是一致的。至于把侦探故事当作低级趣味来看,对时下强调文艺的娱乐性和消遣性的读者来说,是很难接受的。但是,朱光潜并没有否定侦探故事本身,而是否认它是文艺作品。因为"它们有如解数学难题和猜灯谜,所打动的是理智不是情感。"——原来朱光潜所谈的是严格意义上的纯文艺,这种文艺到了最高境界,可以与"道"相通,即所谓"文以证道"。它并不排斥理智,因为它对于人生世相必有深广的观照与彻底的了解;但极重情感,它对于人世悲欢美丑必有平等趋势的同情,有冲突化除后的和谐,不沾小我利益的超脱。这种文艺能使人在其中怡养性情,使人生达到艺术化,使进入其中者成为有道之士。

看来,把朱光潜看作超功利的艺术至上主义者是不对的。朱光潜心目中的艺术是与人生相通,上升到"道"的境界的东西,它对读者起的是净化心灵的作用。正是从这个高度出发,他接着才谈写作练习、作文运思、选择安排、咬文嚼字、声音节奏、具体抽象、想象写实等具体问题。因为立意高远，许多技巧性的问题也就谈得很有深度，使读者站在一个很高的境界来理解文学，无论对于鉴赏和写作都有很大的益处。

（本文是应上海文艺出版社之约，为该社出版的朱光潜先生《谈文学》一书所写的序言）

文人的误区
——吴晗的悲剧

20世纪60年代的"文化大革命",是由姚文元的《评新编历史剧〈海瑞罢官〉》揭开序幕的。这篇文章发表在1965年11月10日的《文汇报》上。当时只觉得该文将剧本中"退田"和"平冤狱"的情节与现实生活中的所谓"单干风"和"翻案风"联系起来,很有点牵强。但继之而来的关锋和戚本禹的两篇文章:《〈海瑞骂皇帝〉和〈海瑞罢官〉是反党反社会主义的两株大毒草》、《〈海瑞骂皇帝〉和〈海瑞罢官〉的反动实质》,则又进一步上纲上线,说这个剧本的要害是"罢官",目的是为被共产党罢了官的国防部长彭德怀翻案。这就更加使人看不懂了。

但随着运动的进一步发展,问题倒也比较地清楚了。原来，批判《海瑞罢官》和接着而来的批判"三家村"，只不过是为进行一场大规模战役而选中的一个突破口。因为《海瑞罢官》作者、"三家村"成员之一的吴晗，是北京市副市长，而"三家村"的另两名成员：邓拓和廖沫沙，则是中共北京市委的文教书记和统战部长，批倒他们，是为了揪出他们的"后台"——北京市市委书记兼市长彭真，而揪出彭真的目的，则是为了打倒更大的人物——刘少奇。所以当时一再强调，不能将这场辩论限制在学术争鸣的范围之内，而应该看作是一场政治斗争，并且把"在真理面前人人平等"的口号也作为资产阶级思想来批判，否定真理的客观性，强调真理的阶级性。一切都要从阶级斗争的需要出发，当然就没有什么道理好讲了。那时的逻辑是：阶级斗争的需要，就是真理。所以，吴晗的申辩是没有用的，检讨也无济于事，因为阶级斗争的需要，非将你打倒不可。

"文革"结束之后，随着对"文革"的彻底否定，刘少奇、彭真的冤案得到平反，吴晗和邓拓、廖沫沙的冤案，当然也得到了平反。平反之后，就揭出许多内幕消息来。原来吴晗当年之所以大写海瑞文章，甚至破门而出，以海瑞为题材写起他所不熟悉的京戏来，既非出于己意，也不是与彭德怀有什么瓜葛，倒是为了配合最高当局的意思，并直接接受了中央领导的委托的。1959年初，毛泽东在上海召开中央工作会议期间，对不敢说真话的作风提出批评，提倡魏徵精神和海瑞精神；一次，他在看了《生死牌》这出戏之后，又讲要宣传海瑞的刚正不阿精神。于是毛的秘书、中共中央宣传部副部长胡乔木就找到吴晗这位明史专家，要他根据毛泽东的讲话精神来写宣传海瑞的文章。吴晗积极响应号召，努力配合政治要求来写作，于是,有《海瑞骂皇帝》和《论海瑞》这两篇论文的出现。但是,当第二篇文章《论海瑞》一文写好时,形势已经起了很大的变化。时值庐山会议结束,会议通过了《关于以彭德怀为首的反党集团的决议》,认为当前主要危险是"右倾机会主义思想"。对于形势的此种变化,吴晗并不是毫无所感,他之所以赶忙在文章的结尾处添上几段大骂"右倾机会主义分子"的话,就是为了配合新的政治形势。但是,吴晗毕竟是书生从政,他不了解政治斗争中的机变,还死抱着领导人原来所说的那几句话不放。他不知道领导人在反左时说的话,到反右时是并不适用的。这时候再继续以海瑞为题材来写文章,本来就已经不合时宜,更何况还要用易为群众所接受的戏剧形式,大吹大擂呢? 此种举动,无疑已经种下了祸根,虽然在某种场合下,领导也可以对这出戏说几句赞扬的话,但到了一定时机,批判是在所难免的。对于上峰来说,当初提倡海瑞精神是一种政治需要,后来批判对于海瑞精神的提倡,也是一种政治需要,即所谓此一时也,彼一时也;而批判运动一旦发动,动员他写作的人是决不会站出来承担责任的,只好由他"文责自负"了。

这使我想起了鲁迅所作的一个有趣的比方:"学者文人们正在一日千变地进步,大家跟在他后面;他走的是小弯,你走的是大弯,他在圆心里转,你却必得在圆周上转,汗流浃背而终于不知所以,那自然是不待数计龟卜而后知的。"(《碎话》)对于民众来说,学者文人是处于圆心,对于政治家来说,他们又是处于圆周了,也是跟着转得汗流浃背而不知所以然。

这样看来,吴晗是走进了一个误区了。这是一个文人不该进去,却又常想进去的误区。

吴晗本是一介书生，他一头扎在故纸堆里，长期不问政治。抗日战争时期，是国民党政府的腐败统治迫使他走向十字街头。他一出手，就想以他的专业学问来为当前的政治斗争服务。他在《从僧钵到皇权》(《朱元璋传》初版本)里，以传主明太祖朱元璋来影射现实政治中的蒋介石，这就使他的史笔偏离了历史真实性，把学术与政治拉扯在一起了。这步棋走得并不高明，实际上是走入了隐射史学的迷阵。好在他似有所悟，在以后的版本里作了改正。但是，他好像也并未跳出此种思维模式，所以，在建国以后，还是以学术去配合政治，以致被政治压得粉碎。

应该说，吴晗并非一个热衷于仕途的人。他一面参加政治斗争，一面仍想退回书房去做学问。当他得知自己当选上北京市副市长时，正在访问苏联的旅途中，他当即打了一个电报给周恩来总理，表示辞谢，说是愿意留在清华大学从事学术研究和教学工作。这并非故作姿态，可以相信是由衷之言，因为吴晗的确念念不忘他的明史研究。何况，当时教授的地位也还是相当高的。回国之后，周恩来与之彻夜长谈，才说服了他就任副市长之职。

而且，作为一个历史学家，他对于政治斗争的严酷性也不是毫无所知。这只要看看他在《朱元璋传》里对朱元璋有计划整肃文人的一场政治游戏的描写，就可以知道他的眼光不俗——"网罗布置好了，包围圈逐渐缩小了。苍鹰在天上盘旋，猎犬在追逐，一片号角声，呐喊声，呼鹰唤狗声，已入网的文人一个个断脰破胸，呻吟在血泊中。在网外围观的，在战栗，在恐惧，在逃避，在伪装。"

但是，评论历史是一回事，参与现实政治活动又是另一回事。文人在评论史事时往往能说得头头是道，而一旦陷入现实政治活动，就难免要变得昏头昏脑。吴晗在50年代的政坛上可以说是一帆风顺，这反而促使他把问题看得简单了。吴晗的一位同时从政的朋友在悼文中说道："老实说，我们都是书生，不是搞政治活动的人。吴晗的书生气，举一个例子便可以说明。1957年反右扩大化以后，许多知识分子不敢写文章了，民盟成员也是如此。有一天(大概是1958年秋)，吴晗和民盟的一些同志在颐和园的听鹂馆聚餐，吴晗鼓励大家继续写文章，不要有任何顾虑。当时有一位同志问他：'吴晗同志，你既然鼓励大家大胆写文章，你自己写文章为什么要用笔名呢？'吴晗同志说：'我用笔名决不是有什么顾虑。好，从今天起，我以后写文章，一律用真名，不再用笔名。'他看政治过于单纯，由此可见一斑。"(《吴晗纪念集·缅怀吴晗同志》)同时，该文还指出，吴晗自投入政治舞台以后，一直是一帆风顺，不自觉地滋长了一种自满情绪，而且表现得锋芒毕露。作者认为：吴晗性格中的这一缺点，"与他(后来)政治上遭到挫折，也多少不无关系"。这是过来人的话，值得深思。还有，他们"三家村"里幸存的"同村人"廖沫沙，在《纪念吴晗同志》的三首诗里，以打油的形式，亦发表了许多悟道之言："书生自喜投文网，高士如今爱折腰"；"《灯下集》中勤考据，《三家村》里错帮闲"；"鬼蜮为灾祸已萌，天真犹自笑盈盈。"这是值得我们细细体味的。

吴晗的悲惨命运是值得同情的。但是，从吴晗的悲剧里，文人们可以总结一点什么经验教训呢？

附录二

偶与风云值,独存豪气多
——记吴中杰先生

骆玉明

年前,吴中杰先生在《文学报》上写复旦大学一些前辈学者的往事旧迹,引起很多人的兴趣,不少复旦同仁学子读后,想起人事代谢,颇有感慨,其实他自己也有不少逸闻……

吴先生的大名,我是年纪很轻时就如雷贯耳。1970年,"胡守钧反革命小集团"罗织成案,吴先生被派定为"摇鹅毛扇"、"长胡子"的"狗头军师"角色。那年夏天,以江湾体育场为主会场,又在各处设立分会场,用电视现场转播,召开了四十万人的批斗大会。其时吴先生不过三十多岁,但因早很多日就接到不许剃去胡子的命令,拉出来果然满腮乱须,跟他被指定的角色配合得恰好。"政治常常带有戏剧性,看穿了,也就不怎么可怕。"吴先生事后如此总结。这批斗会规模宏大,吴先生在会上又死不认罪,他的名字被冠以"打倒",吼得震天响,真是很出了一回风头,从此"天下何人不识君"。到了80年代,有位尚属年轻的研究者一时得名,常把成就感高悬于眉宇之间,吴先生看得不耐烦,便嘲戏他一句:"兄弟在你这年纪,已经被打倒了。"——颇有点得意。

我因为久仰吴先生曾为"军师"的盛誉,到复旦读书后便跟他很接近,趁机问些往事,才知当年他与胡守钧他们并无勾搭。原来在这以前,吴先生编一种《鲁迅语录》,把鲁迅指斥姚文元之父姚蓬子的话也收进去了,"四人帮"在上海的手下人觉得他用心可疑,才找个锅把他煮进去。其实吴先生倒也没什么深意,暴得大名,多少是出于偶然。但如此不知为"尊者"讳,又在那样的大会上"横眉冷对万夫吼",则纵无反谋,"反骨"总是长了一根的,斗他也不算全错。

其间有一个插曲:当吴先生蒙祸时,有人提出要把他的夫人、正在东北下放的高玉蓉老师揪回来一起受审。一位曾和高老师同事而那时正在上海掌着大权的人物便说了句:"这人我了解,不必去找她了。"高老师因此逃过一场磨难——她是个既温良又激烈的人,比不得吴先生的皮粗骨硬耐捶打,要是卷进那股凶潮,不知会出什么事呢。因之夫妇俩对那人怀了一份感激,在他落魄孤寂的日子里,特地去探望了一次。自己的磨难也就淡忘了……因为同在"牛棚"待过,吴先生同复旦一些著名人士如苏步青、周谷城先生等都算是有点交情。但他们后来地位日隆，吴先生就很少与之交往。有一回，周谷老写了一张条幅送吴先生，是漫漫然的"博大精深"四个字。"这怎么挂出来呢？"吴先生以为不妥，又让人转告请周谷老重写。字是重写过了，但随后不久周谷老就当了全国人大副委员长。"这怎么挂出来呢？"吴先生觉得家里挂一幅副委员长的字，是一件尴尬的事，便连同前一幅都束之高阁了。周谷老竟是白白写了两回字。这故事同上面的故事合起来看，我觉得蛮有意思。

吴先生父辈的兄弟几人，有在共产党里干革命的，有在国民党里做事的，总之一家人与中国的政治纠缠得复杂。他的父亲先后在郑洞国、胡宗南手下当军官，到过延安。因为看到国民党气数将尽，早早退出行伍，解放后总还算平安。但吴先生的"家庭出身"，也就大有毛病。现在的年轻人，大概不明白"家庭出身"这玩艺同自己的生活有什么关系，在"文革"前，那可是性命交关。譬如就像吴先生本人，虽因毕业年代早而侥幸留在大学里教书，但按政策是不能重用的。从前在大学里，出身不好的教师大都为人谨慎，因为弄不好，谁也不知道会从哪里掉下祸事来。久而久之，这也成了个性，即使到了后来不怎么讲究出身的年代，总还是处处小心。但吴中杰先生却是例外，他好像有"犯上"的个人爱好，常常和当政的人过不去。事关乎己的，觉得不公平，当然不买账，事不关己的，譬如他认为哪个年轻人没有得到公正的对待，也要出来打抱不平。说实话，吴先生的意见，并不总是得到很多人的赞同；但在他自己，那是理直气壮，绝不肯把话说得绵和委顺。我问：吴先生这脾性从何而来，他说是同他老爷子有关。他老爷子早年在郑洞国将军手下当连长，受顶头上司营长的气，恼了，竟拔出手枪来干，还是郑洞国亲自出面打圆场，才了。听说这番缘由，我想起吴先生平时腰杆挺直、目光直视、声气洪亮的习惯，大约多少也是秉承了老爷子的军人格调。

不过吴先生终究是文化人，他的思想习惯以及性格特点，另外当别有来源，我想那主要是鲁迅。

吴先生是研究鲁迅的专家，写过鲁迅的传记和其他研究著作，当年倒霉，也是缘于编鲁迅语录。研究鲁迅对于他而言，不是单纯的学术工作，而是一种全身心的投入。他把自己的人生经历和鲁迅著作相渗透，获得对中国历史文化和社会变迁的理解，也颇感染了鲁迅对国家与民族的一份忧念。而维护鲁迅的历史地位，阐明鲁迅思想的真实内蕴，对吴先生而言，则不仅关系到对一位历史人物的公正态度和正确理解，同时也是维护着中国现代思想文化艰难的进步。近年来，出现了一种贬低鲁迅、否定五四新文化运动的思潮，与此相关联，吹捧文化保守主义，吹捧"学衡派"、"新月派"某些代表人物的声音也颇为热闹，吴先生对此作了毫不客气的抨击。譬如他的新著《中国现代文艺思潮史》在谈及梁实秋时，特地引了一桩晚出的事例：梁氏去台湾后，获得相当高的社会地位，但当因于触犯党禁而被捕的作家李敖在警察押解下来到其寓所，请求这位文学前辈保释时，却遇到断然拒绝。这不仅是以"新典"证旧事，说明与当权者的默契是梁氏的一贯作风，而且很有现实意义：近年在内地，为梁实秋作鼓吹的颇有人在；梁氏一些声腔曲绕地说阿狗阿猫的"雅文"，也着实热乎了一阵。

吴先生的提示,有助于人们看明白这些玩艺儿。

在生活中,吴先生也有着温情的一面,平时他对晚辈、对学生总是很温厚,也特别喜欢同年轻人交往,而常挂在嘴上的称呼是"老弟"。有些毕业多年的弟子,仍跟他保持着深厚的交情。至于这几年他门下的博士、硕士们,背后聊天,叫他"老爷子",尊敬通过戏谑来表达。"老爷子讲课到了得意处,小眼睛一眯,身子都摇起来。"这是吴门女博士张岩冰的形容。

说了好久,其实没说到吴先生生活里最最要紧的内容——他的女儿扬扬。据吴先生说,他们家里女儿地位最高,夫人其次,他自己则是"三等公民"。其实,我明白吴先生虽说是豪气之人,但生逢其时,路途多艰,难免积下许多伤感,只是不屑说罢了。所以愿意以自己的艰辛,给下一辈开一条好走的路,那幸福多少也算是自己的。这也用得着鲁迅的诗句,叫作"无情未必真豪杰,怜子如何不丈夫"。

后记

　　这里所结集的一组散文,是在朋友们的推动下写成的。最初是赵莱静兄约我为《上海戏剧》写稿,我于戏剧素无研究,难以应命,就写了一篇记戏剧家赵景深先生的文章,聊以塞责。交卷既罢,没有再写下去的意思。后来与陈允吉、郦国义、胡平等几位老弟聚会,漫议知识分子的遭遇,颇受启发,兴之所至,又写了一篇《复旦奇人赵宋庆》。不料郦国义看后,大感兴趣,要我为他所主编的《文学报》开设专栏,连续写下去,"学人心迹"这个专栏名也是他拟的。接着,《美文》杂志和别的报刊也约我写同类文章,出版社又愿意出书,于是就陆陆续续写了这样一组散文。

　　开始仅凭记忆所及信笔写来,后来则感到有查阅资料的必要,并且对当事者和关系人进行了采访。有位朋友开玩笑说:你简直从学者变成记者了。但这种采访却使我了解到许多书本所欠缺的材料,促使我作更深入的思考。在写作的过程中,我深感这些学人的经历和心迹,如果不只作为掌故看,那是很有耐人寻味之处的。可惜我交游不广,认识的学人不多，所能写的也就很有限了。

撰写人物印象记，是要以生活感受为基础的，有些很值得写的学人，因为没有接触，无法下笔，或者虽有接触，但了解不多，也难以成篇。比如，复旦物理系周同庆教授，是一个很有个性的学者，我听他的研究生说起过，1958年上峰提出要在十五年或者更多一些时间内"超英赶美"的口号时，他刚好访问印度归来，就发表意见道："我们在十五年时间内能赶上印度就不错了，谈什么超英赶美！"这种话在当时是相当刺耳的，但无疑要比那种以科学家的权威身份来论证亩产数万斤乃至数十万斤的可能性，从而为大跃进放卫星推波助澜，为狂热症火上加油者，对国计民生要有益得多。但是这位讲真话的科学家，不但自己挨批，而且连所带的研究生也被下放劳动去了。理科的研究生是要给导师当实验助手的，赶走他的研究生，自然也就拆了他的台。这位一级教授后来的景况很不好。

又如，外文系的冒效鲁先生，风流倜傥，一派才子风度。他曾在驻苏某领事馆工作过，俄语极好，听说在外文系讲授俄语语法研究时，根本不看书本，也不立在黑板前写板书，而是坐在课桌上信口而谈，讲得头头是道。他也教过我们中文系的俄语课，常常出口就是古典辞章，极其风趣。而且有时还要与同学开开玩笑，如对迟迟才起来回答问题的人说："千呼万唤始起来，犹抱讲义半遮面"之类。一打听，原来先生是江南才子冒辟疆的后代，真是有家学渊源。听说在思想改造运动中他还交出过董小宛写的扇面，本意是在交代家庭的反动历史的，但在运动成果展览会上展览时，倒反引起人们的赞叹——可见要改造知识分子的思想，实在也并不容易。冒先生性格直率,口无遮拦,终于不见容于复旦,被支援到安徽大学去了。他写得一手好诗词,常与钱锺书唱和,深得钱锺书的赞赏,但却不大肯动笔撰写论著,所以虽然满腹经纶,而在评教授职称时却屡屡受阻,最后校方请钱锺书、戈宝权写鉴定,听说他们写了这样意思的话:此人不评,还评何人!这才评上教授。但此时,他已进入垂暮之年了。

很可惜,我不能把他们的心迹和风貌一一描绘下来,供人瞻仰。这里所写的,只是一鳞半爪。

另有几篇杂文和评论,与这组人物印象记写法不一样,但主题却是相关的,故作为附录收在后面。

吴中杰
1998 年 8 月 16 日于复旦凉城宿舍

增订本跋

时间过得真快,本书出版已快七年了。七年前,正是北京大学举行百年庆典的时候,所以本书《代序》是借北大的两种传统来探讨大学精神。今年却是复旦大学的百年校庆了,作为复旦学子,我又写了另一本散文集《复旦往事》,以资纪念。

这两本书可说是姐妹篇,都以复旦学人为主,描写知识分子的际遇。所不同者,一重记事,一重写人——当然,本书还兼及几位不在复旦工作的海上学人。因为两本书的性质相似,所以在写完《复旦往事》之后,我又回过头来修订本书,并增写了有关朱洗、乐嗣炳、鲍正鹄、章培恒的四篇,拟在同一出版社出版增订本。本书在三联书店出初版本时,原名《海上学人漫记》,既然要与《复旦往事》配对,也就略去"漫记"二字,改为《海上学人》。

当本书的大部分篇幅,以《学人心迹》的专栏名,在《文学报》上连载时,骆玉明老弟对我说:"你写别的学人写了那么多篇,最后一篇应该让我来写写你。"这自然是可以的。但当这个专栏接近尾声时,小骆却跑到日本讲学去了,没有能写最后一篇。不过他在回国之后,还是补写了一篇,也发表在《文学报》上。但其时本书已经出版,来不及收入。我与小骆有约,本书若有再版机会,一定要将他这篇文章收进去,使这个专栏文集有其完整性,也可使读者对本书作者有所了解。所以现在就作为附录之一,收入本书。谢谢玉明老弟为我画像。

吴中杰
2005 年 4 月 16 日于复旦凉城宿舍

三版后记

本书增订本和《复旦往事》在复旦百年校庆出版时,几位理科的朋友说,这两本书所写的内容,都侧重于文科,理科的事情写得不够,而复旦理科同样有许多值得写的人和事,因此建议我补充些理科的材料。这意见很好,我也曾作了些努力,访问过一些熟人,借阅过一些老先生的纪念册,可惜我对理科的情况太不熟悉,缺乏切身感受,单凭一两次采访,形不成一个完整的形象,而纪念册中的文章又以冠冕堂皇者为多,从中难以看出传主的心路历程。考虑再三,只好作罢,有负于朋友的厚望。本书原有一篇《拍案一怒为胜迹》,是写古建筑学家和园林学家陈从周先生的,属工科范围,但其实写的是他的人文情怀;再版时补写了一篇《洋博士的草根情结》,是写生物学家朱洗的,属于理科范围,这是因为在家乡听得朱洗先生的故事太多了的缘故,才能勉强成篇。而他们,也不是复旦的教师。

其实,这两本书不但未能写出复旦理科的情况,就连文科也写得不全,这里所写的,大抵是我在复旦中文系所能看到和

三版后记

听到的一些人和事。好在这两本书并非复旦校史,只是以学校和文化界的生活为题材的纪实散文,所以也就不去求全了。此次修订,大致一仍其旧。只有个别细节,据传主和当事人的提示,加以补充和订正。另外,加了一篇前两年所写的文章:《一代名记的辉煌和惨淡》,是写新闻系教授赵敏恒先生的,也还是文科人物。

本书所写的先生和学长中,近年又接连走了几位:贾植芳、王元化、章培恒。从历史发展的角度看,人事代谢原是正常之事——只是培恒兄走得太早了一些,他只有七十七岁;但在学风日益浮躁的今天,他们的逝世却是学界无可弥补的损失。他们讲究沉潜治学,而又具有强烈的社会情怀;他们都有坎坷的际遇,却又能把自己的人生感悟融入学术之中。所以他们做的是大学问。这种治学境界,决非帮忙或帮闲文人所能企及,也不是那些"入吾彀中"的学子所能望其项背。逝者已矣,但愿他们的学术精神能够永驻。

吴中杰
2011 年 8 月 16 日于澳大利亚悉尼客舍

图书在版编目(CIP)数据

海上学人/吴中杰著. —上海:复旦大学出版社,2012.1
ISBN 978-7-309-08583-9

Ⅰ. 海… Ⅱ. 吴… Ⅲ. 特写(文学)-作品集-中国-当代 Ⅳ. I253

中国版本图书馆 CIP 数据核字(2011)第 234649 号

海上学人
吴中杰 著
责任编辑/邵 丹

复旦大学出版社有限公司出版发行
上海市国权路 579 号 邮编:200433
网址:fupnet@fudanpress.com http://www.fudanpress.com
门市零售:86-21-65642857 团体订购:86-21-65118853
外埠邮购:86-21-65109143
上海第二教育学院印刷厂

开本 787×960 1/16 印张 22.25 字数 220 千
2012 年 1 月第 1 版第 1 次印刷
印数 1—5 100

ISBN 978-7-309-08583-9/I·650
定价:38.00 元

如有印装质量问题,请向复旦大学出版社有限公司发行部调换。
版权所有 侵权必究